U0453187

诗歌结构学

Poetry Structure

李骞 著

中国社会科学出版社

图书在版编目（CIP）数据

诗歌结构学/李骞著.—北京：中国社会科学出版社，2017.9（2024.5 重印）
ISBN 978-7-5203-0486-3

Ⅰ.①诗… Ⅱ.①李… Ⅲ.①诗歌研究 Ⅳ.①I106.2

中国版本图书馆 CIP 数据核字（2017）第 126587 号

出 版 人	赵剑英
责任编辑	安　芳
责任校对	张爱华
责任印制	李寡寡

出　　版	中国社会科学出版社
社　　址	北京鼓楼西大街甲 158 号
邮　　编	100720
网　　址	http://www.csspw.cn
发 行 部	010－84083685
门 市 部	010－84029450
经　　销	新华书店及其他书店
印　　刷	北京明恒达印务有限公司
装　　订	廊坊市广阳区广增装订厂
版　　次	2017 年 9 月第 1 版
印　　次	2024 年 5 月第 2 次印刷
开　　本	710×1000　1/16
印　　张	14
插　　页	2
字　　数	230 千字
定　　价	59.00 元

凡购买中国社会科学出版社图书，如有质量问题请与本社营销中心联系调换
电话：010－84083683
版权所有　侵权必究

目 录

第一章　结构：诗歌的内外组合美学原则 …………………（1）
第二章　诗歌结构的符号艺术 ………………………………（13）
第三章　诗歌形态的情感结构 ………………………………（28）
第四章　生活秩序的再组合 …………………………………（42）
第五章　审美信息的结构载体 ………………………………（52）
第六章　诗歌形式的表层结构 ………………………………（67）
第七章　诗歌结构的外部表征 ………………………………（82）
第八章　理念形象化的结构目标 ……………………………（95）
第九章　诗人主体情感的客体投射 …………………………（108）
第十章　诗歌的外观结构特征 ………………………………（122）
第十一章　诗歌情感的内在结构 ……………………………（139）
第十二章　诗歌结构的表征美学原则 ………………………（153）
第十三章　外在形式与内在精神的统一 ……………………（171）
第十四章　诗歌结构艺术的审美层面 ………………………（186）
第十五章　诗歌结构的情绪化源头 …………………………（202）
后　记 …………………………………………………………（219）
重印说明 ………………………………………………………（221）

第一章

结构：诗歌的内外组合美学原则

诗歌就是一种结构，更是一种说话的情感表达方式。因为诗歌是一个稳定的整体性艺术系统，它不仅能够自我调节、有中心、有层次，而且普遍具有永恒性。诗歌的能指/所指，诗歌的共时/历时，都足以说明诗歌创作是一种智性的、完整的诗意活动。

结构作为一种特殊的艺术经验和艺术形式，是现实主义文学和一切叙事文学的主要表达方式。由于现实主义文学的表现客体是来自社会现实和社会实践，因此，结构的能指/所指功能都可以涵盖其作品的艺术价值。在分解和表现生活时，结构在现实主义文学中往往具有特殊的艺术魅力。所以，长期以来人们总是把审美结构归属于现实主义文学和叙事文学。其实不然，作为想象和幻想的诗歌，尽管其创作方法与叙事文学有着本质的区别，但是，诗歌创作同样具有其独特的结构美学原则，更何况诗歌还具有一定的叙事功能。诗歌创作的主要艺术目的，就是要重新建构一个认识的幻想客体，而且这个客体是诗人无法用语言言说的理念的特殊表现。也就是说，诗人在进行创作时，将审美理想倾注在外在的物象上，并将之拆解再组合，所以说，诗歌创作就是一种结构过程。

诗歌的结构有内结构和外结构之分，内结构是指诗歌的结构形态，外结构则是指诗歌的各种外在表现技巧。

一

诗歌的内结构。现代诗歌，尤其是现代派诗歌，强调从社会生活的瞬息万变、个人精神生活的动荡不安以及宇宙的神秘意蕴中发现美、表现美、揭示美、颂扬美。因此，现代诗歌的结构美学原则并不像叙事文学那样，是表象地直接呈现出来。特别是诗人在反映和表现外在客体时，往往从主观精神出发，表达诗人对理性世界的热烈向往和追求，所以，现代诗的内结构主要是隐藏在诗人的情感之中，是诗人审美情绪的主要表达形式。黑格尔在他的名著《美学》一书中谈到诗歌的把握方式时说："人一旦要从事于表现他自己，诗就开始出现了。"① 尽管诗来源于生活，但是诗歌创作的完成，主要是诗人主观精神世界的观照。生活作为一种客体，当它被纳入诗人的表达范畴时，便产生了情感和思想。"人表现他自己"，指的是诗人的感情需要借助某种客观物象来发挥，当诗人对客体灌注有生气的灵魂时，生活的客体便成为艺术的诗。人要表达自己，"诗就开始出现"，诗的内结构隐匿于"出现"的过程之中。一旦明白现代诗的内结构主要依附于诗人的整体情感的运行轨迹，我们就不会陷入"结构主义"的形式胡同。

现代诗的内结构不是静态的形而上组合，而是受情感支配的、开放型的结合体。现实主义文学的结构是对材料的有序组织，而浪漫主义的诗则是一种情感的转换程序，把各种各样的材料转换成形形色色的新话语，同时又把这些话语保留在诗人特定的情感结构之中。诗歌的内结构不是一个外观的结合体，尽管诗歌的分行排列、分节组合是一种有效的形式准则，但这并不代表诗歌的结构本身。诗歌情感的结构是内在的，决不会在诗的外表形式中表现出来，而是蕴藏在诗人的审美情绪之中。古人云："情发于声，声成文，谓之音。"② 现代诗的内结构作为一种特殊的内在情感的结构体，是诗人传达自己的审美理想时所形成的艺术形态，亦就是诗歌内在旋律的审美结构形态。

当然，诗歌的这种内在的审美结构不是孤立存在的。从系统论的观点看，诗歌的内结构与诗歌的其他组成要素有着必然的联系，比如语言、节奏、旋律，以及由语言产生的意象、象征、夸张、隐喻……然而，以上这

---

① ［德］黑格尔：《美学》第3卷下册，朱光潜译，商务印书馆1979年版，第21页。
② 《毛诗序》，转引自郭绍虞主编《中国历代文论选》第1册，上海古籍出版社2001年版，第63页。

些因素都是外在的，都是表层的诗歌形态，如果没有诗人的审美情感在其中进行有效的组合，那么这些外在的诗歌因素就不会产生诗性的审美意义。以语言为例，诗歌的语言确实是诗歌写作的最基本要素，离开语言这一特殊的表达符号，诗歌只能"情动于中"而"无法形于外"。法国著名学者列维-斯特劳斯在《结构人类学》一书中认为，诗歌的"语言才是名副其实的表意系统，语言不可能不表达意义，它的存在完全以表达意义为旨趣"[①]。诗歌语言功能的"表意"，就是指符号的表情达意，也就是为诗人情感的宣泄而服务。尽管语言也可以构成自己独立的诗歌结构系统，但其结构模式是符号性和表面性的。说到底，离开诗人的审美情感，语言自身只是一种无意识的审美符号。因此，当读者在阅读中接受诗人的审美情感后，便会产生一种奇妙的共鸣：读者的情绪与诗人所表达的情感融为一体，而诗歌的语言仅仅是审美信息的代码。正是由于诗人的审美情感贯穿表现的客体，才使得原始物象转化为有生命的意象，这个转化的过程就是诗歌的内结构。

诗歌的内结构不独现代诗所具有，在中国古代诗论中，已经有许多零碎的论说。比如"触景生情""情景相生""意在笔先"等，都是强调诗歌中内在情感的作用。就是"诗眼"之论，也同样含有结构的深远意义。江浩然在《杜诗集说》中评析杜甫的《遣怀》时，曾谈到内结构对诗歌的作用，为了便于剖析，不妨将杜诗抄录于下：

> 愁眼看霜露，
> 寒城菊自花。
> 天风随断柳，
> 客泪堕清笳。
> 水净楼阴直，
> 山昏塞日斜。
> 夜来归鸟尽，
> 啼杀后栖鸦。[②]

---

① [法]克洛德·列维-斯特劳斯：《结构人类学》，张祖建译，中国人民大学出版社2006年版，第51页。
② 仇兆鳌：《杜诗详注》第2册，中华书局1979年版，第605页。

杜甫的这首诗，其内结构的线索是一条暗线。诗中的意象各自独立，没有任何联系，完全由诗人的情感将各种物象连缀在一起。所以，江浩然在评价《遣怀》时这样说道："诗眼贵亮而用线贵藏……如秦州《遣怀》，'霜露'、'菊花'、'断柳'、'清笳'、水楼山日、'归鸟'、'栖鸦'，亦散线也，而以'愁眼'二字联之，是线在起也。"① 江浩然认为，杜甫的这首诗的表层意象的结构是散乱的，没有形成一个统一的整体；而诗中的"愁眼"是诗人审美情感的具体表现，正是"愁眼"的结构作用，这首诗才成为一个完整自足的艺术整体。

在现代诗的创作中，很多人都注意到诗歌的这种内在结构特征，著名九叶派诗人郑敏先生认为："诗与散文的不同之处不在是否分行、押韵、节拍有规律，二者的不同在于诗之所以成为诗，因为它有特殊的内在结构。"② 郑敏先生提出的"内在结构"不是文字的、句法上的结构形式，而是审美情感在诗歌创作中的艺术创造。郭小川也认为，现代抒情诗"在通常的情况下，总是以情绪的变化和层次来贯穿的"③。也就是说，情感的变化是构成诗歌结构最主要的原因，诗歌创作的完成，主要依赖于"情绪变化"的"贯穿"。特伦斯·霍克在《结构主义和符号学》一书中谈到诗歌的功能时说："诗歌话语把话语的活动提到比'标准'语言更高的程度。它的目的不仅是实践的，或认识的，只关注传达信息或详细描述外在的知识，诗歌语言的自我意识是非常强烈的。"④ 诗歌语言的自我意识为什么会"非常强烈"？因为诗人的情感介入了语言的能指功能。诗人的自我审美情感作为一种"媒介"，才使得诗歌语言作为一种审美信息传达给读者。审美情感在现代诗中的地位不仅仅是作为思想的表达载体，更主要的还是结构的自主实体。正是诗人自我情感的积极参与，诗歌的诸多技巧如节奏、韵脚、格律、意象、象征才得以实现，诗歌的结构功能才能从能指转到所指。

就现代诗的内结构而言，它是一种审美情感的有序性活动，是诗人的

---

① 江浩然辑：《杜诗集说》，乾隆四十三年（1778）本立堂刻本。
② 郑敏：《诗歌与哲学是近邻——结构/解构诗论》，北京大学出版社1999年版，第1页。
③ 郭小川：《谈诗》，上海文艺出版社1984年版，第128页。
④ ［英］特伦斯·霍克：《结构主义和符号学》，瞿铁鹏译，上海译文出版社1987年版，第81页。

审美理想对表现客体的直接控制。其情感功能是超现实的,其目的是重新建构一个认识客体。诗人沿着情感的线索,对原始素材进行拆解和组合,使最初的客体受制于诗人的情感活动。如波德莱尔的《从前的生活》:

> 堂堂柱廊,我曾长期住在其中,
> 海的阳光给它涂上火色斑斑,
> 那些巨大的石柱挺拔而庄严,
> 晚上使柱廊就像那玄武岩洞。
>
> 海的涌浪滚动着天上的形象,
> 以隆重而神秘的方式混合着,
> 它们丰富的音乐之至上和谐,
> 与我眼中反射出的多彩夕阳。
>
> 那里,我在平静的快乐中悠游,
> 周围是蓝天、海浪、色彩的壮丽,
> 和浑身散发香气的裸体奴隶,
>
> 他们用棕榈叶凉爽我的额头,
> 他们唯一的关心是深入探悉
> 使我萎靡的那种痛苦的秘密。①

波德莱尔的诗是一种心灵的历史,他的诗最突出的特点不在外形方式的各种组合,而是诗中强烈的反抗宗教的审美情绪。正因如此,他的诗集《恶之花》出版后才会引起所谓"道德家"的批判,并遭到道德法庭的审判。这首《从前的生活》是一首以"自我情绪"控制诗歌内在结构的典范之作,诗人试图给从前的生活抹上浪漫的色彩,不断寻求生活事件与自我情感的有机联系。通过怀旧方式来虚构生活理想,用感情去建立一座

---

① [法]波德莱尔:《恶之花·巴黎的忧郁》,郭宏安译,上海人民出版社2008年版,第35页。

"周围是蓝天、海浪、色彩壮丽"的海市蜃楼。不管诗人笔下的"从前的生活"是美丽还是沉重,都是诗人内心世界的折射,是诗人审美情感的外化形态。

黑格尔在《美学》一书中认为:古希腊人对变化莫测的自然现象不甚了解,于是不断疑问谛听,但无论如何,他们对森林、风暴、洪水的意义还是一知半解,甚至极度惶恐,于是便赋予自然以神的意义。黑格尔认为,古希腊的这种神的自然性,就是一种审美的情结,即人类最早的诗。在黑格尔看来:"诗的任务并不在于按照显现感官的形状,去详细描写纯粹外在的事物。"诗歌的主要目的和任务"只能在内心观照上起作用"①。诗歌只有将感情的生气诉诸给表现的物体,才能使表现对象获得客观存在的审美价值,如同古希腊人赋予自然现象以神性一样,诗人的情感世界是诗人内心生活的特殊形态,其内容就是心灵本身,表现在诗歌中就是一种内结构。所以,黑格尔又在《美学》中说:"抒情诗的整一性来自心情和感想的内心世界,这种内心世界自生自发。"② 所谓"整一性",按笔者的理解就是诗歌的整体性,而"心情和感想"就是指诗人的主观审美情感,即诗的内结构。当然,我们所主张的诗歌内结构是诗人的情感构成的,但并不是说,诗人情感的随意宣泄就是一首具有艺术光泽的好诗。作为一种把握世界的方式,情感的倾吐固然能够增添诗歌的审美力度,但是这种倾吐必须是有序性地进行,不是无规则的泛滥。如舒婷的《馈赠》:

> 我的梦想是池塘的梦想
> 生存不仅映照天空
> 让周围的垂柳和紫云英
> 把我吸干净吧
> 缘着树根我走向叶脉
> 凋谢于我并非悲伤
>
> 我的快乐是阳光的快乐

---

① [德] 黑格尔:《美学》第 3 卷下册,朱光潜译,商务印书馆 1979 年版,第 32 页。
② 同上书,第 193 页。

短暂却留下不朽的创作
在孩子双眸里
燃起金色的小火
在种子胚芽中
唱着翠绿的歌
我简单而又丰富
所以我深刻

我的悲哀是候鸟的悲哀
只有春天理解这份热爱
永远飞向温暖、光明的未来
呵,流血的翅膀
写一行饱满的诗
深入所有心灵
进入所有年代

我的全部感情
都是土地的馈赠①

抒情诗最显著的美学特征是诗中有一个非常明显、突出的抒情主人公形象,而且,这个主人公通常是诗人审美理想的寄托和化身。舒婷的《馈赠》中的"我"以三种不同的情感形式重复出现,使作品产生整体的审美效果。如果我们分析这首诗的情感结构特征,就必须沿着"我"的情感轴心去阅读。"我的梦想是池塘的梦想""我的快乐是阳光的快乐""我的悲哀是候鸟的悲哀",三种情绪构成一个总的情感体系,并成为诗的内结构的总体组成单位。"梦想"—"快乐"—"悲哀",是诗人情感阐述的组织和解释,也是诗歌内结构由片断构成整体的关键序列。

---

① 舒婷:《舒婷的诗·馈赠》,人民文学出版社1994年版。

二

现在来谈谈诗歌的外结构。外结构是指诗歌外在表达技巧的总和。包括语言的诉说组合，句式的排列，甚至意象、想象、象征、变形等艺术手法，都是诗歌的外在表征结构。

诗歌创作必须具备浓烈的自主感情，但是情感并不等于诗，尽管它是诗歌创作中的重要环节。我们可以断言，没有情感的诗绝不是一首优秀的诗，但是从情感到诗有一个艰难的技巧过程。诗歌创作并不是对诗人情感的原始记录，而是对情感的审美记录。假如将情感的发泄记录下来就是诗，那么大街上泼妇的谩骂岂不成了一首愤怒的诗？从情感到诗的过程是一段创造的审美过程，是一段由内在情感爆发到审美描述的过程。

从表现形式的角度说，诗歌的外在技巧是对诗人主观情感的一种限制，但是这种限制是为了诗人的情感更完美地表现出来。比如语言，它既是表达思想的工具，但同时又限制了思想的自由发挥。然而，离开语言的审美表达，感情无论如何也成不了诗。语言使诗人的感情有了色彩，有了声音，有了形状，尽管语言很难穷尽诗人内在情绪的奥秘，但是由感情到诗，语言起了再创造的作用。

意象作为诗歌创作的外在技巧，也是诗歌独特的表达形式。在古汉语中，意和象本来是两个意义并不相同的文字，但这两个字的结合，又超出了原来的语义，构成了新的词语内涵。司空图在《诗品》中说："意象欲出，造化已奇。"[1] 就是指意象的出现，强化了诗歌的审美境界。意象其实也就是诗人心中的意趣与眼中的物象相结合的产物，是主观性向客观性转移的结果。从诗的结构上说，是内结构与外结构的统一体。因为意象的形成是诗人内心精神世界与客观物象的一次精神交流，是理想与感情的完美结合。意象派的经典之作，首推美国诗人庞德的《地铁车站》：

人群中这些面孔幽灵一般显现

---

[1] 司空图：《诗品》，河北人民出版社1979年版，第29页。

湿漉的黑色枝条上的许多花瓣①

　　这是一种叠加的意象结构，诗人有意忽略诗歌模式的清晰度，用经验的直觉完成诗歌意象的组合。"面孔"与"花瓣"这两组意象，担负了诗歌外结构的基本使命，是诗的本质与灵魂。1916年庞德在《高狄埃——布热译斯卡：回忆录》一书中谈到这首诗的创作时这样说道："三年前在巴黎，我在协约车站走出了地铁车厢，突然间，我看到了一个美丽的面孔，然后又看到一个，又看到一个，然后又是一个美丽儿童的面孔，然后又是一个美丽的女人，那一天我整天努力寻找能表达我的感受的文字，我找不出我认为能与之相称的，或者像那种突发情感那样可爱的文字。那个晚上……我还在努力寻找的时候，忽然找到了表达方式。并不是说我找到了一些文字，而是出现了一个方程式。……不是用语言，而是用许多颜色的小斑点。……这种'一个意象的诗'，是一个叠加形式，即一个概念叠在另一个概念之上。我发现这对我为了摆脱那次在地铁的情感所造成的困境很有用。我写了一首三十行的诗，然后销毁了，一个月后，我写了一首比那首短一半的诗；一年后我写了这首日本和歌（俳句）式的诗句。"② 对于幽灵的面孔而言，黑色枝条上的无数花瓣并不是比喻，而是一个意象与另一个意象叠加的方程式，也就是诗歌的结构形式。诗的结构是一种关系的组合，这首工整、短小、凝练的诗，不仅内涵丰厚，而且传达的诗歌信息也非常广阔。诗人用一种意象结构的方式表达瞬间的心灵感受，第一句是生活经验的直接描述，"人群"的面孔像"幽灵"一样在地铁车站晃动，是一种外在生命的直观形式。第二行是用隐喻的手法来增加色调的厚重感，"湿漉"的"黑色枝条上"有无数的彩色"花瓣"。两行诗所表达的意义虽然不同，但却达到了"意象欲出，造化已奇"的美学效果。

　　俄国的形式主义学派认为，诗歌"显著的结构特征当然只能在作品

---

　　① [美]庞德：《地铁车站》，转引自黎华选编《世界流派诗选·地铁车站》，青海人民出版社1989年版。

　　② [美]庞德：《高狄埃——布热译斯卡：回忆录》，转引自吴笛《世界名诗欣赏》，浙江大学出版社2008年版，第217页。

本身，而不可能在它的作者身上找到，就是说只能在诗歌中，而不是在诗人身上找到"。并且强调诗人所用的"比喻、意象、隐喻、象征、视觉图像等远非诗歌结构的先决条件，而只是一种语言结果，一种表现的意义"。① 根据这一论断，这一学派断言诗歌结构的基本功能，就是颠倒日常生活的秩序，把熟悉的东西"陌生化"，创造性地破坏习以为常的标准，诗人的目的是瓦解日常生活，创造一种审美的生活现实。俄国的形式主义学派虽然强调文学作品的形式是决定作品审美价值的重要因素，但是在谈到诗的结构时，还是把诗人的主观情感放在首要位置，因为没有情感的贯穿和连接，再美的外在形式也不是诗。

我们之所以把诗歌创作的各种技法归入诗的外结构来考察，主要是诗歌的各种审美技巧对于确定诗歌的主题意义做出了贡献。不管这些技法是静态的还是动态的、瞬间的还是永恒的，都是诗歌结构实体的有机组成部分，都是诗学的一种审美原则。美国著名学者厄利奇在《俄国形式主义》一书中说："诗歌的显著特征在于，语词是作为语词被感知的，而不只是作为所指对象的代表或感情的发泄，词和词的排列、词的意义、词的外部和内部形式具有自身的分量和价值。"② 在厄利奇看来，诗歌中的语词具有自身独立的审美价值，诗歌只会使语词的意义倍增，使语词的使用范围更加广阔。语词作为诗结构的一部分，对诗歌的意义有着直接的解释作用。因此，作为表达的语言，必然具备自己独立的审美功能。

诗歌的外结构不能简单扼要地称之诗的文体美学，而是诗歌阅读过程中可观可感的结构组合，是一种通过形式去把握诗歌精髓的艺术手段。通过外结构的领悟，读者可以透彻地聆听诗歌的美妙声音，感知现代诗歌的艺术力量，探索诗歌的审美规律，而这些阅读信息和审美愉悦的获得，当然是源于诗歌结构的艺术魅力。如顾城的《一代人》：

黑夜给我黑色的眼睛

---

① ［英］特伦斯·霍克：《结构主义和符号学》，瞿铁鹏译，上海译文出版社1987年版，第61页。

② ［美］厄利奇：《俄国形式主义》，转引自特伦斯·霍克《结构主义和符号学》，瞿铁鹏译，上海译文出版社1987年版，第63页。

我却用它寻找光明①

这是一首脍炙人口、家喻户晓，且深度、广度都很厚重的诗。许多论者都从不同的角度解读过这首诗，但很少有人从结构的层面来理解这首诗的意义。从表层结构上看，这首诗由四组意象排列而成，即"黑夜""黑色""眼睛""光明"。粗看是一种意象的递进式写作，"黑夜"给我的是"黑色"的"眼睛"，但我并不在乎环境的昏暗，而是用"黑色"的眼睛去追寻"光明"。这是文本阅读的直截了当的意义，但这首诗歌的内在特质并不仅仅如此。作为一位具有敏锐洞察力的优秀诗人，当顾城全身心地投入创作时，他不可能不将自己不同的生活经历进行合并重组。顾城的父亲、当代著名诗人顾工谈到顾城的这首诗时说道："儿子写诗很少伏在桌案上，而是在枕边放个小本、放支圆珠笔，迷迷蒙蒙中化幻出来飞舞出来的形影、景象、演绎、思绪……组合成一个个词汇、一个语句，他的手便摸着笔，摸着黑（写时常常是不睁眼的）涂记下来。有时，摸到笔摸不到小本本，他就把句子勾画到枕边的墙壁上——他睡的墙头总是涂满了诗，还有许多用漫画笔法画的小人小狗小猪……他那后来传诵一时的'黑夜给我黑色的眼睛/我却用它寻找光明'就是在这样的迷蒙，幻化中，受积聚到一定程度的灵感的迸发冲击，涂写到墙上去的——犹如云层激发出雷电……"② 无论是作为诗人，还是作为父亲，我们都坚信顾工先生对顾城诗歌创作时所呈现出的状态的解释是正确而完美的。《一代人》是作为一种共时性的现象被诗人捕捉到的，这首诗引起广泛共鸣的原因，就是诗歌的结构系统诉诸读者一种真实的人生哲学。顾城是"文化大革命"中成长起来的一代思考者，当他闭着眼睛构思诗歌时，那黑暗年代的一切生活便成为一种"形影、景象、演绎、思绪"——幻化到诗人的大脑，在灵感的冲击下一挥而就。"黑夜/光明"的二元对立概念通过诗人"我"的"眼睛"的组合，完成了从内到外的诗歌的完美结构。

综上所述，我们分析了诗歌的内结构和诗歌的外结构在诗歌创作中的功能，其目的是证明诗人在建构自己的叙述时，结构起到了组织材料和阐

---

① 顾城：《顾城的诗》，人民文学出版社1998年版，第26页。
② 顾工：《顾城和诗》，顾城《顾城的诗》，人民文学出版社1998年版，代序第4页。

明理念的作用，从这个意义上说，诗歌的主旨意义应该是由诗歌的结构所界定和决定的。

我们把诗歌的结构看作一次完整的审美活动，并"将它的研究对象看作一个系统"①。诗歌可以作为结构而被感觉到，是因为诗歌的结构不仅是完整的具有内在的一贯性，而且诗歌的内、外结构之间可以进行自我调节，互成系统，甚至相互转换。诗歌的结构使原始的素材在诗人的头脑中重新聚合之后，又焕发出新的诗性意义，最大限度地将诗人的情感以交流的形式诉诸读者。

---

① [美]乔纳森·卡勒：《结构主义诗学》，盛宁译，中国社会科学出版社1991年版，第152页。

第二章

诗歌结构的符号艺术

　　情感是诗人内在的生活存在,是诗歌艺术的外部规律和内部规律最集中的表达。诗歌内容所具有的形式都来源于诗人自身的情感,按照黑格尔的说法,诗歌创作的主旨,"只是为着把内在的东西按照心情的内在实况表达出来"[①]。这里所说的"内在实况表达",实际上也就是诗人情感信息的完成过程。因为,情感作为诗人表现社会生活实践和表达审美理念的特殊艺术符号,是诗歌艺术结构中不可代替的审美规律。情感不仅是诗歌创作的原始动因,同时也是生活与艺术的中间媒介,更是诗歌艺术力量构成的内在生命力。说到底,诗歌所表诉的各种美学理念,首先是由情感所界定,而情感作为一种艺术符号,其最显著的特征在于,它是诗歌结构得以形成的重要因素。

一

　　诗歌创作的原始动力是情感。每一个诗人在进行诗歌创作时,首先是受到情绪的驱动,或者因社会和自然界的某种物象的暗示而产生创作欲望。当诗人的心灵和外在事物产生共鸣时,创作的热情就会被激发,就会导致情感的冲动,创作的潜能就被一种兴奋的情绪所牵引,这就是我们通常说的情感的自我发现。一首审美情感饱满的好诗,往往就是来自诗人内在的情感自觉、有序的意象化表达。如同古代文论家钟嵘在《诗品序》

---

① [德]黑格尔:《美学》第2卷,朱光潜译,商务印书馆1979年版,第301页。

中所言："气之动物，物之感人，故摇荡性情，形诸舞咏。"① 钟嵘所说的"气"是指引起事物变化的一种宇宙元气；而"物"则是指客观现实生活。客观事物触动了诗人的灵感，让诗人"摇荡性情"，用艺术形式将这种性情表达出来就是诗歌。这就说明，诗人在进行诗歌创作时，必定有某种情感冲动，这种冲动调动了诗人的灵感并使之兴奋，而兴奋完成的过程，就是生活外化为具体情感的过程。刘勰在《文心雕龙·明诗》中说："人禀七情，应物斯感，感物吟志，莫非自然。"② 在刘勰看来，人的感情因外物而产生感应，把这种感应吟唱出来便自然形成了诗。就诗人的创作经验而言，诗歌是诗人的情感受到外物的刺激时产生的内心状况的一种征兆，当生命受到外物的感染时，作为现实的客体便融入诗人的主观情感，通过感性语言的叙述，组成了诗歌的乐章。著名彝族诗人吉狄马加在谈到他诗歌创作的原因时说："我写诗，是因为我只要听见故乡的歌谣，就会两眼含满泪水。我写诗，是因为有人对彝族的红黄黑三种色彩并不了解。……我写诗，是因为我的部族的祭司给我讲述了彝人的历史、掌故、风俗、人情、天文和地理。"③ 诗人的表述传达给我们这样一种信息：那就是诗人的诗歌创作，是受到彝族先民所创造的各种文化资源尤其是民间文化资源的感染，并且诗人要通过诗歌的形式把这种文化资源传达给世人，让人们了解"彝族的红黄黑三种色彩"，了解"彝人的历史、掌故、风俗、人情、天文和地理"。很显然，民族文化资源的表达，理所当然地成为吉狄马加诗歌创作的原动力。事实也正是如此，吉狄马加的诗歌所释放出的情感都有特定的彝族文化韵味，这种韵味不是空泛的说教，而是自觉地运用艺术样式来表现生命经验的形式，来审视具体的表达对象。如《部落的节奏》：

在充满宁静的时候
我也能察觉
它掀起的欲望

---

① 吕德申：《钟嵘〈诗品〉校释》，北京大学出版社1986年版，第35页。
② 周振甫：《〈文心雕龙〉今译》，中华书局1986年版，第56页。
③ 吉狄马加：《吉狄马加的诗》，四川文艺出版社2010年版，第408页。

爬满了我灵魂
引来一阵阵风暴

在自由漫步的时候
我也能感到
它激发的冲动
奔流在我的体内
想驱赶一双腿
去疯狂地迅跑

在甜蜜安睡的时候
我也能发现
它牵出的思念
萦绕在我的大脑
让梦终夜地失眠

呵，我知道
多少年来
就是这种神奇的力量
它让我的右手
在淡淡的忧郁中
写下了关于彝人的诗行①

每一首诗歌都有着诗人特殊的审美情感，《部落的节奏》所表达的是诗人吉狄马加对彝族文化的一种经验的生命体验。"我"作为一种外在的具象，既是诗人情感的影子，又是诗歌内在形式的结构符号。因此，无论"在充满宁静的时候""在自由漫步的时候"，还是"在甜蜜安睡的时候"，"我"都无时不感到一种"神奇的力量"驱动着创作的激情，燃烧着创作的欲望，这种激情和欲望促使"我""写下了关于彝人的诗行"。

---

① 吉狄马加：《吉狄马加的诗》，四川文艺出版社2010年版，第90页。

所谓神奇的力量就是彝族部落的生活节奏，就是彝族人民的全部生活现实。

同样是彝族诗人的阿库乌雾，他诗歌的审美情感也是源于彝族文化的热爱和思考，他说："必须自觉回溯本民族历史，自觉浸沐本民族的传统文化光芒，用自我超凡的想象去努力还原或贴近本民族灿烂辉煌的历史文化极境；用现代的历史学、人类学、民族学、艺术文化学、宗教学、哲学和美学等知识的光束去重新光照本民族传统文化精神遗产吉光片羽的珍贵。从而获得现代科学、现代美学与传统民族文化剧烈撞磕之后的艺术创造的空间和契机。完成本民族历史和现实所赋予的更为重大的诗歌艺术创造工程。"① 阿库乌雾是大凉山出生的诗人，同时又是学者、诗歌评论家。毫无疑问，他带有宣言式的这些话语，就是一个少数民族诗人对自己本民族文化资源的再认识。事实上，阿库乌雾就是用内在的诗性情感，"努力还原或贴近本民族灿烂辉煌的历史文化极境"；用充满睿智的创作激情"完成本民族历史和现实所赋予的更为重大的诗歌艺术创造工程"。他的《巫唱》《巫光》《神谕》等诗歌作品就是还原民族文化的力作。比如《巫唱》：

> 巫师在语言的石级上
> 轻捷而沉重地爬行
> 身边带着所有祖传的法器
> 以及屑火积薪的学徒
> 双目微闭造就一面土墙的罅漏
> 生与死的毡毛从此处切开
> 流出鬼怪与神灵的混血
> 全被眼前瘫软的禽兽吸食
> 只有一根柔软的青柳
> 成为长在禽兽上的绿竹
> 据说有人曾勇敢地伐了它

---

① 阿库乌雾：《灵与灵的对话》，天马图书有限公司2001年版，第54页。

做成世上最早的乐器①

当诗人进行创作时，彝族文化作为一种"元叙事"，总是驱动着他创作的灵感，使其创造出一种有意味的形式：情感的描述性表现。笔者曾经在一篇文章中写道："在彝族的各种经书中，巫师具有不同寻常的位置，他们所从事的活动是勾通人与神的重要纽带，因此，诗歌中的'巫师'并不是简单意义上的巫术秘信，而是原始文化的传承者和传播者。"② 这首诗歌中从"法器"到"乐器"漫长而复杂的过程，暗示了一个民族文化巨大的空间意义。阅读经验告诉我们，诗人所要表达的是一种民族文化情结，对"巫师"这一神灵的代言人，诗歌中释放出的文本信息将其能指/所指的功能发挥到极致。正是通过对"巫师"话语的理解，读者才领悟到诗歌形式的美学价值。从这个意义上说，阿库乌雾诗歌创作的直接动因，就是来自民族文化的感召力和感染力。在阿库乌雾的生活经验里，民族文化是他的诗歌创作赖以发生的厚实根基，是他说不尽唱不完的诗。因此，对于吉狄马加和阿库乌雾的诗歌艺术世界来说，原始民族文化的记忆，彝族人民的生产、生活经验，童年的古朴歌谣，民间生动的传说，都是催生诗人主观情感的重要因素，都是他诗歌艺术创造的重要原因。

从诗歌的结构审美功能上看，诗是诗人本质力量的对象化结果，是客观世界的主观创造，是诗人依照美的规律来创造生活的特殊艺术表达。但是，艺术美的规律和诗歌的审美形式，却是来自诗人的内心情感。尽管诗人的审美情感是个性化的、立体的、多层次的，但诗歌所表达的主观情感，则是客观世界的某些外在特质内化为诗人审美理念的结果。

二

情感是生活与艺术的中间媒介。因为诗人把握外在世界的方式首先是由客体的外在物象刺激诗人主体的情感，然后，作为主体的诗人通过情绪效应将客观世界情感化，并按照审美结构规律建构情感的艺术空间。也就

---

① 阿库乌雾：《阿库乌雾诗歌选》，四川民族出版社2004年版，第16页。
② 李骞：《文化的地理写作：论当代大凉山彝族诗群》，《民族文学研究》2011年第6期。

是说，诗人在创作诗歌时，凭借自己的生活经验，调动诗歌的各种技巧，将客观现实生活艺术化。诗歌来源于生活，但从生活到诗，诗人的审美情感起到综合、调节的重要作用。诗人不仅用诗歌反映客观世界，而且创造主观世界。诗歌作为人类精神生活的有机组成部分，它与生活的关系是反映与被反映、创造与被创造的关系。在生活面前，诗人的艺术创造往往会不由自主地依照某种图式去模仿、改造和感知生活，而情感作为审美的艺术主体，在生活与诗歌艺术之间起到媒介的作用。生活与情感虽然并非逻辑上的概念互补，但是，情感不是纯粹主观的心灵物，审美情感同样来自现实生活，并受现实生活的制约和影响。

　　诗歌创作离不开生活，但是诗歌再现生活不是被动的反映，而是一种能动的、整体的、富有创造性的情感折射。诗人固有的主观情感包含在自身对生活的认识之中，但是，作家对生活的见解总是千差万别的，每一位诗人对生活都有不同于他人的特殊认识，尽管这种认识不一定是生活本身的真谛，然而，"艺术化了"的诗意生活恰恰就是这种与众不同的特殊认识的结果。诗人在诗歌中创造的世界是个人化的、性格化的世界，诗中所表达的生活也许没有现实生活复杂，但却比现实生活更具有艺术力度。这是因为诗人的审美理想是深刻的、多层次的，所表露的情感是客观世界的某些内在性质外化为诗人主体情感的结果。比如前面提到的彝族诗人阿库乌雾，作为一位少数民族诗人，他诗歌所表达的内容几乎都与这个民族的生活有着内在的联系：原始的民族文化、往事的经验、童年的记忆、古老的传说，都因为诗人情感的介入而凝聚为五彩缤纷的抒情意象。他的《巫光》如此写道：

　　　　白天　我凝视每一片木叶
　　　　在太阳下幽幽的反光
　　　　确信那是先祖的神迹
　　　　在藉木叶微颤
　　　　昭示生命的内蕴

　　　　夜里　我倾听每一股岩泉
　　　　在月光下闪闪烁烁

追踪那些带翅的灵语
时常溺于泉底
感悟别致的沐浴
无数次我徜徉于先人走过的古道
祈求寻回吉光片羽的珍贵
却沙砾炙人　教经的文字炙人

我肉体浸置于光的熔炉
我灵魂搁放在光的砧板
我时而被光分解　时而被光组构

谁能逾越一切无言的天桥
谁能冲破一切无网的封闭
我愿唤一株灵草
寂寞地　释你于巫光
蓝色的
图圄①

　　阿库乌雾的青少年时代生活在彝族居住的大凉山，大凉山的生活经验在他的意识中积淀成一种固定的图式，并按照这种图式去感知和理解艺术。虽然诗人已经走出了彝山，经过了都市文明的陶冶，但是当他用诗歌表达内心深处的情感时，诗人的艺术触角又回到故乡的记忆之中。诗人要把现实生活中发生的而且相互联系的文化内涵展示给读者，并试图表达这种独有的少数民族文化的特殊韵味。所以，从阅读层面去理解《巫光》，我们有理由相信，诗人所表达的是一种追寻祖迹的历史文化情结，无论是白天"凝视每一片木叶"，或是夜晚"倾听每一股岩泉"，最终都是为了"徜徉于先人走过的古道/祈求寻回吉光片羽的珍贵"。诗中的所指不是简单的文化纪录，也不仅仅是单纯的情感披露，而是一种诗歌审美结构的信息释放。自我情感的介入和燃烧，使诗人心灵世界的情绪更加炙热，"我

---

①　阿库乌雾：《阿库乌雾诗歌选》，四川民族出版社2004年版，第32页。

肉体浸置于光的熔炉/我灵魂搁放在光的砧板/我时而被光分解时而被光组构"。诗人主体的自然禀性经过灵魂的锤炼和完善，已经融化到古老民族文化的氛围之中。就整体的诗歌结构形态而言，《巫光》所表达的意境的确是来自客观现实生活的影响，但是，由于诗人情感的强劲介入，这首诗所展示的更是内心世界的情绪记忆，从诗歌的艺术组合形式上判断，《巫光》是纯粹的主观心灵对现实生活的诗性投影。

诗歌艺术的审美对象是情感而非其他，情感作为诗歌结构内容的重要组成部分，是由诗人内在的审美理想决定的。由于诗人的情感具有同化主、客体因素的特殊功能，所以情感作用于诗是其他物象不可替代的。因为情感不仅是诗人创作的动力，还是诗歌艺术生命力的重要表现特征，更是诗人性个体化的集中表现。从生活到诗，诗人情感的介入是诗歌创作中至关重要的艺术环节。读者之所以能够从诗歌作品中窥视到诗人在作品中所倾注的情怀，是因为诗人的审美情感本身就包含有对历史内容、社会现实、是非观念的判断和甄别，包含有诗人主观理想的认知、主观意志的渗入。诗是生活的外化，但是没有情感的诗是不真实、不感人的，而情感又是诗歌艺术与现实生活的中介。所以，诗人对现实生活的认识首先是从情感开始的，对现实生活的评价也是因审美情感而产生的。

诗歌的艺术创造与其他艺术活动有着显著的差别，因为诗歌是最富于个性化的创作，是典型的精神个体化的审美形式。每一个诗人都以自己独特的审美眼光、独特的视角去观察世界、表现生活。所以，诗人在诗歌中表达的情感既不会重复前人，也很难为后人所重复。诗人所描述的客观生活可能有相同之处，表现形式或许相通，但是，情感的结构内涵却千差万别，因为诗人感知外部世界的主观心灵是绝对不同的。外在的自然作为诗歌表现的物化形态，在诗人的笔下所产生的审美情感是不相同的，特别是那些醉心于用外在的景象来表达理念的诗人，自然的一切物象都会潜伏于诗人的内在情感，成为物我一体的诗性世界。如法国著名象征主义诗人波德莱尔的《应和》：

　　　　自然是座庙宇，那里活的柱石，
　　　　不时说出模模糊糊的语言。
　　　　人们穿过象征的森林，

森林投以亲切的目光注视着行人。

远方传来悠久的回声　汇合
　　为一个混沌而深邃的统一体，
像茫茫黑夜连着无际的光明，
芳香、色彩、声音在相互应和。

有的清爽芳香如儿童的肌肤，
柔声如双簧管，翠绿如草场，
——还有的腐败、浓郁、涵养了万物，
像无极的东西飘散着飞扬，
如琥珀、麝香、安息香和乳香，
　　在歌唱精神与感觉的狂欢。①

这首诗的内涵非常丰厚，揭示的是人与自然、精神与物质之间的"应和"关系，表达了一种精神转化为理智，形象转化为理念的哲学精神。诗人把主体的情感依附在客观自然物象上，在深化个体内在情感的同时，也提升了外在景物的美学品格。《应和》表达了自然的神秘性和自然与人的亲密关系，大自然如同一座神圣的"庙宇"有着万能的包容性，即便是庙宇里的"柱石"，也"不时说出模模糊糊的语言"，而"象征的森林"总是试图与人的灵魂沟通融和。正是有了"芳香、色彩、声音在相互应和"，所以，人与自然才找到一种相似性，人才能在自然物象中找到"精神与感觉的狂欢"。波德莱尔认为，现代诗歌"不管修饰得多么得体、多么巧妙，它总是明显地带有取之于各种不同的艺术的微妙之处"②。这里所说的"微妙之处"就是诗人的情感对外在自然的独特的审美发现。诗的艺术是情感的艺术，而真正的情感只能在诗人对现实生活的审美过程中产生，波德莱尔的这首十四行诗，之所以被奉为象征主义的扛鼎之作，

---

① ［法］波德莱尔：《波德莱尔诗选》，苏凤哲译，花山文艺出版社1992年版，第13页。
② ［法］波德莱尔：《波德莱尔美学论文选》，郭宏安译，人民文学出版社1987年版，第135页。

原因就在于诗人把外在的自然吸收到他的内心世界，并使之成为情感和思想的象征，所以，他对自然的发现才显得与众不同。

三

诗歌的意义存在于诗人的情感结构之中。诗人试图说什么，或者他如何说，都与他的审美情绪有着特殊的关系。一个成熟的诗人，当他用诗歌来表达自己的审美感受时，不可能不借助诗歌的外在形态来倾诉，而这个倾诉的过程是否成功，就要看诗人对诗歌艺术的把握是否深刻。一个感情饱满的诗人，当他在进行诗歌创作时，总是会把个人的经历与社会、与政治、与伦理道德紧密地联合起来思考，从而创造了只属于他自己的诗歌艺术领地。乔治·迪基在《艺术与审美》中说："每一门类系统都是为了该门类所属的艺术作品能够作为艺术作品来呈现的一种框架结构。"[①] 就诗的艺术而言，这里的所谓"框架结构"，就是指诗歌的情感具象的外在形态。美国著名哲学家、美学家苏珊·朗格在她的《情感与形式》等著作中一再宣称，艺术是一种"表现符号"的形式，她的定义是："艺术是人类情感符号形式的创造。"[②] 至于诗歌，苏珊·格朗的观点是，诗歌的外在形式是为了表达诗人的感情而存在的外在"符号"。因为"诗人用语言创造了一种幻象，一种纯粹的现象，它是非推论性符号的形成"[③]。所谓"非推论性符号"就是诗歌创作中的情感表达，也就是审美情感对现实生活的记录。无论是乔治·迪基，还是苏珊·朗格，他们都注意到了诗人情感的完成与诗歌艺术的形态关系。如果从这个角度去探讨诗歌作品的所指功能，就会得出诗人的情感与诗歌的艺术形式是和谐统一的结论。因为任何一个诗人在进行诗歌创作时，他内在的审美理念都是通过诗歌的外在形态来完成的，诗人的创作过程就是借用外在的结构方式来表诉内心的感

---

① [美] 乔治·迪基：《艺术与审美》，转引自朱狄《当代西方美学》，人民出版社1984年版，第358页。
② [美] 苏珊·朗格：《情感与形式·译者前言》，刘大基等译，中国社会科学出版社1986年版，第2页。
③ [美] 苏珊·朗格：《情感与形式》，刘大基等译，中国社会科学出版社1986年版，第240页。

受。诗歌外在的艺术形式是诗人情感释放的桥梁，也是解释诗人情感缘由的一个重要切入点。如波德莱尔的《纠缠》：

> 大森林，你们像大教堂使我惶恐，
> 像风琴在吼叫，残喘声激荡在
> 哀鸣不已的幽室；我们罪恶的心中，
> 传来你们"来自幽谷"的回声。
>
> 我憎恨你！海洋！恨你的奔腾和喧嚣，
> 我的灵魂又找到了他们！从大海的
> 　狂笑中听到的那位满怀羞愧
> 　而饮泣的战败之人的苦笑。
>
> 哦，那只会说话而没有星光
> 　　的黑夜，你给我带来欢乐！
> 因为我在探求空虚、黑暗和裸露！
>
> 可是，黑暗本身就是一些画布，
> 我眼中跳出的数千个消失的亡灵，
> 含着亲切的目光活现在画布上！[①]

波德莱尔的《纠缠》传导了一种冷冻的情感，这种冷色调的情绪不是空泛的议论和说教，而是自觉地借助外在的物象来表达诗人对现代资本主义社会文明的憎恶和恐惧。诗中的"大森林""海洋"作为一种外在具象的表征，既是诗人惶恐的情绪源流，又是诗歌外在艺术的表现物。波德莱尔的诗集《恶之花》之所以搅动了19世纪的法国文坛，其重要原因就是他的诗歌以自身的生活体验，曲尽其妙地抨击了现代社会的腐朽。以《纠缠》而论，"大森林""海洋"本来是自然界中最动人、最美丽的景象，但在他的笔下，却变异为让人惶恐、令人憎恶的场所。能给诗人带来

---

① ［法］波德莱尔：《波德莱尔诗选》，苏凤哲译，花山文艺出版社1992年版，第181页。

欢乐的只有那"会说话而没有星光的黑夜",因为只有在黑暗中才能够体悟人性的真实。人类在创造历史的过程中,同样也创造了人类丰富的精神世界,造就了人欣赏美的声音的耳朵和感受彩色美的眼睛,而阅读诗歌的过程就是调动各种感官功能来注释艺术美的过程。《纠缠》表达的情感不是宣泄式的,不是表层性地耸立在读者面前,而是在写作过程中充分调动诗人的艺术素养,通过个人的人生经验和阅历积累,将诗歌话语倾注于内在的精神世界,用一种高度的生命体验形态来穿透现实生活的本质,揭示一种神秘和未知的"恶魔气味"。生活现实就是黑暗,"可是,黑暗本身就是一些画布,/我眼中跳出的数千个消失的亡灵,/含着亲切的目光活在画布上!""画布"作为现实生活的象征体,为什么会叫那死了的亡灵重新"活现在画布上?"因为只有死人的世界才是真实的,而那些如风琴在吼叫的森林呼啸、那些喧嚣尘上的大海,这些象征现代文明的真实生活,却充满了丑恶和恐怖。

现代诗歌艺术的美学特征和结构形式主要来源于两个方面:一是,作为审美主体的诗人在诗歌创作中释放情感时逐渐创造出来的;二是,诗人在创造诗歌结构形式的过程中被现实生活所规范,从生活的内在逻辑出发,赋予客观生活以生命的具象。现代心理学的研究证明,人的知觉大量受到生活环境的影响和支配,也就是说,诗人所生活的故乡以及他的童年视角,是诗人创作时的首选材料。比如著名诗人雷平阳,他的童年是在云南乌蒙山中一个叫欧家营的山村度过的,在他的生活经验里,乌蒙山就是他赖以生存的生命根基,是他说不尽唱不完的诗。不管诗人在人生的旅途中跋涉到何处,乌蒙山都是他生活中永远抹不掉的生命图像。正是如此,雷平阳诗歌中的"乌蒙山情结"才那么深刻和率真。笔者曾在一篇文章中说过:"云南的山水在雷平阳的笔下不仅是一种形象,而是一种穿透灵魂的结构理念。"[①] 在诗人的笔下,他故乡的"乌蒙山脉"是这样的:

> 它劈开的如果仅仅是几座森林
> 或者几条江河,并非那一个个
> 提着柿子的红灯笼飞跳的村庄

---

① 李骞:《文学的收获》,《云南日报》2010 年 4 月 23 日。

那么，对四川盆地所作的几百公里的倾斜
就不能称之为妥协

上亿的头颅选择了低垂，可巨大的落差
仍然陈设着陡峭的威仪，谁也看不出半点卑微
岩石和拥有粗糙肌肤的树，开烂了的花
以及咧着大嘴的人，再加上充足的空荡与寂静
这只能叫地理，它彻底，犹如垂下的刀仍在叫鸣
天是空的，所谓沉重和压迫，全是虚拟
这好比我们说，一个黑暗的人
阳光无力把他穿透。事实怎么会如此复杂？
它甚至不具备半点说听能力，也没有"锋刃"
最好的解释：它略过这里

它的确可以让人产生很多错觉
这些年，我的一个诗友，为了描述它
就曾在与他同行的金沙江身上
使用过这样的句子："我们看见大江，
它在金属的槽道里自由飞翔。"①

　　这首诗传达出来的是一种不屈不挠、敢于挑战困难的乌蒙人的生存理念，而作为山的形象的乌蒙山脉的地理意义则退居诗意之外。"乌蒙山"是以一种生命的独特经验在诗歌中得到了一种最大限度的描述，换句话说，"乌蒙山脉"作为诗歌客体的幻想存在，是按诗人雷平阳的思想体验的结构方式界定的。著名诗人、诗评家陈超教授谈到雷平阳诗歌的地方性特色时说："他更乐于从他的故乡，那浑莽凝恒的西南边地开采出一块块粗粝的青石，把它们安放结实，对故乡深入而持久的观照，决定了雷平阳

---

① 雷平阳：《雷平阳诗选》，长江文艺出版社2006年版，第196页。

的诗基本姿态不是前倾的,是立足于当下去回溯、追忆并命名。"① 对诗人雷平阳来说,"让人产生很多错觉"的乌蒙山脉,是他生命里的根基,他的历史、他的现实、他的生活与自由都来源于这个客体的存在。按照法国结构主义大师罗朗·巴尔特在《结构主义活动》一文中的解释:"结构主义的活动包括两项典型运作:分解和表诉。"② 雷平阳的诗对"乌蒙山脉"是怎样分解和表诉的呢?我们不妨再看他的另外一首《乌蒙山素描》:

> 从锄柄上剔下来的,从玉米中浸出来的
> 都是父亲们的体温,木质的,可食用的
> 从土层中降下去的,从天空里升上来的
> 都是母亲们的骨肉,土地的,天空的
> 每当我看到这一切像乌蒙山一样
> 铺开,并被阳光照亮了,我的泪水是水井的,河流的
> 带着红土、石块的速度,以及我
> 藏之体内的几万亩石头的痛哭③

作为客体的"乌蒙山"被诗人分解为"父亲们的体温"和"母亲们的骨肉",这样的分解显示了诗人与这座群山的生命意义。诗歌的表述功能是千差万别的,每一个诗人甚至有许多不同的选择。"乌蒙山"作为一个自然符号本身并没有多大意义,但是,经过诗人反复构建,却形成独特的审美样式,即诗人情感的具象表达。一个优秀的诗人,不但要反映客观世界,还要对客观世界进行再创造。诗歌作为人类精神生活的重要组成部分,它与现实生活的关系是反映与被反映,创造与被创造。面对繁杂的客观物象,诗人的艺术创造往往会不由自主地依照某种生活图式去改造和感知。作为艺术表现的审美客体,《乌蒙山素描》中所表达的情感是冷静而

---

① 陈超:《"融汇"的诗学和特殊的"记忆"——从雷平阳的诗说开去》,《当代作家评论》2007 年第 6 期。
② [法]罗朗·巴尔特:《结构主义活动》,转引自特伦斯·霍克《结构主义和符号学》,瞿铁鹏译,上海译文出版社 1987 年版,第 115 页。
③ 雷平阳:《雷平阳诗选》,长江文艺出版社 2006 年版,第 185 页。

又热烈的，诗中的"父亲们"和"母亲们"是原型生活的象征，他们既不是真实的，也不是理性的，而是被诗人再创造的新的客体类型，一种功能性的复合整体。所以"每当我看到这一切像乌蒙山一样/铺开，并被阳光照亮了"时，他的"痛哭"像"藏之体内的几万亩石头"一样沉重而无语。"乌蒙山"是诗人雷平阳生活的故乡，也是他诗歌艺术的故乡，"乌蒙山"的生活经验在他的意识中积淀成一种固定的、具有美学意义的图式，诗人就是按照这种图式去感知和理解诗歌的艺术，并赋予其审美的意义和价值。阅读经验告诉我们，《乌蒙山脉》和《乌蒙山素描》所表述的，都是一种童年生活的情结，之所以有这样的认识，是诗歌中的文本意义发挥着重要的作用。诗歌中的"乌蒙山"，其所指不仅是一种符号的记录，也不完全是生活的结论，而是一种诗歌结构的审美信息。"乌蒙山"作为词语的中心，所有的表述都围绕它而存在，而作为意义表达者的诗人，他的情感就藏在他所表达的客体中。从结构的意义上理解，雷平阳的"乌蒙山"是一种新的表达客体，这个被表诉的客体并不等于现实生活的乌蒙山，也不是理性的乌蒙山，而是一个情感功能性的艺术整体。

因为结构，诗歌才有意义，因为结构，诗歌才成为诗人本质力量的对象化，诗人才是客观世界的主观创造者。结构的组织原则要求诗人要按照美的规律来创造生活的特殊形式，而不是把文学看作生活的被动反应，因为"世界是事实的整体，而不是事物的整体"。[①] 当然，每一位诗人对生活的见解都有其独特的认识，这种认识不一定是生活的真谛，但却是艺术化了的生活。在结构原则下，诗人创造的世界肯定是性格化、个人化的世界。因为现实世界是复杂的、五彩缤纷的，而诗人的审美结构是深刻的、多层次的。所以，诗人所表述的情感常常是由客观世界的某些内在物象外化为诗人主观情绪的结果。通过对外在世界的认知、感悟、理解之后，再同内心情感交融，然后主观与客观同化为一种艺术形式，使诗歌建构起另一种全新的情感结构意义。

---

① ［美］罗伯特·休斯：《文学结构主义》，刘豫译，生活·读书·新知三联书店1988年版，第5页。

第三章

诗歌形态的情感结构

诗歌的情感结构作为诗歌形态的审美特征，是由诗歌所表达的对象决定的。诗歌的结构形态有两种：一是外在的结构，指诗的分行、排列、音节等外观形式；二是诗的本质结构，即诗人的情感在诗歌中的内在律动。诗歌艺术形态最特殊的地方就在于诗歌表现情感时的直截了当，这是其他叙事性文体很难达到的。所谓"内在律动"就是指诗歌描述物象、表情达意时所表现出的本质的、内在的结构。关于诗的内在结构，著名诗人、教授郑敏是这样总结的："诗的内在结构是一首诗的线路，网络，它安排了这首诗里的意念、意象的运转，也是一首诗的展开和运动的线路图。"①既然是诗的"线路""网络"，并能够安排"诗里的意念、意象的运转"，这就充分说明诗人的意念、情感，是诗歌创作中的内在结构的灵魂。只有诗歌的内在结构，才能保证诗歌的审美形态完美地站立起来，因为诗歌艺术的最深层结构，就是暗藏在诗歌表达形式之下的情感结构。

一

诗歌艺术形态的内在结构有着与众不同的审美方式，是诗人美学理想的独特表现。正如结构主义学者特伦斯·霍克所言："结构的组成部分受一套内在规律的支配，这套规律决定着结构的性质和结构的各部分的性

---

① 郑敏：《诗歌与哲学是近邻——结构/解构诗论》，北京大学出版社1999年版，第23页。

质。"① 支配诗歌情感的内在结构是什么呢？是诗人创作时的审美理想，诗人的审美理念是诗歌"展开和运动的线路图"的动机，是诗歌艺术形式排列组合的完整性表达。《毛诗序》所云的"情动于中而形于言"② 就足以说明了诗歌结构形态与诗人的审美情感活动是同形同构关系，即诗人审美情感的流露、情感的传达是诗歌审美形态构成的关键。现代诗歌的外观结构本质上不会有太大的区别，分行、分节、排列大致相同，但诗歌与诗歌之间的内在结构却千差万别。也就是说，由于每一个诗人的情感表达方式不同，因此诗歌的特殊内在艺术形态也就完全不同。对于一个阅读者来说，要充分掌握诗歌内在结构形态的特殊意义，因为诗歌的外形结构虽然有着基本统一的艺术趣旨，但其内在结构所散发出的诗歌审美意义却大相径庭。即使同一个诗人写了同一题材的诗歌，其诗歌的内在意味也各不相同，这是因为诗歌的结构形态不是静态的，支配诗歌结构的规律是活动的、变化着的。如著名诗人海子的两首同题诗《秋》，表达的内容是具有相同和相似性，都是通过语言来还原秋天的意象，但是，两首诗歌所表达的内在情感却不尽相同，其诗歌的内在结构形态也各有千秋。第一首《秋》这样写道：

> 用我们横陈于地的骸骨
> 在沙滩上写着：青春。然后背起衰老的父亲
> 时日漫长　方向中断
> 动物般的恐惧充塞着我们的诗歌
>
> 谁的声音能抵达秋之子夜　长久喧响
> 掩盖我们横陈于地的骸骨——
> 秋已来临
> 没有丝毫的宽恕和温情：秋已来临③

---

① [英] 特伦斯·霍克：《结构主义和符号学》，瞿铁鹏译，上海译文出版社1987年版，第7页。

② 《毛诗序》，转引自郭绍虞主编《中国历代文论选》第1册，上海古籍出版社2001年版，第62页。

③ 海子：《海子的诗》，人民文学出版社1995年版，第148页。

海子的诗歌擅长捕捉人物内心情感的微妙变化，善于表达人生的欢乐悲哀，追求人文主义的终极关怀价值。这首诗描写的是心灵的内在律动，诗中的元意象"骸骨"是关键词，"骸骨"并不指某个人的骸骨，而是暗示时间的无情和岁月的流逝所带来的伤痛。"骸骨""青春""衰老的父亲""动物般的恐惧"，这一切都是伴随着"秋已来临"的感念而跃然纸上。第二段"谁的声音"是指那些赞美秋天的诗句，不管对秋天的赞美如何长久，这赞颂秋天的诗句也无法"掩盖我们横陈于地的骸骨"。诗歌的语言并不是参照现实生活的原始意义来构词的，而是根据诗人内在的情感表诉来组成新的词汇，从这个意义上说，"骸骨"是这首诗歌形态情感结构的支配元素，是构成诗歌结构图像的内驱力，表达的是时间对美好人生的扼杀。如果不能解读"骸骨"的内在蕴意，不能感悟这个词语的明确理念，对这首诗的阅读理解就失去了方向。

海子的另一首《秋》如是写道：

> 秋天深了，神的家中鹰在集合
> 神的故乡鹰在言语
> 秋天深了，王在写诗
> 这个世界上秋天深了
> 该得到的尚未得到
> 该丧失的早已丧失[①]

在这首诗中诗人三次重复"秋天深了"，其诗歌的意义指向非常明确，表达的是一种伤秋的感怀。通过对诗歌的解读，不难发现，在这首诗的内在结构里，诗人既是叙述者，同时又是被叙述的人。诗中的"神""王"是诗人内心情感的自喻，表现了创作诗歌时情绪的自由飞翔。而"鹰在言语""王在写诗"则是暗示诗人的创作行为。然而，尽管秋天是收获的季节，但是在"秋天深了"的日子里，"该得到的尚未得到/该丧失的早已丧失"。这是具有哲学考问的抒情语言，是诗人的言说和内心呼声，正是这两行充满经验哲理的诗歌语言的介入，伤秋的概念得以强劲的

---

① 海子：《海子的诗》，人民文学出版社1995年版，第186页。

表现。

　　对诗歌的解读不能断章取义，因为每一首诗歌都是一个完整的自律整体，是一个独立的艺术系统，是诗人情感的自足表达。诗人在创作诗歌时不会将自我的情感淹没在复杂多变的现实生活中，而是把外部世界内化诗人的审美情愫，即外部感受内化为情感，情感内化为文字，文字转化为审美理想。正因如此，凡是精美的诗歌，其情感结构中总会有一个抒情主人公。诗中的抒情形象或者是诗人自己，或者是诗人的影子。当诗人对客体物象进行感知、领悟并将其还原为情感，融化于内心世界时，诗中的抒情主人公便代替诗人向世界传达自我的心灵活动，这个传达的过程就是诗歌形态结构的最终完成。

　　诗人的情感通过诗歌的外观形式而袒露，是诗人通过某些自然征兆或人生经历的信息对事实进行表述的结果，是诗歌"大我"抒情形象的经验/意识的缩影。这一"大我"形象既包含了诗人对现实生活的分析，也有诗人对世界观、人生观的考量。情感作为诗的结构表现，能够把现实生活中的各种物象、各种社会信息转化为形形色色的新话语，同时又把这些特定的话语保留在诗歌的特定形态的结构之中。如果诗的结构是一座桥梁，那么客观物象则是桥的彼岸，诗人的情感则是桥的此岸，两者融会贯通，构成了诗歌形态情感的结构体系，而诗歌的真正精髓就存在于这个结构体系中。读者在阅读时如果破译了诗歌的内结构密码，就能够深度理解诗歌的真意所在。特别是阅读较艰深而又内涵丰厚复杂的现代诗歌时，如果掌握诗歌表达的结构图形，就能够破解诗歌的整体要义。如英国杰出诗人弥尔顿的名诗《梦亡妻》：

　　　　我恍若见到了爱妻的圣灵来归，
　　　　像来自坟茔的阿尔瑟蒂丝，由约夫
　　　　伟大的儿子还给她欢喜的丈夫，
　　　　从死里抢救出，尽管她苍白、衰颓；

　　　　我的爱妻，洗净了产褥的污秽，
　　　　已经从古律洁身礼得到了救助，
　　　　这样，我确信自己清清楚楚，

充分地重见到天堂里她的清辉。

她一身素装，纯洁得像她的心地，
她面罩薄纱，可在我幻想的视觉，
那是她的爱、妩媚、贤德在闪熠，

这么亮，远胜别的脸，真叫人喜悦。
但是啊，她正要俯身把我拥抱起，
我醒了，她去了，白天又带给我黑夜。①

  这是诗人一生写的唯一一首以爱情为主题的诗，诗歌中"大我"的抒情形象以执着的爱情为主色调。弥尔顿于1656年娶了凯瑟琳·伍德柯克为续弦夫人，此时的弥尔顿虽然已经失明，但是夫妻二人却非常恩爱，可惜的是一年后，凯瑟琳·伍德柯克死于产褥热，弥尔顿十分悲痛，便写了这首著名的爱情诗《梦亡妻》。了解到这个现实中的生死恋，就找到了破译这首诗歌内在情感结构的密码。"恍若见到了爱妻的圣灵来归"是突出梦中之境，证明现实中的凯瑟琳·伍德柯克已经不在人世。接下来通过希腊神话中的人物阿尔瑟蒂丝为救丈夫自愿去死的故事来强调妻子死得伟大和动人。第二段是对妻子在天国生活的幻想。"洗净了产褥的污秽"是说明女主角的死因，"我确信自己清清楚楚，/充分地重见到天堂里她的清辉"。则是解释诗人幻想中妻在天堂的形象。第三段是对亡妻品德的歌颂。"她面罩薄纱，可在我幻想的视觉，/那是她的爱、妩媚、贤德在闪熠"，主要强调妻子的内在美。弥尔顿与凯瑟琳·伍德柯克结婚时已经失明，没有亲睹夫人的面容，所以诗中写他梦见妻子时，"她面罩薄纱"，但是幻觉中妻子的美却妩媚、贤德，美轮美奂。诗歌的第四段是情感的高潮，妻子明明就在眼前，可是"她正要俯身把我拥抱起"时，"我醒了，她去了，白天又带给我黑夜"。阴阳两隔的悲剧在白天黑夜的反复循环中上演。很显然，这是一首如诉如泣、悲欢离合的爱情诗，诗歌的结构系统就是为诗人的自我叙述提供情感的真实表白，给诗人自言自语式的悲痛言

---

① 屠岸选编：《外国诗歌百篇必读》，人民文学出版社2011年版，第19页。

说一个表达的空间。

二

诗歌情感结构的特殊方式，表明了诗人的情绪活动与诗歌的艺术形态是一种同形同构关系，是诗人的情感思想与语言表达的一种相互转换，这个转换的原因是诗人受到外在物象的感应而产生的。正如著名美学家朱光潜所言："心感于物（刺激）而动（反应）。情感思想和语言都是这'动'的片面。'动'蔓延于脑及神经系统而生意识，意识流动便是通常所谓'思想'。"[①] 情感思想是诗歌审美艺术的重要组成部分，而语言作为组织的形式，主要是翻译或破解诗人的内在情感和所要表达的审美思想，因此，"心感于物而动"就是外在物象转换为诗人审美意象的表现。其实，我国古代文人早就注意到诗歌的情感活动，《毛诗序》中说："情动于中而形于外，言之不足，故嗟叹之；嗟叹之不足，故咏歌之；咏歌不足，不知手之舞之，足之蹈之。"[②] 这段话虽然是讨论诗歌的起源，但从中也可以说明古人重视诗歌的内在情感结构。"情动于中而形于外"说明诗歌的情感形态与诗人的情感活动是互为表里的同构关系，而"不知手之舞之，足之蹈之"则证明了情感的流露、情感的传达是组合诗歌艺术形态的关键，诗歌情感的内在旋律与诗人的情感活动是非常契合的。

诗人创作诗歌的过程中，是不会将自己的情感淹没在纷繁复杂的现实生活之外的，而是将外部世界内化为诗人的审美情感，这样，诗歌的内部结构中总有一个抒情主人公，这个抒情主体可以是诗人自己，也可以是诗人的影子。如雷平阳的《亲人》：

> 我只爱我寄宿的云南，因为其他省
> 我都不爱；我只爱云南的昭通市
> 因为其他市我都不爱；我只爱昭通市的土城乡

---

① 朱光潜：《诗论》，上海古籍出版社2005年版，第60页。
② 《毛诗序》，转引自郭绍虞主编《中国历代文论选》第1册，上海古籍出版社2001年版，第63页。

因为其他乡我都不爱……
我的爱狭隘、偏执，像针尖上的蜂蜜
假如有一天我再不能继续下去
我只会爱我的亲人——这逐渐缩小的过程
耗尽了我的青春和悲悯①

　　这首诗的外观结构与一切现代诗歌没有太大的区别，其分行、分节、韵律和所有现代诗一样，可以使读者在阅读文本的过程中立刻做到观赏定位，用诗的眼光去读诗，并品味诗歌所传递的美学信息。但是，这首诗歌的内在情感结构却非常特殊，是雷平阳个人的情感方式的独特表达。诗人出生于云南省昭通市土城乡，所以他只爱自己寄宿的这三个属于故乡的地方，其他省、市、乡"我都不爱"，这样一种直白式的爱，不是简单的故土情结所能包含的。《亲人》中的抒情主体"我"肯定是诗人自己，当"我"对客观物象进行感知、领悟并将其还原于个人情感融化于心时，诗中的抒情主人公代替诗人向世界传达了自己爱的哲学观，即"我只爱我寄宿的云南""我只爱云南的昭通市""我只爱昭通市的土城乡"。正是诗人这种爱的心理活动，使诗歌的内在情感结构跟随诗歌的外观形式而坦露，所以"假如有一天我再不能继续下去"，也就是当我不再爱我所寄宿的故土时，"我只会爱我的亲人"。云南省——昭通市——土城乡——亲人，这个爱的"逐渐缩小的过程"，是诗人狭隘、偏执但又绝对真实的爱的情感的流露。因为诗歌情感结构抵达的极点是"我的亲人"，所以诗人情感的"逐渐缩小的过程"，就是《亲人》内在结构的张力慢慢放大的过程。《亲人》作为一个艺术整体，诗人的情感是建立在作为故乡符号的"云南省、昭通市、土城乡"之上，故乡作为诗人情感具象的表征，构成了作品有序时空的艺术世界。在作品中，作者不停地寻求故乡与诗人内心世界的有机联系，在对故乡情结的心领神会中，获得一种超于空间距离的情怀。表面上看，诗歌的空间秩序从大到小，但是情感的强度却留下了灼热的痕迹，诗歌的情感结构则在爱的诗性武断中得以无限制的扩张。

　　诗歌总是以丰富、厚重的意象传达作者内在而深刻的思想感情，这种

---

① 雷平阳：《雷平阳诗选》，长江文艺出版社2006年版，第1页。

由物象转化为意象的情感形态，主要靠诗歌"内在律动"的暗示和启发。当客观事物激起诗人的灵魂悸动，并产生强烈的灵感波澜时，作为诗歌创作的感性材料，通过诗人情感的过滤、综合、归并，完成了诗歌作品的内在情感的艺术形式，即诗歌的内在结构。在这个结构中，没有人物，没有事件，只有情感与意象的组合。如意大利隐秘派诗人夸齐莫多的《我的祖国意大利》，这首诗歌作为一个艺术整体，诗人的情感是建立在诗意符号"我的祖国"之上。"祖国"作为诗人情感具象的表征，构成诗歌中有序心理时空的艺术世界，诗人不停地寻求"祖国"与自我内心世界的有机联系，甚至发下"诗人永生永世不能忘记"祖国的誓言。在对"祖国"情结的心领神会中，获得了一种超越空间的情感结构，一种与"祖国"不弃不离的家国情怀。所以这首诗的结尾诗人写道：

> 我的祖国是意大利，
> 我要把心中的歌献给它的人民，
> 献给它被大海的波涛淹没的哭泣，
> 母亲们深切的悲恸，
> 我要把心中的歌献给
> 意大利的生命。①

从诗歌的表层形态上分析，"意大利""人民""波涛淹没的哭泣""深切的悲恸"，这些意象的排列组合，是随着诗人内在情感的推进形成整体联系的。诗人的情绪与所表达的对象融为一体，并且把祖国当作一个很实在的生命的母体，因此，才有"我要把心中的歌献给/意大利的生命"这样从灵魂里发出来的歌唱。优秀的诗歌总是和生命体验有着本质的血肉联系，诗歌的外在技巧虽然也是诗歌质量的一个原因，但最终决定诗歌内蕴深度的还是生命与灵魂。诗来自于生命，《我的祖国意大利》就是一首生命力激情飞扬的好诗，一首从灵魂深处流淌出的自然而诗性的语言。

在诗歌创作中，诗人的情感虽然重要，但不是说有了情感冲动就能写

---

① 屠岸选编：《外国诗歌百篇必读》，人民文学出版社2011年版，第182页。

出优秀的诗歌,情感的随意挥洒并不是诗。作为结构的存在,诗歌中的艺术形式必须是稳定的和有序的。诗歌的内在结构要遵循一定的规律,要按照诗人情绪的逻辑发展进行写作,因为诗歌的"结构是一个沾染着情绪的、意义含混的概念"①。这里所说的"意义含混"是指诗歌的结构内涵的丰富性和意义的不明了性。既然诗歌的结构是"沾染着情绪的",那么诗人的情感自然是控制诗歌结构发展的关键所在。所以,要解剖诗歌的内在情感结构,首先要解析诗人灵魂深处的写作目的,要在他的作品中寻找经常出现的关键词,研究这样的关键词为什么会牵动诗人写作的神经。只有这样,才能真正探求到隐藏在诗歌表层形态之下的情感结构。具体的物象不是诗,只有物象转化为诗人的审美情感时,诗的语言才会有生命力,如同古人所说的"意在笔下""情景交生"。

　　古今中外的优秀诗人都是坚持用生命写诗,用生命体验现实,即使是写与自己人生无关的素材,也要坚持灵魂的介入,只有这样,作品才会沾染着诗人的情绪,诗歌的语言才可能抵达表现对象的真实性,才会唤起读者心灵的颤动。用生命和灵魂完成的诗歌,是诗人精神世界和情感世界的真正意义上的彰显,更是诗人内心世界的表白,这样的言说方式必然带有个人生命的强烈色彩。这与中国古代诗论家所说的"诗者,人之性情也"② 是同一个道理。古人性情之说意在强调诗歌创作要直接抒发诗人的心灵,表现真情实感,并认为诗歌的本质是表达感情的,是人的感情的自然流露。正因为诗歌情感结构的本质是源自诗人的情绪世界,结构的组合原则与诗人的自我情绪有着密不可分的内在联系,所以诗人的情感境界是决定诗歌作品内蕴深浅的重要因素。诗歌艺术形态的情感结构与诗人情绪流露形成同构关系,诗人通过情感的渲染将自己的审美理念诉诸社会,所表达的情感理念往往具有超越或高于作品中所要表达的外在物象的原始意义。诗人燃烧的情绪决定诗歌结构的发展,诗歌内部结构的美学原则在诗人情感的焚烧中完成。如奥地利诗人里尔克的长诗《关于僧侣的生活》,因为这首诗,作者被称为情感最虔诚的诗人。这首诗歌虚构了一个隐居于

---

① [比利时] J. M. 布洛克曼:《结构主义:莫斯科——布拉格——巴黎》,李幼蒸译,中国人民大学出版社2003年版,第136页。

② 杨维祯:《李仲虞诗序》,见《东维子文集》卷七,明洪武间刻本。

陋室的僧侣专事以诗作为祈祷，由于僧侣既是祈祷者，又是情感特殊的诗人，因此这首长诗的结构艺术形态往往与诗人的审美情感密切相关。长诗的第一段如此写道：

> 我生活在不断扩大的圆形轨道，
> 它们在万物之上延伸。
> 最后一圈我或许完成不了，
> 我却努力把它完成。
>
> 我围着上帝，围着古老钟楼转动，
> 转动了一千年之久；
> 还不知道我是一只鹰隼一场旋风
> 或一支洪大的歌曲。①

这首诗是宗教性的纲领宣言，表明了诗人祈祷者的立场。里尔克致力于宗教信仰的个体探索，并将他的思想情感以独特的方式表达出来，因此他的"祈祷者"的诗歌中总是含有丰富的"神性"智慧。"圆形轨道"是宗教生活现场的象征，而且是一种无限大的空间，"在万物之上延伸"，虽然"最后一圈我或许完成不了"，但是，行动的决心、承担的力量，让诗人决心"努力把它完成"，以此化解"祈祷者"的生存困境。诗歌的第二段主要描述"祈祷者"宗教精神的存在条件及其可能性，"我围着上帝，围着古老钟楼转动"，甚至"转动了一千年之久"，而转动的结果，"我"或者是"一只鹰隼一场旋风"，或者是"一支洪大的歌曲"。诗歌将宗教的虔诚思想融于作品的艺术形态之中，"我"的行为和理念作为一种精神而存在，甚至是诗歌情感结构完成的动力支柱。

三

情感结构在诗歌艺术表现中多种多样、五彩缤纷，但是任何艺术形态

---

① ［奥地利］里尔克：《里尔克诗选》，绿原译，人民文学出版社1996年版，第159页。

都是有规律可循的。简单地归纳，诗歌的情感艺术形式大概有单线式的情感结构和多线索交叉的复式艺术形态。

单线式的情感结构往往以诗人大胆和独白性的艺术表达方式出现，诗歌表达的是一种突进式情感，诗人抒发的情感从始至终都是透明的，结构模块属于明线类型。作品中的抒情主体和抒情客体相互融会贯通，诗歌的审美维度具有一种强硬的感性色彩，特别容易被读者接受。这种单线发展的诗性情感结构，以一种全然主体的诗性语言来完成诗歌的创作，诗人的热情表诉没有界限，以自我的个体经验来营造诗歌的审美广度，并用创造性的意象刺激阅读者与诗人一起领悟心醉神迷的诗歌意味。诗人在诗歌中表达的情感以直线上升的线路引导读者，诗中的词语是诗人生命的存在物，所创造的诗学意义源自诗人的情感期待，所表达的诗歌思想带有普遍的人生哲学意趣。如德国著名诗人歌德的抒情诗《对月》就是单线式情感结构的成功之作。这首融爱情和自然于一体的诗歌一共有九段，虽然每一段都有其特殊的审美意义，但是《对月》的整体情感却是一种同构关系，即同一种基本构架之下释放的共同的审美信息。诗歌的第一、第二段这样写道：

> 你又悄悄地泻下幽辉
> 满山谷和丛林
> 我整个的心灵又一次
> 把烦恼消除净尽
>
> 你温柔地送来秋波
> 普照我的园林
> 象知友的和蔼的眼光
> 注望着我的命运①

诗歌中的"月"既是自然的景象，又是诗人所深爱着的斯坦因夫人的象征。而"我"则是歌德本人，诗中的"你"同时包含有"月亮"和

---

① ［德］歌德：《德国诗选·对月》，钱春绮译，上海译文出版社1982年版，第95页。

"斯坦因夫人"的内在意蕴。"你"的幽辉倾泻在"满山谷和丛林",因为有"你"幽辉的存在,"我"的整个心灵中的烦恼全部"消除净尽"。这种爱的情感已经超出了自然的巨大空间,进入诗人的灵魂深处。第二段"你"的温柔而强大的秋波"普照我的园林",而心领神会的眼光"注望着我的命运",如果"我"的命运中没有了"你"的幽辉和秋波,生命就没有意义,再美好的山谷、丛林、园林都没有生命的气息。诗歌中所凝固的爱情力量超越了客观自然景物所带来的美学境界,诗人对所爱对象的诗性圣化释放出了抒情诗的力量。诗的结尾是情感彰显的顶峰,当诗人沉浸在爱情的自我享受中无法用语言表达时,只好用"在心曲的迷宫里漫游,/那真是幸福无比"①来诉说爱的神性和伟大。爱的迷宫是"我"幸福的辽阔空间,爱情之外的物象则成为一种掩饰的遮蔽。这首诗歌中的直线式情感结构非常鲜明,读者可以沿着诗人的情感轨迹,逐步领略作品中的爱情高潮,并感悟到诗人情感的热烈、坦率和豪迈,以及作品中健康、昂扬的美学基调。

如果说单线式的情感结构能够让诗人直抒心意,那么多线索的情感结构则使诗人的情感隐藏起来,这样的诗歌作品所表达的情绪是深沉的,藏而不露的。多线索的情感交叉结构让诗人的情绪呈遮蔽状态,即诗人的情感挥洒要经过诗人理智的过滤处理,而不是泛滥抒情,作品总是由明、暗两线结构来完成。也就是说,一首诗歌中除了有一条表层的抒情线索外,还有一条象征意图较为隐蔽的抒情线索,甚至情感结构呈多线索多线条的推进。

所谓的多线索结构,是指在诗歌形态的情感结构中以某种情绪为主导而散发出更多的情感,作品中的物象不再是单向的,许许多多的意象集中在一个矛盾焦点上,构成一个复杂的意象群,众多意象群在诗人主导情感的引导下,共同织造一个复杂的情感体。这种情感多线条结构类型的诗歌,是对诗人综合艺术能力的考量,更能体现诗人的艺术修养。必须说明的是多线索交叉的复式艺术形态,"这是一种动荡的秩序结构,其线路在

---

① [德]歌德:《德国诗选·对月》,钱春绮译,上海译文出版社1982年版,第97页。

其自身中变换。在整个进展中这种结构勾画出一个自上而下的曲线"①。之所以说是一种"动荡的秩序结构",是因为这种多向型情感结构的诗歌作品,诗人的情绪走向总是自上而下、复杂多变的,情感的碎片是放射性的。即同一首诗中由许多不同本质的意象组合而成,众多的意象碎片又产生不同的情感结构。这种多向性结构的诗歌,抒情色彩中的去个人化较为明确,诗人更多的是表达瞬息万变的现代生活,将抒情与个人的自我心灵分开,追求诗意表达的广阔心境。波德莱尔的诗歌就是这种类型的典范,如《共感的恐怖》:

> 这个古老的苍白的天空,
> 像你的命运一样游荡,
> 回答我,浪子,是什么思想
> 　落在你空虚的心中?
>
> ——我虽然难以满足地
> 企望黑暗与渺茫,可是,
> 我不会像从拉丁园里
> 　驱除的奥维德那样悲伤。
>
> 像沙滩一样破裂的天空,
> 我的骄傲寄予你空中!
> 你那蒙上黑纱的云层
>
> 就是装我梦幻的柩车,
> 你的闪光就是我的心
> 　向往的地狱的反映!②

---

① [德]胡戈·弗里德里希:《现代诗歌的结构》,李双志译,译林出版社2010年版,第26页。
② [法]波德莱尔:《波德莱尔诗选》,苏凤哲译,花山文艺出版社1992年版,第188页。

与波德莱尔的其他诗歌作品一样,《共感的恐怖》同样以"我"来发言,但是诗中几乎很少有个人的自我经验,诗中的"我"是一个现代生活的受难者。在波德莱尔看来,外在的自然景象不仅不美丽、不迷人,甚至是丑陋的,所以构成诗歌情感结构的外在物象是"苍白的天空"、"像沙滩一样破裂的天空",人生活在这样的场景当然不可能得到灵魂的救赎。诗中的"我"虽然不像被驱逐的罗马诗人"奥维德那样悲伤",但是现实社会的颓废如同"蒙上黑纱的云层","装我梦幻的柩车"向着地狱前进。《共感的恐怖》的情感艺术结构就是将诸多的意象结合以建构一个多元的结构秩序,诗歌的情感结构是多线索的,诗人的情感被隐藏在"空虚的心中",并转化为有目的受苦,作品中复杂的情感内涵构成了一个多重的、立体的、完整的艺术世界。

从诗歌的艺术价值上判断,无论是单线索的情感结构,还是多线索的情感交叉结构,都是抒发诗人情感的结构形态,读者在阅读文本时,要凭借诗歌中的情感旋律对诗人在作品中所要传达的审美理想作出正确的判别。波德莱尔说:"美的永恒部分既是隐晦的,又是明朗的,如果不是因为风尚,至少也是作者的独特性情使然。"[①] 正是诗人把自己的独特性情付诸所描述的物象,并借助物象来抒发自己的情感,所以,作为诗歌艺术形态的情感结构才"既是隐晦的,又是明朗的",诗歌的情感体验才会显得丰富多彩、变幻莫测。

---

① [法]波德莱尔:《波德莱尔美学论文选》,郭宏安译,人民文学出版社2008年版,第431页。

第 四 章

生活秩序的再组合

就诗的结构而言,其艺术功能是对日常生活方式的支持,而这种支持就是我们常说的生活的诗化过程。要将生活转化为诗歌,诗人的构思非常重要。什么是构思?构思就是诗人对生活材料的重新组合,包括对情感、感觉、意绪的重新处理。对原始材料的处理,是诗歌结构的特殊方式,是诗人艺术想象的整体蓝图。

有了生活的素材并不等于有了好诗,只有通过出奇制胜的艺术构想,将原材料进行再创造,生活素材才会凝练成深远、优美的诗。构思是诗人在灵感的驱动下所进行的一系列思考活动。诗歌作品中的生活之所以比现实生活更理想化,原因就是诗人在酝酿诗歌创作的过程中,遵照诗歌的美学原则,对材料进行取舍,使之更诗意化、更理想化。构思是诗人再现生活的智能体现,是诗歌结构美学的特殊手段,构思决定着诗歌最后的整体面貌。

刘勰在《文心雕龙》中专门写了"神思"篇来概括文学作品的构思艺术,认为构思是文学作品的关键部分,"神居胸臆,而气志统其关键;物沿耳目,而辞令管其枢机"①。意思是说诗人的神气是由内心来主宰,外在物象靠耳目来接收信息,而语言是用来表达内心所想。刘勰用精湛的八个字来概括诗歌的构思过程,即"意授于思,言授于意"。②大意是说,诗人必须通过构思来决定所要表达的思想感情。作为一种特殊的艺术形式,诗歌必须克服表现手法的平庸,而决定艺术质量的高低,往往同诗人

---

① 刘勰:《文心雕龙》,周振甫译,中华书局1986年版,第248页。
② 同上书,第50页。

的构思成正比。诗歌艺术高于生活,这是最普通的道理,但要达到这一境界,创造出深远、耐人寻味的艺术氛围,构思这一环节很重要。李清照在《打马图序》一文中说:"慧则通,通则无所不达;专则精,精则无所不妙。"① 所谓"慧""精",实际上就是强调诗歌构思的重要性。只有巧夺天工的构思,诗歌才会有动人心魄的意境,只要诗人在构思上做到"慧"和"精",诗歌作品才具有耐人寻味的艺术魅力。

从表面看,构思似乎和诗歌的结构无关,因为构思是在动笔之前,构思就是诗人"物沿耳目",已经掌握好材料,并在思考怎么运用材料,怎么创作诗歌的过程。但是,如同造楼先绘图一样,动笔之前的构思,是写作之前的整体布局,是诗人在写作过程中对诗歌作品进行的一种美学设想。当然,在创作过程中,诗歌作品未必就按照原来的构思完成,但构思却统帅了诗歌作品的大体思路。

当诗人进行诗歌创作时,无时无刻不在考虑如何将原材料进行再创造,按照自己的艺术思考来组织生活素材,恰如苏联诗人伊萨柯夫斯基所言:"在一篇诗中有明确的诗的构思,预先知道你想用自己这篇诗表现什么,并且根据这些来处理材料。"② 这同中国古人所言的"意在笔先"是同一个道理。诗人在写诗之前必然从自己人生经历的"生活仓库"中提取出有深刻内涵的生活材料,经过组合、筛选,用独到的构思结构写出优美的诗篇。如于坚的《滇东北大峡谷》:

  大峡谷
  装满灵魂的大仓库
  许多人经过这里
  失魂落魄
  那些鹰衔着他们
  在晴朗的峭壁飞来飞去

  火车屏住呼吸

---

① 《李清照集校注》,王仲闻校注,人民文学出版社1979年版,第159页。
② [苏联]伊萨柯夫斯基:《谈诗的技巧》,孙玮译,作家出版社1955年版,第52页。

小心翼翼地开
人扶着车窗
紧张地看
风在耳旁边呼呼地响

好像看见了什么
什么也没有看见
好像要跳下去
在那深渊上
和云一起飘

过了许多年
外地人
还梦见自己
一整夜地往下落①

　　这首诗描写的不是地理意义上的"滇东北大峡谷",而是铭刻在诗人内心深处的一次灵魂体验。毫无疑问,诗人是到过"滇东北大峡谷"的,但是,当诗人用诗性的笔触来描述"滇东北大峡谷"时,不是凭直观经验来完成,而是经过一番深思熟虑的构思后,从生活的记忆中搜寻出能够表达"滇东北大峡谷"特征的语言,组合成一个立体的、完整的意象图。诗的第一段是通过外在的他者表象来完成,用"装满灵魂的大仓库"来象征大峡谷的生命存在意义,而那些来到这里看风景的人,他们的魂魄被鹰衔着,"在晴朗的峭壁飞来飞去"。第二段、第三段是通过外来物——"火车"来体验大峡谷的深不可测,司机要"小心翼翼地开",坐火车的人则"紧张地看"外面的风景,但是除了"风在耳旁边呼呼地响"外,"什么也没有看见",只感觉到"和云一起飘"。最后一段是梦幻的记忆,到过滇东北大峡谷的外地人,过了许多年后,做梦都"一整夜地往下落"。通过缜密的构思,用语言的言说,将阅读者引向一个美丽壮观而又

---

① 于坚:《于坚集·卷一》,云南人民出版社 2004 年版,第 52 页。

惊心动魄的"滇东北大峡谷"。

"情以物感"是诗人构思的起点,诗人的创作冲动,固然与神秘的灵感意绪有关,但是灵感并不是天生的,灵感源于诗人对大千世界、万事万物的深刻体验。对于构思的起点与过程,我国古代著名的文艺理论家陆机在他的《文赋》一书中有颇为深刻的论述。他说:"遵四时以叹逝,瞻万物而思纷;悲落叶于劲秋,喜柔条于芳春。"① 在陆机看来,诗人最初的构思主要是因为诗人触景生情,因情感物的结果。陆机对诗人的构思过程看得十分重要,他认为诗人的艺术构思过程是一个穷高极远的想象空间,是"精骛八极,心游万仞",是"浮天渊以安流,濯下泉而潜浸",是"观古今于须臾,抚四海于一瞬"……也就是说,诗人的构思过程可以突破任何想象的空间,可以突破上下古今的界限,这样才能达到"笼天地于形内,挫万物于笔端"② 的美学构思效果。

构思是诗歌创作过程中最艰难的一步,即便是那些天才的诗人,在构思上也是煞费苦心,穷尽毕生的精力。张衡构思《二京》,耗费了十年的时间;扬雄苦心构思,诗成却梦见自己五脏俱出;司马相如习惯于咬着笔杆构思作品,构思成熟,笔毛竟全部腐烂……可见构思不仅有关诗歌宏旨大略,而且必须呕心沥血,心静独立,这样才可能写出不同凡响的卓然之作。

诗歌的构思大约经历初始、深入、完成三个步骤。初始阶段就是陆机所言的:"悲落叶于劲秋,喜柔条于芳春",是诗人因物伤情,从对客观事物的感受出发,捕捉一些闪光的形象来为诗歌的立意服务。当诗人完成了最初的构思之后,继续驰骋想象,调动生活积累,进一步追求主、客体的交融、契合,使构思更充分、更完整,这是构思的深入阶段,也是构思最关键的一步。构思逐步深化后,达到思想与外境的物我统一,诗歌创作便水到渠成。精妙的构思能够"笼天地于形内,挫万物于笔端",创造出情境交融的艺术境界,上升到穷情写物的诗歌艺术效果。

古人写诗,讲究"心精独远"。所谓"独运"精神,指的就是独特新

---

① 陆机:《文赋》,转引自郭绍虞主编《中国历代文论选》第 1 册,上海古籍出版社 2001 年版,第 170 页。

② 同上书,第 171 页。

颖的构思。如果构思一般化、概念化，诗歌就很难获得情景相生的意境，诗人的思想感情也就无法表达出来。诗的概括力是很强大的，这种概括力，往往是通过独特的艺术形象来创造，而独特的艺术形象又是精心构思的结果。

英国著名诗人雪莱是一位很有个性色彩的诗人，他的诗总是按照自己的构思方式组合生活素材，使诗歌的情感色彩具有深广的思想内容和感人的艺术力度。如《致华兹华斯》：

> 讴歌自然的诗人，你曾哭泣着领会；
> 人世间的一切一旦离去，再不回还；
> 童年，青春，友谊和爱的最初光辉；
> 像迷人的梦相继飞逸，留下你哀叹。
> 这类哀愁我有同感，但有一宗不幸，
> 你虽也意识到，却只有我独自哀悼。
> 你曾是一颗无双的星，以你的光明，
> 把寒冬深夜怒涛中飘摇的小舟照耀，
> 你曾超越于盲目、倾轧的滔滔人海，
> 肖然屹立，似济危避难的石筑楼台；
> 在高尚的贫困中你把呼声编织成歌，
> 奉献给真理、奉献给自由——然而，
> 你竟在舍弃这一切，使我深感悲伤，
> 至今就是这样，愿你终止这种作为。①

这首诗的独特之处就是在构思中融进了诗人的时代情绪。雪莱曾经是华兹华斯热忱的崇拜者，在诗歌理论和诗歌创作实践方面都深受这位前辈诗人的影响。但是，雪莱对他领取英国的宫廷津贴是持有不同看法的。这首诗一共分三个层次，第一个层次写的是对华兹华斯作为一个"讴歌自然"的诗人的怀念，表达了一种青春不再的忧郁，当"人世间的一切一旦离去"，人生就显得虚无，只留下诗人的哀叹。接下来，诗人从被崇拜

---

① ［英］雪莱：《雪莱抒情诗抄》，江枫译，四川人民出版社2009年版，第17页。

者华兹华斯联想到自己,"这类哀愁我有同感",但是华兹华斯没有意识到,"却只有我独自哀悼",承受着难以改变现实的痛苦。最后一个层次是对华兹华斯诗歌的赞美和对他晚节不保的惋惜。诗人赞扬华兹华斯是诗坛一颗耀眼的明星,颂扬他用诗歌的光明照亮深夜在怒涛上飘荡的小舟,称赞他曾经同情革命的"岿然屹立"的诗人形象,与用诗歌替穷人呼喊的良心。尤其是对华兹华斯将自己的诗歌"奉献给真理、奉献给自由"的审美理想进行了歌颂。但是,华兹华斯却最终"舍弃这一切",接受宫廷的金钱馈赠,这不能不使雪莱"深感悲伤",发出了"愿你终止这种作为"的悲痛之声。雪莱是一位具有人类良知的伟大诗人,虽然时刻身处逆境,但却用诗歌为全人类的幸福而斗争。在《致华兹华斯》这首诗中,诗人不仅仅局限于对崇拜者的抒情描写,而是在描写过程中融进了自己的主观感情,形象地揭示出诗歌的审美主题,而这一切都归功于诗人的构思之工。

诗歌的构思本质,首先是诗人对原始材料赋予某种思想结构,将原始材料进行调整,使之服从诗歌主题的需要。由此看来,构思作为诗歌的艺术手段,首先是一种思想结构。这不是哲学上的把思想强加给形象,而是思想与形象的浑然一体。诗歌的构思是艺术思维的特殊运动形态,其思维活动离不开艺术的规律。正如王夫之在《姜斋诗话》一书中所说:"无论诗歌与长行文字,俱以意为主。意犹帅也,无帅之兵,谓之乌合。"[①] 诗歌创作中,立意是构思的关键一步。有了精湛的立意,诗歌的构思艺术便成功了一半。之所以"俱以意为主",是因为立意是诗歌艺术构思的奠基阶段,作为诗歌艺术构思的前提,立意是要从表达对象中发现其独特而又新鲜的意蕴,诗人对被表现对象有了不同于别人的特殊思考,诗歌的美学意义才会超出具象本身。

唐代学者孔颖达在《正义》说:"直言者非诗,故更序诗必长歌之意。"[②] 他所说的"直言"就是指构思的简单化,平常化;"诗必长歌之意"则生动地揭示出诗歌的构思是缘情而生的艺术本质。一首诗如果没有好的构思,就很难富于表现力,就不可能体现出诗的创造性特色。奇妙

---

① 王夫之:《姜斋诗话》,舒芜校点,人民文学出版社1961年版,第142页。
② 阮元校刻:《十三经注疏 附校勘记》,中华书局1980年版,第261页。

精湛的艺术构思能使诗歌活力顿生，具有回味无穷的艺术力量，把读者带到一个"曲径通幽"的艺术境界，这就是构思之"巧"的艺术功能。中国人作画讲究"意在笔先"，意思是说，未动笔之前，先有一个成熟的构思。蒋和在《学画杂论》中说："未落笔时，先须立意，一幅之中，有气有笔有景，种种俱于胸中，到笔纸时，直追胸中之画。"① 谈的虽然是作画的创作过程，但作诗何尝不是如此？写诗之前如果没有精妙的构思，写诗的过程中就很难有"心中之画"，诗歌也就难有气势，当然也就不可能概括诗人的生活经验和对生活本质的认识。优秀的诗歌之所以有奇趣横生的艺术效果，不能不说是得力于构思的巧。例如普希金的《假如生活欺骗了你》：

假如生活欺骗了你，
不要悲伤，不要生气！
忧郁的日子里要沉住气：
相信吧，快乐的日子就将来临。

心里憧憬着未来，
而现实总是忧郁；
一切都是瞬息，一切都会过去；
而那过去的将是美好的回忆。②

这首小诗是普希金赠给友人奥西波娃的女儿沃尔夫的，诗的意义是教育青年人要克服困难、乐观向上，不要纠缠于生活的欺骗。同时点出了生活的哲理：回忆也是一种审美。只要"心里憧憬着未来"，现在的艰辛"将是美好的回忆"。这首诗构思之精，的确不同凡响。读者在阅读过程中，没有看到诗人的原始形象出现，但是，诗人的自我情感却无时无刻不在诗中，并一直在引导青年人对待人生的正确态度。这首诗还揭示了生活的一种巡回：当你面对成功时，再去回首那被生活欺骗的过去，内心一定

---

① 蒋和：《学画杂论》，湖南美术出版社2004年版，第475页。
② ［俄］普希金：《普希金抒情短诗集》，桑卓译，四川文艺出版社2013年版，第91页。

会升起自豪之情,这样的回忆是很愉快的;同样,当你的人生受到挫折时,也一定会想起昔日的春风得意,这样的忆旧同样是一种很美的精神慰藉。面对生活的欺骗,面对人生的艰难,经过诗人的巧妙构思,得出的都是愉快的结论,而且极富生命与人生的表现力。现在和未来经过诗人的诗性联想,使这首抒情小诗的构思具备了生动的艺术张力。

  构思是一种创造性的艺术思维活动,精妙的构思是把生活中的现象特质,用艺术设计的蓝图展示给接受者。或从奇幻的想象入手;或从新颖的角度入笔;或从机智的语言生发开去。总之,构思得精,常常使诗作"探骊龙而得珠",有一种"一览众山小"的气度。构思做到匠心独运,不仅可以提高诗的艺术品位,扩充诗歌的容量,创造新奇意趣的意境,而且能深刻地反映诗人的主观意绪,传达诗人的审美理想。诗歌之所以优秀,就在于诗人优美的构思艺术,在于诗人如何对生活材料进行选择和组合,把习以为常的现象表现得更新奇、更夺目,更富有诗情画意。诗的动人之处,就是常常在一些平常简单的物象中发掘出不平凡的诗意来。比如拜伦《我见过你哭》:

> 我见过你哭——炯炯的蓝眼
> 滴出晶莹的泪珠,
> 在我想象里幻成紫罗兰
> 滴着澄洁的露水,
> 我见过你笑——湛蓝的宝石
> 光泽也黯然收敛,
> 怎能匹敌你嫣然的瞥视
> 那灵活闪动的光焰!
>
> 有如夕阳给远处云层
> 染就了绮丽霞彩
> 冉冉而来的暝色也不能
> 把霞光逐出天外:
> 你的笑颜让抑郁的心灵
> 分享纯真的欢乐

这阳光留下了一道光明
　　在心灵上空闪射①

"哭"和"笑"是人类痛苦情绪和快乐情感的普通表达，但拜伦在这首诗中所写的"哭"和"笑"是诗人对现实生活的再提炼。在诗人的笔下，"哭"有了更深层次的意味。"我见过你哭——炯炯的蓝眼/滴出晶莹的泪珠，/在我想象里幻成紫罗兰。"把"哭"比喻成紫罗兰，从形象上赋予"哭"以新鲜的诗意。接下来，诗人描绘"笑"的多层次的表现，通过新颖的构思和联想，重新设计"笑"的存在方式。用"湛蓝的宝石"将"笑"形象化，并有着"灵活闪动的光焰"，这种诗意化的"笑"所传达的审美信息不仅新颖，而且生动盎然。诗的题目虽然是"我见过你哭"，但诗人并没有真正写"哭"，而是通过对"哭"与"笑"的对比描写，表达了两种情感的完整图式。诗的第二段，表露出诗人对"笑"的美好感悟："你的笑颜让抑郁的心灵/分享纯真的欢乐"，这是对"笑"的功能的提升，而"这阳光留下了一道光明/在心灵上空闪射"，诗句平直，但非常惊人，达到了"辞拙意工"的艺术效果。

　　构思成熟的诗有时出语惊人，用看似平实的语言构筑一幅深刻的生活画面。如澳大利亚诗人凯文·哈特的《老人》，诗人在构思时对生活现象进行加工提炼，创造了现实社会中的一个群雕塑像。"你不能忘记老人，/他们是你的一部分。/他们把你当作他们自己。我在城里看到他们，/他们挤在一起，/好似椅子靠着墙壁。"② 几句质朴的诗句，画出了一幅苍凉的伦理道德图境，诗歌的意境深邃而隽永，表达了关注老龄人孤独的社会问题。诗的构思其实就是生活的诗意化，而构思要解决的问题就是诗歌表现什么样的生活与诗歌如何表达生活。表现什么样的生活与诗人的生活与积蓄和对生活的看法有重大关联，如何表现生活则是诗人审美理念的体现。哈特笔下的城里老人，其精神生活是悲苦的，焦虑的，无论阅读者如何解读，那个消尽于城市天空的"背影"，那些似乎存在或不存在于人世间的老人，都非常严肃地构成了一个潜在的社会群体。正如诗歌中

---

① [英] 拜伦：《拜伦诗选》，杨德豫译，广西师范大学出版社2009年版，第56页。
② [澳] 哈特：《哈特诗选》，张少扬译，译林出版社1999年版，第8页。

所写："他们似乎总是在等待/等待着什么事情发生/但什么也没有发生。"[①] 这一笔是诗歌的神来之笔，点出了全诗悲观的主旨，一群在城里孤独生活的老人，外表坚忍沉着，内心世界却悲凉痛苦，年复一年的等待，等待那个不存在的幻想。老人的生活是一种简单的重复，单调而又乏味。然而在诗人的笔下，这种单调的生活中却寓含一种悲剧的氛围，衍生出一种壮美的诗歌情绪。这首诗共有十个自然段，每一段都显示了诗人独立的构思精神，而且每一段都是一幅独特的城市老龄人无助的生活画面。

构思是一种偶然的思维活动来表现必然的艺术形象的过程，当然，这种偶然性是建立在对生活的深思熟虑上。正因为具有偶然性，所以构思才独具一格，才不落俗套。陆机在《文赋》一文中说："立片言以居要，乃一篇之警策。"[②] 意思就是说，诗歌创作必定有几句是全诗精神之所聚处。诗歌中的"片言"就是构思中偶然得之的精彩之句，也就是古人常说的"先得之句"。古今中外的优秀诗歌，其诗中的"居要片言"总是令人折服，那些隽永深厚的诗句，读来每每感到余味不尽。这些耐读的诗句，体现了诗人构思时的炼句、炼意之功。这些精辟的诗句，通常有一种惊人的平淡，有一种震动人心的美感，而这一切，都是源于诗人独特的艺术构思，源于诗人对原始生活材料的重新组合。

---

① ［澳］哈特：《哈特诗选》，张少扬译，译林出版社1999年版，第8页。
② 陆机：《文赋》，转引自郭绍虞主编《中国历代文论选》第1册，上海古籍出版社2001年版，第172页。

第 五 章

审美信息的结构载体

　　诗歌语言是一种特殊的艺术语言。海德格尔在《诗·语言·思》一书中说:"语言是由人创造,是人的感情和指导人的世界观的表达。"① 每一首诗都是诗人的创造,诗的语言也是一种创造性的表达语言。优秀的诗歌提供给我们的语言审美信息是多种多样的,因为诗的语言即使是描述客观实物的诗句,也带有想象和夸张的色彩。海德格尔认为:"在诗的言说中,诗意的想象给了自身的表达。"② 诗歌作为一种艺术创造,它所要表达的情感,是通过语言的言说而完成的。诗的语言不是单纯的表达,而是多层次的多重阐明。语言作为诗歌创作的最基本工具,可以说没有语言就没有诗,没有语言的艺术性就没有诗的存在。

　　诗是高度凝练、高度浓缩的文学样式,它的语言是最精美、最纯粹的语言。艾青在《论诗》一书中说:"诗是艺术的语言——最高的语言,最纯粹的语言。"③ 由于诗歌是诗人情感的高度浓缩,因此诗歌的语言一字一句都必须具有强烈的扩张力,像"子弹"的威力那样能够洞穿一切,像闪亮的珍珠那样在黑夜也能发出光彩。诗歌语言是一切语言的顶峰,精彩的诗歌语言往往能够把人的情感和客观事物结合起来。古人作诗讲究"炼字""炼句",就像炼钢一样,炼出一块好钢,要耗去成千上万块矿石。语言对于诗的重要性比较特殊,诗歌作品能否增强厚度,能否产生动人心魄的艺术魅力,全靠语言是否传达出美的信息。有的时候,诗歌的语

---

① [德]海德格尔:《诗·语言·思》,戴晖译,文化艺术出版社1991年版,第171页。
② 同上书,第172页。
③ 艾青:《论诗》,人民文学出版社1980年版,第49页。

言可能说不上尽善尽美，但诗人对语言的审美把握毕竟有着自己的特别之处。至少诗人在作品中为我们提供了一片新的语言天空，一个只属于诗人自己的语言广场。诗歌语言是作为诗人情感的载体而存在，诗歌作品的诗情诗意，诗的形象、诗的意境、诗的韵味，都是由语言传达出来的。诗歌语言是饱含诗人情绪的语言，是诗人思想的结晶。清代诗评家袁枚主张诗歌的语言要有"性灵"，他在《随园诗话》中说："总须字立纸上，不可字卧纸上。人活则立，人死则卧；用笔亦然。"① 诗歌的语言就是要"字立纸上"，在修辞炼字上下功夫，诗歌的语言才会字字珠玑，如黄金美玉一般放出光彩。这样，诗的意境就会在立体的语言描述中得到开拓。好的诗歌的语言艺术，必然千锤百炼，即使达到"语不惊人死不休"，也肯定是"字立纸上"。至于"立"的程度如何，相信读者在阅读过程中会有"仁者见仁，愚者见愚"的解答。

　　诗歌的语言必须准确，对于物象的本质，状貌要做到恰如其分，这样才能够抒情达意，读者在阅读中才会弄清楚诗人在说些什么和要说些什么。李渔说："琢字炼句，虽贵新奇，亦须新而妥，奇而确。"② 意思就是说：新奇固然是诗歌语言的标准，但却要以正确、妥当为前提。诗人创作诗歌并不是为了自悦而写，而是要在诗歌中把自己的审美感情表达出来，要把对社会、对人生的评判传达给读者。这就要求诗人在"炼字"上做文章，挖掘出那些足以表现思想感情的字眼，放在诗作的最佳处。语言如果不准确，诗歌就显得直白如水，失去了含蓄性。上乘之诗在语言的准确性上是无可否认的，而且作品中的许多句子可以说既奇警又妥帖。如舒婷的《神女峰》的最后一段："金光菊和女贞子的洪流/正煽动新的背叛/与其在悬崖上展览千年/不如在爱人肩头痛哭一晚。"③ 一个朴实坚强的叛逆者形象伫立在读者面前。这个形象不可能是"五四"时期的现代知识女性，更不可能是当下受西方女性主义影响下的女权主义者，只能是诗人所赋予的追求真爱的现代女性。诗歌的语言所传递出来的审美信息不仅真实而且有奇特之处，具有较大的艺术张力。阿·托尔斯泰在《致青年作家》

---

① 袁枚：《随园诗话》下册，人民文学出版社1960年版，第683页。
② 李渔：《闲情偶寄·窥词管见》，杜书瀛校注，中国社会科学出版社2009年版。
③ 舒婷：《舒婷的诗》，人民文学出版社1994年版，第219页。

中说:"你们——作家们,在任何时候都应当时时运用幻觉,就是说,一定要学会看见你们所描绘的东西。你们对你们所幻想的人看得愈清楚,则你们的作品的语言就会愈准确、愈确切。"① 诗歌的语言要善于抓住事物的特征,必须写自己最熟悉、最了解的生活。当诗人对所表现的对象胸有成竹时,才会在构思过程找到栩栩如生的语言。一般来说,诗人创作的诗歌题材,大部分来自他曾经生活过或正在生活的环境,因此他的诗歌语言较为贴切,而且不时有生活现实的警句出现。如雷平阳的《背着母亲上高山》:

> 背着母亲上高山,让她看看
> 她困顿了一生的地盘。真的,那只是
> 一块弹丸之地,在几株白杨树之间
> 河是小河,路是小路,屋是小屋
> 命是小命。我是她的小儿子,小如虚空
> 像一张蚂蚁的脸,承受不了最小的闪电
> 我们站在高山之巅,顺着天空往下看
> 母亲没找到她刚栽下的那些青菜
> 我的焦虑则布满了白杨之外的空间
> 没有边际的小,扩散着,像古老的时光
> 一次排练的恩怨,恒久而简单②

这首诗在用词造句上浸透了诗人的思想情感,做到了以片言而明白诗意美学的效果。"母亲"和"高山"作为一种特殊的意象,被尽可能地压缩在少而精确的语言里,以有限的语言表达了无限丰富的生活内容,使语言的表现力达到某种概括高度。这首诗有亲情的厚重感,诗中的许多语言值得回味,"母亲没找到她刚栽下的那些青菜",象征着"她困顿了一生的地盘"的现场的不可颠覆性,而"河是小

---

① [俄]阿·托尔斯泰:《论文学·致青年作家》,程代熙译,人民文学出版社 1980 年版,第 271 页。
② 雷平阳:《雷平阳诗选》,长江文艺出版社 2006 年版,第 4 页。

河，路是小路，屋是小屋/命是小命。我是她的小儿子，小如虚空"这样的诗句，可以说是现代诗坛上少有的佳句，不仅写出了母亲劳累一生地盘的小、静、空，而且具有很强的立体感。"没有边际的小，扩散着，像古老的时光/一次排练的恩怨，恒久而简单"，形象地表明了故乡的村庄虽小犹大的历史内涵。

现代诗歌是很讲究语言艺术的。当今诗坛，平淡、冗长、散乱的语言处处皆是，形象成堆而无鲜明色彩，意象堆砌而无新颖可言。诗的语言是金子，是足赤的灿灿发光的黄金，而不是随意堆叠的破棉絮。优秀的诗歌其语言虽然达不到言简意赅的精练程度，但至少不是一堆破棉絮。高尔基曾在《论文学》中说："诗歌的每个字都是活的，闪闪发光，好比天空中的星斗。"① 所谓"活"就是指诗歌的语言要有绘画美，把事物的特征写得活灵活现，像天上的星星一样发出光彩。和其他文学样式一样，诗歌也是把大千世界纳入自己的表达范围，优秀的诗总是能够准确地将描写对象具体地传达出来，到达鲜明如画的美学境界，让人有身临其境之感。雷平阳的诗歌语言是极富个人色彩的，有的诗所蕴含的韵味极为深厚，所描写的对象做到了传神如画。《背着母亲上高山》就是最典型的例子："背着母亲上高山，让她看看/她困顿了一生的地盘。真的，那只是/一块弹丸之地，在几株白杨树之间/河是小河，路是小路，屋是小屋/命是小命。我是她的小儿子，小如虚空/像一张蚂蚁的脸，承受不了最小的闪电。"诗歌的语言极富张力，写出了"背着母亲上高山"的独特之处。抓住"背"和"小"大做文章，写得绘声绘色，把现实和想象糅在一起，既生动传神，又具有生活的厚重感。

优秀的诗人其诗中的语言形式必有独到之处。有时诗人用语言的表现力来刻画所描写的对象，甚至根据物象的特点和形状进行描绘，使之具有一种"言说"的真实感，让读者阅读时，对诗歌中的叙述对象产生认同感。这一点，在雪莱的《坚强的雄鹰》中表现得尤为充分。"雄鹰"，当然是指飞翔的象征。诗人在描述雄鹰在天上翱翔翻飞的感觉时，直接用"强劲式"的语言描写：

---

① ［苏联］高尔基：《论文学》，人民文学出版社1978年版，第39页。

> 坚强的雄鹰！你高高地飞翔
> 在云雾弥漫的山巅丛林之上，
> 　披沐着晨曦的璀璨的光明，
> 像庄严的行云，而当夜幕
> 从天渊降临，你傲然不顾
> 　壁垒森严的暴风雨在逼近①

不仅传神、有立体感，而且借助夸张的手法，赋予"雄鹰"太空飞翔时的形体。读者在心理感觉上真的似乎也跟着"飞行"。其气势逼真如画，而且是在一种幻觉中完成。"云雾弥漫的山""沐着晨曦的璀璨的光明""壁垒森严的暴风雨"，诗的阅读者随着"飞翔"瞬间一起领悟雄鹰"傲然不顾"的孤高的独立精神。如果不是精心地、敏锐地观察，又如何用最精确的语言写出雄鹰"高高地飞翔"的传神之笔。

诗歌作为生命的体验，灵魂的感悟和对客观事物的全方位展现，它的本体形式就是靠语言排列组合构成的。在那些杰出的诗歌作品里，我们看到诗人用一种特殊的语言征服客观存在的物象。诗人如果想写出一个世界，洞穿这个世界的奥秘，就得提炼出通向这个世界的语言，这是许多纯正的诗人追求一生的艺术目标。诗歌本身就是一种神圣言语方式，如果我们把诗歌看作一个极富表现力的"文本"，那么语言就是这个"文本"表现世界的桥梁。凡传世之作的诗歌语言的范本，都具有语言艺术的力度。在传达诗人的审美情感方面，诗歌的语言指向是很明确的，作品所有语言都有传递信息的功能。当然，诗歌语言所传递的信息却与一般的信息不同，诗歌语言传递的信息有着审美的情感色彩，其审美效应往往与诗的个体感情联系在一起。读者要进入诗人的内心世界，必须借助语言作为桥梁，作为信息的媒介。杰出的诗歌是不朽的精神产品，这是因诗歌中的语言永远不丧失其表现力，语言创造的空间，能够带给人美的享受。要获得诗歌的美感，首先必须通过词语将一些看来没有多少诗意的东西变成诗，这一点，波德莱尔的《香水瓶》就是成功的典范。在别人看来是随意、简单的物象，诗人却用语言把它美化成诗。并成为心灵活的雕塑。"人们

---

① ［英］雪莱：《雪莱抒情诗抄》，江枫译，四川人民出版社2009年版，第32页。

找到一个残存余香的古瓶/从那里迸发出一个复活的灵魂。"① 这个"复活的灵魂"雕塑，就是靠精妙的语言完成的。而他的《幽灵》就是诗人用心灵和才智建立起来的"活雕塑"：

> 带着天使星眼燃烧的火焰，
> 我要回到你的闺房里，
> 穿过夜色昏昏的黑暗，
> 悄悄地溜到你的身边。
>
> 我将给你，褐发的情人，
> 像月亮一样冰冷的吻，
> 就像墓穴周围爬行，
> 　蛇一样与你相依偎。
>
> 当那天边的黎明降临，
> 你身边便消失的我的踪影，
> 直到夜晚的孤寒凄清。
>
> 别人会对你柔情多意，
> 我确以恐怖的统治把
> 　你的青春和生命摄服。②

这首诗的意象很新奇，从形式说是一首纯诗。诗中所传达的"幽灵"作为审美的客体，经语言的表达之后成为一个活的、孤独的"浮雕"。诗并没有告诉我们"幽灵"是个什么样的形象，更没有对抒情客体作概念上的判断。从语言的指代功能上说，"幽灵"的出现仅仅是完成某种生存价值。"带着天使星眼燃烧的火焰/我要回到你的闺房里"，这是自欺欺人的一种等待，似乎在等待一种爱情或者一种结果。"我将给你，褐发的情

---

① ［法］波德莱尔：《波德莱尔诗选》，苏凤哲译，花山文艺出版社1992年版，第112页。
② 同上书，第151页。

人/像月亮一样冰冷的吻。"从语言的指代功能上判断,"幽灵"并不仅仅是虚幻的物象,其行为本身不过是它要完成的甚至是必须完成的一件事。语言除了有指代功能外,还有情感功能。情感功能表现在诗中主要是唤起情感,引发阅读者的态度。《幽灵》值得回味的地方是这个"幽灵"所表现出的审美力量。"别人会对你柔情多意,/我确以恐怖的统治把/你的青春和生命摄服。"诗的最后一段语言的审美信息达到了预期的效果,突出了诗人自我的无限能量。通过这三句诗的阅读,就能判断出诗歌语言的扩张性使"幽灵"与诗人的关系变得深刻和复杂。当诗人将这种关系用语言把它们构成特定的审美状态,组合成一定的表层形式时,"幽灵"的精神铜像便耸立在我们日常的生活里,这座铜像的外部结构自然是语言,内部结构则是诗人的气质和智慧。诗的产生过程,是外部的客观世界转化为诗人的内在情思的过程,是诗人的境界和构思与外界相统一的过程,作为这个过程的结构,语言是形成的关键因素。诗的语言能够带来联想,能够激起情感,能够强化想象的空间。从接受美学的角度说,它带来的审美信息是丰富的。从语言的功能价值上说,《幽灵》不仅是典范之作,还给我们带来了"另一种美"的信息。按照符号学理论的解释,所有的语言都归为"信息"系统。任何系统都有能指和所指两个功能,能指是传达信息时所用的一切物质材料。诗是以语言文字作为信息载体的,诗的语言能传达出若干审美信息。语言是一种载体,同时也是一种存在形式。语言与诗歌的关系在于诗人思考、想象、幻想时,必须借助它来实现。《幽灵》中的语言在表达诗人的一系列情感活动时,不是从语言本身考虑,而是让语言进入表达的对象之中。海德格尔说:"言说即表现。"① 这个命题的含意就是语言要为观念服务。《幽灵》这首诗的语言总是力图向我们解释什么,回答什么,倾吐什么。其信息量不仅很大,而且具有某种丰富的暗示性。

诗歌语言独特的审美特性,是其他文学作品不能相比的。小说的语言偏重写实;散文的语言侧重于描述;戏剧的语言则以叙述为主,而诗歌的语言是情景性语言。诗歌、小说、散文、戏剧的语言,从功能价值上说,都能传递审美信息,但不同样式的文学作品,其语言所传达的美学意义是

---

① [德] 海德格尔:《诗·语言·思》,戴晖译,文化艺术出版社1991年版,第167页。

不尽相同的,不仅有质的区别,而且也有量的差异。以小说而论,其审美语言所要达到的境界是语言所描述的东西就像可以触摸的实体一样,达到的目的是写什么像什么。这固然是审美信息,但其中有着大量"认知"信息。诗的语言是非写实的,它不是把对象描述得如同真实一般,而是在于抒写诗人心中的情感。诗的语言和小说、散文、戏剧的语言相比较,显然诗的语言的审美信息量要大得多。

读者在阅读优秀的诗歌作品时,接受的语言信息量有多少,这是无法统计的。可以说每个诗人的每一首诗都传递了不同的审美信息。许多诗歌作品给人以深刻的印象,或者意象的叠加,或者旋律的强化,甚至分行排列之间的距离和张力都闪烁、蕴含着语言美学的魅力。甚至连断句、标点都传递了一定的审美信息。由于诗歌的语言的功能程序周密完整,所以在阅读中我们可以清楚地分辨出,每一首诗不是先有立意、想象、构思、情感,然后再去寻求与之表达的语言形式,而是在诗意、意象潜移默化的过程中,语言才开始它的表述。只有当客观物象、诗人的情感、诗歌语言三者相碰撞时,诗性的智慧之光才会被语言记录下来。诗歌语言使客观物象进入诗的境界,这是中国现代诗自诞生之日起就自觉追求的目标。经过近一个世纪五六代诗人的探索,中国新诗的语言已经自成系统,有了一定的审美标准。同时,中国新诗的历史又造就了诗人自身的语言观念,形成了自己的语言特征。

那么现代诗歌的语言究竟有哪些特征?

一

从艺术符号学的角度说,任何语言都是信息的传递载体,都是一种物质材料的再表达。如果根据阅读学的理论来判断,这些物质材料(即语言)相对读者来说就是一种声音。韦勒克在《文学理论》中说过:"每一件文学作品首先是一个声音的系列,从这个声音的系列再生出意义。"[①]"声音的系列"是泛指一切文学作品,但对诗歌而言尤为中肯。古人作诗

---

① [美]勒内·韦勒克、奥斯汀·沃伦:《文学理论》,刘象愚、邢培明、陈圣生、李哲明译,江苏教育出版社2005年版,第175页。

讲求押韵和音节,这是一种传统美学意义上的语音效果。现代诗虽然不太注意押韵,也不在韵律、对仗上下功夫,但是诗中的"音乐美"却是"五四"以来诗人们共同追求的美学境界。这一点,外国诗人的主张更坚决,西方哲学家、美学家都强调诗人写诗时要有音乐感。K. M. 威尔逊则说得非常直接:"像欣赏音乐那样去欣赏诗。"他甚至主张抛开诗歌的全部意义,而把诗"作为一种美好的、印象深刻的声音的连续去欣赏它"。①威尔逊的主张虽然有些极端,却有其合理之处。欣赏音乐靠的是听觉,而欣赏诗歌主要靠视觉。对诗歌的阅读习惯上叫作"读诗",而不是"听诗",但并不排除诗歌不可以"听"。事实上中国古人的"吟诗"和现代人的"诗朗诵"都是"听",这是因为诗歌的语言富有音乐美的因素。任何有特色的诗歌作品都会在语言运作上有过人之处,尤其是在"语言的鸣响效果"上会稍胜一筹,都能够唤起读者听音乐的感觉。如雪莱的抒情诗《一个共和主义者有感于波拿巴的倾覆》:

> 我恨过你,倾覆的暴君!我曾痛心,
> 当我想到像你这样一个谦卑的奴隶,
> 竟也会在自由的坟墓上欢跳、狂欢;
> 你原可建立你的宝座至今依然屹立,
> 却选择了豪华煊赫耀武扬威的巡游,
> 血腥而脆弱,终于崩溃,已被时间
> 扫向寂灭的川流。我曾因此而祈求
> 杀戮、掠夺、奴役、邪欲,还有背叛,
> 趁你熟睡时潜入,把它们的代表你
> 窒息。到我省悟为时已晚。法兰西
> 和你同受羞辱后:美德,有比强暴
> 和虚伪更凶恶的大敌:陈腐的积习,
> 合法的罪行,残酷而又血腥的宗教
> 时间所孕育的那些最最卑污的子息。②

---

① 转引自朱狄《当代西方美学》,人民出版社1984年版,第477页。
② [英]雪莱:《雪莱抒情诗抄》,江枫译,四川人民出版社2009年版,第18页。

这是一首在愤慨、昂扬的情感之下一气呵成的诗句。从外形上说，诗人故意追求建筑美，整齐划一；从韵律上评判，则又有音乐的流动美感。对暴君的恨和痛心是这首诗的整体情感，诗人将这种情感通过音乐节奏表达出来，用"我恨过你""当我想到"等带有主观色彩的句式来做诗歌的起始句，体现了一种情绪的节奏。"欢跳""狂欢""屹立""巡游"这些意义本来不是十分相同的词句，在"我恨过你"的情感驱动下，呈现出动态的乐感效果，增加了语言的审美容量，使诗歌作品有一种"工致而又流动"的韵味。诗人强化对暴君的恨的情调，所用的语言节奏感强，旋律突出。"杀戮、掠夺、奴役、邪欲，还有背叛"传达了诗人一吐为快的痛恨，有一种动态的美和强烈的律动。如果说小说语言承担的使命是"叙述"，句子与句子之间的组合带有很强的逻辑性，句群意义在小说中特别重要，而单个的字、词则无足轻重。即使是抒情性很强的语言，也仅仅是人物性格的铺垫。诗的语言却不同，它传达的审美情感更为纯粹，信息量也更大。在诗歌中，一个字与另一个字、一个词与另一个词的组合，除了文字本身的意义外，还有节奏、声音、旋律等鸣响效果。雪莱的《一个共和主义者有感于波拿巴的倾覆》在语言的鸣响效果上有着密集的信息量，诗的每一句都有一种情绪上的流动感，"我恨过你，倾覆的暴君！我曾痛心，／当我想到像你这样一个谦卑的奴隶"，竟也会在自由的坟墓上欢跳、狂欢；这是迫不及待的叙述，叙述的过程本身就跌宕起伏，极富节奏感。"和你同受羞辱后：美德，有比强暴／和虚伪更凶恶的大敌：陈腐的积习／合法的罪行，残酷而又血腥的宗教／时间所孕育的那些最最卑污的子息。"在情绪的推动下，一个个单独的意象凝聚起来，造成一种整体的音乐感。阅读这样的诗句时，不是从视觉上而首先从听觉上感受到诗律的和谐。诗歌语言的鸣响效果常常让读者感受到物象和意境在时空中变幻流动，用音乐的动感和节奏扩大诗的容量。

二

诗美在变形。雪莱说："诗使它触及的一切都变形。"[①] "变形"是诗

---

① 刘若端编：《十九世纪英国诗人论诗》，人民文学出版社1984年版，第150页。

歌重要技巧之一。诗歌尤其是抒情诗十分强调想象、夸张、联想、虚拟等艺术手法，要达到这些艺术手法的审美境界，诗歌的语体必须对生活进行变形描写，必须对物象进行变色描绘。诗歌要有新意，必须改变所反映的生活，诗要深刻，诗要取得更高的审美价值，必须改变现实中的生活。抒情诗是诗人内心情感潮流的倾泻，表现在语言上就是恰当的夸张和无限的想象。现实生活与感情的潮汐有时是合拍的，有时是离异的，这因为诗是情感因素很强的作品。在诗与生活的中间地带，诗人的情感不仅起到填补空白的作用，而且会使诗与生活的关系发生变形，诗人的情感往往冲破客观存在的景物，以"变形"的语体，将不是客观事物的某一特征突出出来，给人以陌生的但又是强烈的印象。只有诗人对语言的变形、变色的处理成功，才给阅读者留下想象和沉思的余地。"实而不泥乎实"①，这是古人对诗歌语言的"变形"解释。"变形"是千变万化的，可以由大变小，也可以由小变大；可以改变形状，也可以改变特征。总之，主要是看语言运用得是否成功，比喻是否恰当。如波德莱尔的《患病的诗神》：

> 可怜的诗神，如今，怎是这般模样？
> 你深陷的双眼充满黑夜的幻影，
> 我看到你的脸色，交替变化出
> 　恐怖、狂热、冷淡和沉默。
>
> 绿色的女恶魔和红色的幽灵，
> 　它们用壶向你灌过恐怖和爱情？
> 曾逼你陷入传说中沼泽深处的，
> 是你紧握反抗的拳头的恶梦？
>
> 我愿意散发健康的芳香，
> 环绕于你坚强思想的内心深处，
> 　你基督教的血在有节奏的流淌，
> 就像古代音节的和谐的声音，

---

① 谢榛：《四溟诗话》，见丁福保辑《历代诗话续编》，中华书局1983年版，第1148页。

在那里，有轮流主宰的诗歌之父

福玻斯和潘这收获之王。①

　　诗歌通过变形描写，扩大了事物的特点，把没有灵魂的"可怜的诗神"变形为有灵魂、有感情的"绿色的女恶魔和红色的幽灵"，用"绿"和"红"来形容"患病的诗神"，使情绪染上了一种色调。用"恐怖、狂热、冷淡和沉默"来形容"诗神"的脸色，体现了诗人对诗歌语言的掌控能力。波德莱尔常常将相对立的词语，放在同一个语境中形容同一个事物，增强语言"变形"的审美力量，传达诗人对人生、命运的思考。"我愿意散发健康的芳香，／环绕于紧强思想的内心深处"，诗歌的变形描写比较突出，胜过实写的艺术效果，变形过程直线上升，已经失去了"患病的诗神"原有的特质。语言的指示意义与所表达的客观事物相对立，但是由于语言变形的成功，使人觉得这种超越了事物的本性特质的描写妙不可言。变形，是由诗的特性所决定的，是诗人强烈的主观情感和流动的心境驱使的结果。当诗人的情感移入客观对象，达到主客溶化、物我统一时，诗的审美形态就会"变形"。尤其是现代诗的"诗中有我"，是强调诗人的个性张扬，主张"内心自我"的彻底解放。在"自我"情绪的驱动下，"变形""变色"成为诗歌创作中常见的艺术手段。当然，诗人在操作"变形""变色"的艺术手法时，诗人的"自我情思"必须与客观的自然物象相和谐，以夸张的艺术想象为中介，达到忘我的完美结合。如果单凭主观的随意性去作故弄玄虚的"变形"，那就称不上诗美。波德莱尔的诗歌的"变形""变色"之所以有较高的艺术深度，是因为语言"变形"时不仅没有偏离生活的本质，而且拓展了联想与想象的领域。从形状的相似性上变形，以实写实，更为醒目。"你基督教的血在有节奏的流淌，／就像古代音节的和谐的声音"，经过变形，诗中的语言或虚写或实写，都是沿着事物本质去描摹，事物的本质特性始终规范着"变形"的起点和归宿。

　　诗人对客体的感受、认识、评价必须借助语言来完成。一个真正的诗人决不会满足语言文字在字典、《辞海》上的字面意义，也不会仅仅满足

---

① ［法］波德莱尔：《波德莱尔诗选》，苏凤哲译，花山文艺出版社1992年版，第22页。

于对事物原始状态的真实描绘。在评判自己描写的对象时，总是尽力拉开语言与物象的距离，破坏语言的意义与客体的对应统一关系，通过创造性的变形抒写，表达诗人情感的独特体验，使读者在阅读过程中产生另一种与客体不同的新奇感受。古今中外的优秀诗作，基本上达到了这种"变形"抒写的要求。诗歌中的客体对象，都会离开原来的形状而成为一个新的感知对象。正是充分利用了"变形"的艺术手段，诗歌才释放出大量富于个性化的审美信息。

"变色"与"变形"有同工异曲之妙。如果说变形是指语言对客体进行变异描写的话，那么"变色"是指对客体进行颜色的"变幻"描述。诗歌虽然不用色彩来说话，但是却可以用语言对色彩进行明示或暗示。古人说的"诗中有画"就是指诗歌中要有一定的艺术色彩，因为色彩能够唤起读者心理上的美感。不过，古诗中的"诗中有画"其色彩总是与所表现的对象的色彩是相符合的，比如诗中出现"太阳"这一意象时，必定是与"红"有关。即便是李白的"日照香炉生紫烟"[1]，也没有语言的"变色"描写。因为"紫色"与"日照"的色彩是基本同色的，何况是照着香炉峰顶的烟雾。现代诗却不然，我们常常看到诗人有意识地运用与自然相对立的色调来描写事物，以此来表现特殊的情感，这也是诗歌（主要是现代诗）语言一大创造。比如"绿色的太阳""红色的月亮"。甚至没有色彩的东西也故意使之染上色彩，像"白白的日子""黑黑的岁月""灰色的人生"。这种"变色"的语言，使抽象的东西也变得有声有色，富有生命力。波德莱尔的诗歌也经常出现一些"变色"的语言，而且运用得较为熟稔。《活的火炬》中写道："迷人的眼睛里发出神秘的光辉/像白天点燃的蜡烛；虽然被太阳染成红色，却永远不熄灭那幻想的火焰。"[2] 用"被太阳染成红色"的蜡烛来形容眼睛里发出的光辉，是诗人创造性的审美表，这是因为诗歌要表达的人生是五彩缤纷的，生命是变幻莫测的。经过这一"变色"描写，传达出的审美信息量比没有"变色"过的"眼神"大得多。事实上，人眼睛里发出的光是没有颜色的，诗人用红色、"幻想的火焰"来加以修饰，赋予"眼睛里发出神秘的光辉"以

---

[1] 杨磊：《读点唐诗》，云南人民出版社1981年版，第64页。
[2] ［法］波德莱尔：《波德莱尔诗选》，苏凤哲译，花山文艺出版社1992年版，第101页。

主观的感情色彩，增强了审美的力度和厚度，激发了读者的想象力，故而又包含了一种新的、能激发我们联想的成分。

三

诗歌语言叙述的空白感不只局限于语法上的省略。诗的语言是高度凝练和高度浓缩的语言，所以诗人写诗时总是尽可能省去该省略的成分。这样一来，有的诗句就不符合正规的语法规范，表面上看去，诗的句子总是残缺不全，其实，空白是诗歌创作中的又一种语言技巧，语言的空白同样能够传递出丰厚的审美信息，同样是诗歌创造性语言的一种标志。这是因为诗人在叙述描写中，经常出现诗歌语言的省略，在诗行与诗行之间呈现出大跨度的跳跃性，与电影的语言"蒙太奇"有相似之处，诗行之间留下的空白让人去补充。有的诗歌从诗的外观形式上看，诗人在诗行的组合上就故意造成了许多空白感，从语法结构上看，很多诗都省略了介词结构和主谓结构，但从诗歌创作的语法上说，这是叙述状态的省略，有意识地省略了主语的交代。这种叙事状态的省略，更能给阅读者以强烈的空白感。诗歌语言的空白，不独指表面形式上的语言省略，也不只是语法的残缺不全，这两者固然都可以造成诗美语言的空白感，但真正能够传达出丰富语言空白感的主要还是取决于诗歌情感结构的内部张力，结构情感的空白能够唤起想象的空间，释放出的审美能力更大、更集中。如郑敏的《黑暗》：

黑暗对于弱视者
是福音，是安慰
婴孩却在黑暗中啼哭
为明天擦亮的眼睛
急躁地拉开窗帘
昏花的眼睛却因此愤怒
关上！关上！
错过了今天的太阳
还有明天

> 但，有些眼睛
> 将永远闭上
> 等不到明天①

　　这是一首哲理性很强的诗。表面上很容易读懂，然而，越是平易好懂的诗又往往越深刻。这首看似简单的诗蕴含着潜在的审美空白，从形式看，这首诗在词与词、句与句之间呈现出大跨度。第一、二句讲"黑暗"与弱视者的关系，表达的是不了解"黑暗"意义的人是一种幸福、安慰。但是"婴孩却在黑暗中啼哭"，婴儿为什么啼哭？诗人有意识留下空白，促使读者产生联想。"错过了今天的太阳／还有明天／但，有些眼睛／将永远闭上。"有些眼睛为什么将永远闭上？诗人也没有交代，等不到明天是不是"黑暗"的结果？诗人也没有进一步解释。这首短诗有意将句子之间、意象之间、时空之间的内在联系割断，省略了烦琐的交代，造成时间、空间上的许多空白点。这种语言描写的空白艺术，使作品的审美价值大大增厚。作品创作完成后，所释放信息会留下一些空白点，阅读者在读诗的过程中可以通过想象力进行审美填补，因为诗中的空白就是留给读者去补充的，不同经历、不同美学修养的人，往往会根据自己的主观经验对诗中的空白点进行艺术想象的补充，这一补充过程，使原作的审美信息得到了超前的释放。

　　作为电影语言的"蒙太奇"，是用画面的省略、衔接来传递审美信息。现代诗的语言空白感有时也将这种电影语言移植进作品之中，这样就略去了许多交代，使作品高度集中地完成其审美过程。这种创造能够增加诗歌意境的密度和想象的多义性，从而加大诗歌语言的审美信息。好的诗歌作品，在语言、语境的空白处理上，都有一定的审美力度。诗歌的语言空白艺术所达到的审美目标是以有限暗示无限，用有形表现无形。借助语言的空白感来实现审美信息的传播，以求达到老子提倡的"大音希声，大象无形"②的审美境界。

---

① 郑敏：《郑敏诗集》，人民文学出版社 2000 年版，第 27 页。
② 转引自陈鼓应《老子注释及评介》，中华书局 1984 年版，第 238 页。

第 六 章

诗歌形式的表层结构

诗歌的表层结构是通过作品的审美意象来完成的,尤其是诗歌文本中的复杂意象是诗人在作品中进行叙述的主要视点,因此,在通常情况下,意象是构成诗歌表层结构的主要艺术形式。那么什么是意象呢?意象是诗人直接进行思考和感悟现实社会的一种方式,是诗人表情达意的一种特殊的手段,是一种具体化了的诗性感觉。一个优秀诗人对物象的表达,最重要的一点要深入到所表达事物的核心,把握事物的特性和事物的实质,将自己的感情与思想寄托于所反映的客观物体,达到明示或暗示作者思想感情的审美境界。意象是美感氛围的创造,是诗歌表层结构的特殊审美艺术形式。

一

意象在诗歌文本中的结构原则,主要是通过外在的审美形式来完成,特别是通过语言来直抵诗歌内蕴的核心。德国学者胡戈·弗里德里希认为:"诗歌创作的开端是构造一种'音调',它先于赋有意义的语言,而且贯注始终,是一种无形体的氛围。为了赋予其形体,作者要寻找语言中那些最接近这音调的声音材料。"[①] 这里所说的"音调的声音材料"和"无形体的氛围"就是一种具有现代审美意识的象征功能,而诗人要在诗歌中营造这样的审美形体,就必然要挖掘表达这种审美形体的语言材料,

---

① [德] 胡戈·弗里德里希:《现代诗歌的结构》,李双志译,译林出版社 2010 年版,第 37 页。

并通过意象的表达来强调诗歌的内在含义。意象所指向的方向，表面上看是生活中的现实物，但实际上是经过诗人情感过滤、提升后的审美图像，不仅会改变现实秩序，让现实生活中本已存在的物体变形，甚至于摧毁原有的物象意义，让物象在诗歌的词语中成为纯粹的美学理念，而诗歌所表达的精神实质在变形的意象的驱使下，完整地得到表达。这种情形下，诗歌叙述的视点呈现出多样性的格局，诗人从生活观察者的位置进入审美的场域，作品的立场在诗人能动的审美观照下得到全方位的彰显。当然，在这种情形下，正如俄国学者鲍·安·乌斯宾斯基所说："叙述者的位置在被研究的情况中是相对现实的，因为在此作者仿佛潜在地参与行动，他仿佛直接从行动地进行报道——因此，他的方位每次可以以不同程度的准确性在空间和时间的坐标上被固定下来。"① 诗人对原始生活物象的改造虽然是"潜在地参与"，甚至诗人的这种再创造受时间和空间的限制，但是，诗人有目的参与，使不同的意象在文本中交替运用，这正是诗歌审美结构必不可少的审美过程。

　　意象不是诗歌表达对象的复制品，更不是客体的影子，而是通过诗人的主观理念对外部世界的再认识。现实生活的客体物象是复杂多变的，带给受众的信息多种多样，不同的人面对同一个原始物象时，内心世界的感触也是千变万变。因此，当诗人以物象作为参照系进行诗歌创作时，必然要借助意象的结构功能对瞬息万变的生活进行认真的梳理，将生活中具有表达意义的材料进行创造性的归并整合，使原始的客体符号的意义发生质的变化，并通过语言的审美功能，让诗歌文本中的意象与生活中的实物产生距离，从而达到以意象带动情感的审美意义。当然，诗歌对原始物象的消解并不是无原则的，而是要通过"物"的变形实现"意"的升华。但是诗人在剔除和消解原始物象的意义时，肯定要通过语言的作用力，把自己的主观体验赋予表达对象以新的理念和意义，让诗歌中的意象实现超现实的飞跃。活跃于19世纪法国诗坛的明星波德莱尔，以一种奇特的艺术手法，通过理性思维的审视，运用变形的审美技巧，使原始意象在词语的通变中发生本质的变化，而变异了原材料在语言的表达中重新组成有审美

---

① ［俄］鲍·安·乌斯宾斯基：《结构诗学》，彭甄译，中国青年出版社2004年版，第84页。

质感的艺术形式，诗歌隐喻的力度得以自由发挥。比如他的《情侣之死》：

> 我们有充满清香的床，
> 像坟墓一样的长沙发，
> 板架上的奇花异卉
> 在美丽的天空下怒放。
>
> 两颗心发出最后的余光，
> 变成两个最大的火炬，
> 两个灵魂汇成一对明镜，
> 镜中反射出双重的光彩。
>
> 神秘的玫瑰、蓝色之夜，
> 我们感应着唯一的电光，
> 像充满离愁的长长抽泣；
>
> 而后，一个天使开门入房，
> 忠实而愉快地将熄灭的火
> 　和灰暗的镜子重新复活。①

"现实"与"非现实"之间的潜在互换，是波德莱尔诗歌艺术的显著特色。诗人为了展示人性和现实的丑陋，用一些非常有趣的物象来反证以丑审美的必然性。《情侣之死》中的图像都是很美的，但是这些美的图像不是独立存在的，而是与之相应的"丑"和谐共鸣，作品中的美与丑不再是对立的两种价值，而是现实生活的同异变体。诗歌中的物象"床"充满清香，沙发则用"坟墓"比喻；而自我与"情侣"的"两颗心发出最后的余光"竟然"变成两个最大的火炬"，最后"汇成一对明镜"，并

---

① ［法］波德莱尔：《波德莱尔诗选》，苏凤哲译，花山文艺出版社1992年版，第317—318页。

从"镜中反射出双重的光彩",而"唯一的电光"变幻成了"离愁的长长抽泣"。这些意象的组合,就是证明"情侣"的肉体虽然死了,但是她的灵魂却依然存在,并形成了一种非现实的物体,如天使般复活。波德莱尔的诗歌总是用变异的意象群来表达诗人对社会的解构,而组成意象群的每一个单个意象都具有可感性和陌生化的美学效果。"两个灵魂汇成一对明镜""灰暗的镜子重新复活",这一切都是来自感性的非现实元素,是诗人对超现实的一种个体幻想。波德莱尔的诗歌所表达是这样的现实:现实只存于诗歌幻想的语言之中。

波德莱尔的诗歌意象具有繁杂的完形意义,尽管他的诗歌有许多变异的梦幻性色彩,但是都是来自现实世界的感性元素,只不过诗人在创作过程中,通过并置、移位、变形、省略等艺术手法进行重新组合,将这些元素罗列成诗歌中的意象群,如此一来,生活中的物象得到审美强化的同时,也超越了现实生活的意义。单个意象是诗歌最小的独立单位,而每一个意象按一定的逻辑顺序被串联成一个整体时,诗歌结构的表层艺术形式就得到完整的体现。这就是波德莱尔诗歌结构的审美指向,也是现代诗歌表层结构的一般规律。

在诗歌作品中,单个的意象只有文字的原始意义,但是当它被纳入一个组织系统的审美结构中时,其原来的意义也许会丧失。从诗歌本身的艺术规律看,意象结构具有一定的指向性。当诗歌中的意象群体出现时,各个独立的意象的原始意义已经丧失,其审美意义必须服从整体结构的控制,其功能价值必为整体结构的指向所左右,这种"完形"的诗才具有审美意义。事实上,在诗歌创作中,不仅意象之间互相牵制,即便是意象群,也难摆脱诗人情感结构的控制。诗人潜伏在诗中的隐性情感,使散乱的意象和有序的意象群,都服从一个审美的结构形态。这样,诗就能够以"完整的艺术体"与世界对话。诗歌的写作方式多种多样,但在意象的结构上却始终以意象的完整性来解释生活。

韦勒克、沃伦认为:"像格律一样,意象是诗歌结构的一个组成部分。按照我们的观点,它是句法结构或者文体层面的一个组成部分。"[①]

[①] [美] 勒内·韦勒克、奥斯汀·沃伦:《文学理论》,刘象愚、邢培明、陈圣生、李哲明译,江苏教育出版社2005年版,第246页。

从心理学的角度说，意象是关于过去生活的感受记忆，它既是一种对生活的图像再现，更是一种理智与感情的综合体验。这就是说，诗歌作品中每一个零碎的意象是在诗人审美情感的作用下，才可以转化为诗歌文体层面的审美形态，因为诗歌是诗人感情升华的结果。在诗歌创作中，由于形象思维的作用，意境的创造必须达到情与境、意与象的高度统一，这样诗歌才会具有浓烈的韵味和深厚的艺术感染力。从诗歌艺术的表层结构看，意象通常是评判诗歌优劣的一个重要标准。一首诗，如果意象太苍白，太单调，就没有诗意。即便是诗中具有正确的思想、进步的世界观、高尚的人生观、有立体感的语言、有鲜明的节奏，但只要缺乏高境界的审美意象，就不可能有深厚的艺术力量。没有意象形态的诗，读者就很难深入其境，在感情上当然不会产生共鸣，读来味同嚼蜡。意象是诗人的真感情与外在的真景物组合而成的统一体，诗人通过构思，把外在的景物形象与内在的深刻感受合二为一，创造出一个新的艺术世界来。中国古人创作诗歌时，讲究虚实结合，即所谓"实以形见，虚以思进"。用在诗歌的意象创造上，"实"就是现实生活中客观存在的景物；"虚"则是指诗人的主观审美感情。外在景物靠诗人的感情获得生命，诗的审美感情靠景物得以表现，二者互为表里。正如王夫之所云："情景各为二，而实不可分离。神于诗者妙合无垠，巧者则情中景，景中情。"① 也就是说，诗人在"选境"时，务必使"情"与"景"二者达到高度辩证统一，才会达到"情中景，景中情"的审美效果。

二

意象作为诗歌的表层结构，是诗人的情感与客体物象相结合的一种有序化的物我形态的艺术式样，是诗歌结构的重要组成部分。古人写诗很讲究物象与情感的内在联系，刘勰在《文心雕龙》中说："神用象通，情变所孕。物以貌求，心以理应。"② 这里的"神"是指诗人创作时的一种美学理想精神，这样的"神"是要靠物象来贯通，而客观物象用它的外形

---

① 王夫之：《薑斋诗话》，见《清诗话本》，上海古籍出版社1999年版，第11页。
② 周振甫：《〈文心雕龙〉今译》，中华书局1986年版，第253页。

面貌来打动诗人，诗人产生的审美情感又反过来顺应物象的变化。由此可见，意象在诗歌创作中是独特的艺术风格的表现，而意象的产生则是遵循"神用象通"的结果。明代文论家胡震亨甚至在《唐音癸签》中非常肯定地说道："古诗之妙，专求意象。"① 意思是说，古人诗歌之所以写得出色，其中最重要的原因是对意象的精益求精。如此说来，意象是诗歌妙笔生花的关键，是诗歌有没有艺术生命力的原因所在。外国诗人也主张要用语言文字把诗歌中的意象和盘托出，庞德是英美意象派诗人的鼻祖，他认为诗歌创作不能用无助于表现内容的词语，而是要用"纯意象和全意象"② 才能完整地表达诗歌的审美内涵。只有在诗歌中使用"纯意象"和"全意象"，诗歌作品才会产生审美结构的艺术张力。意象对诗歌创作如此重要，但仅仅强调纯意象还不够，纯意象在诗歌中作为具有审美欣赏价值的最基本单位，只有当它们组合在一起，成为"全意象"、成为一个完整的意象群或意象复合体时，才会产生整体的美感效应。一个单个的纯意象，单独看来可能是美的，但是如不纳入一个有机统一的意象结构中，就谈不上审美价值。意象群的整体效果，表面上看有许多互不关联的纯意象存在于句法之中，但诗歌的完形结构中却潜伏着一条情绪线，并由它把所有的意象串联起来，形成浑然一体的意象复合体。意象的审美结构对诗歌的美学意义是很重要的，作为诗歌美学的一个基本技巧，古今中外的诗人都自觉地穷尽才华而为之奋斗，为之笔耕不止。尽管对"意象"常常有"智者见智"的不同诠释，但"意象"是表达思想、情感升华的结构艺术方式，则是所有诗人创作时所遵循的艺术准则。

从创作实践看，一个审美风格成熟的诗人，在意象的运用上不仅纯熟，而且他的诗歌会体现出与众不同而又别开生面的艺术审美形态。其诗歌的文本意象看似深沉繁复，其实是用平淡的语言去追求一种深远的艺术效果，诗人的情感与所反映的客观物象共同支撑起一片美丽的诗歌时空。这样的诗，不迷恋于意象的绮丽神秘和隐晦生涩，而是用一种明朗的诗歌语体，运用视觉与听觉的通感，完成深层次的意象群，使诗的外表气象显得通达恢宏。比如舒婷的《岛的梦》：

---

① 胡震亨：《唐音癸签》，上海古籍出版社1981年版，第16页。
② ［美］庞德：《回顾》，《诗探索》1981年第4期。

我在我的纬度上
却做着候鸟的梦

梦见白雪
梦见结冰的路面
朱红的官墙后
一口沉闷的大钟
撕裂着纹丝不动的黄昏
呵，我梦见
雨后的樱桃沟
张开圆圆的舞裙
我梦见
小松树聚集来发言
风沙里有泉水一样的歌声
于是，在霜扑扑睫毛下
闪射着动人的热带阳光
于是，在冻僵的手心
血，传递着最可靠的春风
而路灯所祝福的
每一个路口
那吻别的嘴唇上
所一再默许的
已不仅是爱情

我在海潮与绿荫之间
做着与风雪搏斗的梦①

这首诗带有浓重的情感色彩，诗中既有诗人的独特体验，又有对生活的重新发现，意象的推移往往随着所反映的物象的不断变化而变化。无论

---

① 舒婷：《舒婷的诗》，人民文学出版社1994年版，第33页。

是"梦见白雪""梦见结冰的路面""梦见雨后的樱桃沟",还是"梦见小松树聚集来发言",这些客体的意象都在"我"的"梦"中发生,作品中的意象本身超越了比喻和象征,实现了自我与客体物象的融合,表现出诗人对于"岛的梦想"这一总体意象的感悟和再认识。《岛的梦》的意象不仅语言新鲜,而且是诗人深沉思考的审美结晶。就诗歌的审美结构而言,现代诗的意象提供给读者的不是常识,也不完全是画面、形象,更多的是诗人自己的思考,诗人美学观念的探索,诗人洞彻生活的直觉。平庸的意象,只会使诗的艺术生命丧失。诗人只有打开自己的内心世界的大门,并与客观物体发生深层次的感应,诗的意象才会有密度,诗的艺术生命才会长久。只有来自于诗人的情感思考,诗歌中的意象才可能是纯粹的意象。《岛的梦》所写的"岛"并不是现实生活中的实物,只是诗人梦中的想象。"梦"作为一种意识,则是诗人歌颂在艰苦环境中与风雪搏斗的韧性精神。这首诗是借"岛的梦"对平凡人的赞美,诗中没有哲学的说教,也没有训人的口号,而是通过"我"对梦中物象的挖掘合并,形成诗歌审美外形的完美结构。《岛的梦》不但读来感人肺腑,动人心魄,而且"岛"的原型已经物化为诗人的思想情感,并成为诗歌完满的外观艺术形式。

现实生活中的物象转换为诗歌艺术的审美结构需要一个过程,也就是我们常说的状物移情,即诗人将原有的主观感情,有意识地移植到外景之上,使客观物体染上诗人的主观感情色彩。当然,状物的关键是触景,也就是古人说的"感于物",正如陆机在《文赋》中所说:"遵四时以叹逝,瞻万物而思纷;悲落叶于劲秋,喜柔条于芳春。"[①] 这是指构造意象时的触景生情,诗人有感于四季的变幻,万物盛衰而引发灵感。于是,看到秋天的落叶就悲伤,看到春天的柳条便高兴。触景生情是创造意境的一种特殊方法,在生活中,当诗人遇到特殊的景物和场面时,因受到感染而激起爱憎,并把这种爱憎提炼、升华,融入眼前之景物,熔铸成诗的"意境"。这种从境入手,状物写景的方法,就是把自己的感情融合进客体对象之中,在意象的描绘过程中,面对凋零的景物,诗人的心情有"悲落

---

① 陆机:《文赋》,转引自郭绍虞主编《中国历代文论选》第1册,上海古籍出版社2001年版,第170页。

叶于劲秋"的感受，而面对春天的繁花似锦，则双有"喜柔条于芳春"情怀。这说明意象的产生就是文以情生，情因物感的结果。当诗人面对某一客体物象，内心深处必然会生发一种情感流露，于是便产生创作的欲望，再通过诗歌的想象来表达内在的情感，于是，诗歌中或隐或显的审美结构便得以完整表达。如拜伦的《在马耳他，题纪念册》：

> 正如一块冰冷的墓石
> 　死者的名字使过客惊心，
> 当你翻到这一页，我名字
> 　会吸引你沉思的眼睛
>
> 也许有一天，披览这名册
> 　你会把我的名字默读；
> 请怀念我吧，像怀念死者，
> 　相信我的心就葬在此处。①

这是一个由内而外的感情推移过程，也就是通常说的"移情于境"，当诗人面对"纪念册"时，立刻感觉如"一块冰冷的墓石"，那些被纪念的死者使"过客惊心"，于是诗人联想到自己如果有一天离开人世，后人来"披览这名册"时，会不会把自己的"名字默读"？"请怀念我吧，像怀念死者，／相信我的心就葬在此处。"这是由景而生的对人的生命存在价值的拷问，诗人非常明白，人的生存不仅是活在当下，更应该转化为永恒。"我的心就葬在此处"是这首诗的情感焦点，所表达的是死而复生，死而再生，从而进入永恒的人的生存内蕴，而这一切都是缘自"墓石""名字""眼睛""名册"这些物象启发的结果。

在诗歌写作中，要做到移情于景，必须有目的地选择最能表达主观感情的形象注入诗人自己的感情，求其似我。文思不是凭空想象而来，而是要通过现实生活中物象的触景生情，才能由想象构成意象。如同刘勰在《文心雕龙》中所云："登山则情满于山，观海则情溢于海，我才之多少，

---

① ［英］拜伦：《拜伦诗选》，杨德豫译，广西师范大学出版社2009年版，第20页。

将于风云而并驱矣。"① 一旦诗人的情与外在的"山""海"等自然外物相联结，诗人的才情就与风云驰骋，一发而不可收。由于诗人是有意识地在生活中寻找一定的形象来表达自己的思想感情，这样的意象所达到的境地，往往是情胜于境，重点是表情达意，而不是对外在景物的描绘。很显然，《在马耳他，题纪念册》是作者生活中亲身经历的人生过程，也是诗人由景生情的证明。其意象与诗人的情感既虚又实，虚实相生，极富立体感，给人以鲜明的深刻印象。

三

诗歌的意象结构不是单个意象的随便拼凑，而是完整的诗意的审美组合。瑞士学者皮亚杰认为，结构有三个要素，即"整体性、转换性、和自身调整性"。② 任何艺术作品都有其本身的内在规律，诗歌的意象结构也一样，总是有自己独立的组合规律和法则。诗歌的意象结构不仅有"整体性"的美感图形，而且相互间的意义还可以转换，这都是源于意象结构固有的自身调整性。前面说过，意象结构就是诗人情感结构有序化的物化形态，其组合方式复杂多样，但意象本身并不是自我封闭的客观物体，它虽然是诗歌形式的最小单元，却具有释放诗歌艺术能量的功能。因此，作为意象结构的完整形态，当然有其独特的审美组合方式。根据前人的论述，结合个人的阅读视野，笔者把意象结构的组合方式总括为：平行的意象组合结构、两相对照的组合法则、放射式的意象组合结构三种。当然，意象审美结构的形态如五彩云霞一样多姿多彩，这三种方式也不过是它的一般性构成规律而已。

意象的平行组合结构是诗歌艺术中最常见的一种组合方式。

所谓"平行意象组合结构"是指诗歌的意象采用平行的并立推进，这种结构方式的优点是叙述性强，对诗人的情感宣泄能起到强化的作用。莱辛在《拉奥孔》中就画与诗的艺术区别作了十分精辟的论述，他认为

---

① 周振甫：《〈文心雕龙〉今译》，中华书局1986年版，第250页。
② ［瑞士］皮亚杰：《结构主义》，商务印书馆1996年版，第2页。

"绘画用空间中的形体和颜色而诗却用在时间中发出的声音"①。在莱辛看来,画是"空间艺术",诗是"时间艺术",这就说明诗歌必须按照时间的顺序展示诗人的情感,表现诗人的精神实质。作为表现诗人内心情绪的诗歌,其时空观十分重要,尽管有时诗人的情感是跳跃式的,但是作为一种平行的意象的叙述,则是诗歌艺术的基本特性。意象平行组合的优点是两个或两个以上的意象在诗歌创作中互为补充,其意义交替释放,可以起到强化诗歌艺术力量的作用。比如顾城的《有时》:

> 有时祖国只是一个
> 巨大的鸟巢
> 松疏的北方枝条
> 把我环绕
> 使我看见太阳
> 把爱装满我的篮子
> 使我喜爱阳光的羽毛
>
> 我们在掌心睡着
> 像小鸟那样
> 相互做梦
> 四下是蓝空气
> 秋天
> 黄叶飘飘②

这是一首用心灵感悟祖国的诗,诗人的心灵顺着几组意象的平行推进,完成了对主要意象"祖国"多意义性的注释。第一段中的"鸟巢""枝条""太阳""篮子""阳光的羽毛"都是对主题意象"祖国"的一种外形描述。因为诗人预设了"有时祖国只是一个/巨大的鸟巢"的信息,所以这几组平行的意象组织成一个有序的结构,交替性地推出诗人内心深

---

① [德]莱辛:《拉奥孔》,朱光潜译,人民文学出版社1979年版,第84页。
② 顾城:《顾城的诗》,人民文学出版社1998年版,第130页。

处的"祖国"景色。诗歌意境的审美意义清楚明白,韵味极浓。作品的第二段通过意象结构来表诉诗人的情感,"掌心""小鸟""蓝空气""秋天""黄叶"这些容易辨认的物象,都是围绕"鸟巢"的形状展开叙写。诗人把每一个人比喻为"小鸟",而祖国如同"鸟巢",每一个人都在"鸟巢"这个空间中"相互做梦",空间外则是蓝色的空气和秋天的黄叶。《有时》这首诗歌中的物象虽在时间上没有承续关系,但是可以看出来,几组平行交替推进的意象,都是沿着诗人自我情绪的内在逻辑来立意造像的。而且外在物象在"鸟巢"的空间上下左右联系,凭借诗人的情绪流动来构筑完美的意象,这样的描写,使整首诗的意象结构更具有立体感。

意象审美结构的两相对照组合法则。

"两相对照"就是把两个意义相互对立、相互矛盾的意象组合在一起,运用矛盾的物象而形成新的意象组合,并构成一种审美反差的艺术效果。当然,这种对比意象的组合,不仅仅是两个矛盾物的组合,更不是诗人深层情感的对立,而是两种互相对立的物象相互撞击之后产生新的意象。表面上看,诗歌中意象的对立是尖锐的、无法统一的,但在诗人审美情感的控制下,矛盾的双方又构成一个诗歌结构的有机统一体。对比的强度越明显,越能够唤起读者的情绪,诗歌的艺术形式更具有强烈的审美效果。

自然界中的原始物象之所以有矛盾对立的现象出现,是因为大自然时刻处于千变万化的缘故。这种变化造就了客观事物的变幻莫测,甚至会改变意象的原初意义。著名美学家朱光潜认为:"宇宙中事事物物常在变动生展中,无绝对相同的情趣,亦无绝对相同的景象。"[①] 事物因为没有相同,就会有对立,有对立,才会有统一,意象审美结构的两相对照,就是从矛盾的统一中完成了诗歌审美结构的建构。事实上,无论是外部万物,还是人情世态,都存在着一种统一对立的关系,一方面是尖锐的冲突;另一方面又是和谐的统一。就诗歌审美精神层面而言,这种对立的两个方面,是互为因果、互为补充的。其对立的两个物体总是有一定的合理秩序,这个秩序就是形成诗歌意象对比的依据。诗人在进行诗歌创作时,只要努力找到事物对立的内在依据,就能按照意象的内在逻辑地将若干对立

---

① 朱光潜:《诗论》,生活·读书·新知三联书店1984年版,第56页。

的意象有意识地组合成一个有机整体。里尔克早年创作的诗歌《黄昏》就是用对立的意象来表达诗歌内蕴的一个经典案例:

> 冲着最后房屋的背影
> 红太阳寂寞地入睡,
> 白昼的寻欢作乐已经消退
> 于严肃的结尾第八音。
>
> 散漫的灯火互捉迷藏
> 于屋顶边缘已经很迟,
> 这时黑夜早把钻石
> 播向了蓝色的远方。

这首诗用了几组意义殊异的意象组合方式,不但把"黄昏"的完整图像完美地凸显给读者,而且准确地传递了诗人的情感理念。第一段中寂寞的"红太阳"与寻欢作乐的"白昼",虽然表示的是同一种物象,但颜色却是相反的。第二段中的"灯火""黑夜""蓝色"等诸多内涵不同的意象,在同一个生活现场出现,从而造成了很强的美学反差效果。特别是最后一句"这时黑夜早把钻石/播向了蓝色的远方",既是诗人审美理想的高度凝聚,也是诗人在黑暗中呼唤"蓝色远方"的情感表达。《黄昏》中的意象是相反的,但这些意象的审美结构都有着自己合理的、有序的规律法则。

放射式的意象组合结构是一种审美意象的综合体。

随着后工业文明的到来,当代人的意识越趋变幻多样。现代诗歌是表现当代人复杂意识的特殊情感的艺术形式,必然要对当代人的内心世界,当代人的生活现实作全方位的把握。现代诗歌作为情感的载体,它所传达出的信息必然是高密度的、网络式的,否则就无法完成当代人的情感传播。就诗的意象结构而言,放射式的意象组合,更能够体现当代人的复杂情感。

所谓放射式,是指在诗歌的意象结构中,由一个"母体意象"裂变出若干"子意象",最后构成一个庞大的"母子意象结构"。诗歌的表面意象是"网络"式的，但传播出来的审美信息密度较大，给读者以"天地有大美"的感觉。而且，这种网络式的意象中，"母意象"常常是诗人的主体情感传播的载体。诗人在诗歌里往往与外部事物达成精神上的交流，到达"神与物游"的奇特境界。诗人用主观情感去涵盖客观世界，诗人不仅仅在描写客观物象，客观物象也在"描写"诗人。"放射式"的意象构造，意象都是"生"出来的，换言之，就是诗人从语言出发，找到了一个包容性很大的"母"意象。在用语言描述这个意象的过程中，诗人的感悟发生突变，于是一连串相同、相近、相似的"子意象"刹那间从诗人的体验中接踵而至。郑敏的《世纪的等待》就是以一种意象结构的"放射"式描写，向读者表达一种世纪末的等待情绪。诗人这样写道：

> 冬天的等待
> 冬天的灰云翻滚
> 等待着雪
>
> 稀疏的柳条枯脆
> 寂寞挂在枝梢的摆动里
> 等待使弱小者生存
> 等待使专横者颤抖
>
> 翻滚中灰云终于洒下
> 鹅毛白雪扬扬洒洒
> 转眼间无声的白野
> 将一切浮躁变成遗忘
>
> 暂时的遗忘是一只飞鸟
> 传送着世纪临终的等待①

---

① 郑敏：《郑敏诗集》，人民文学出版社 2000 年版，第 54 页。

"冬天"是这首诗的"母体"意象。由"冬天"又裂变出一系列的意象:"灰云""稀疏的柳条""枝梢""弱小者""专横者""鹅毛白雪""白野""一只飞鸟"……每一个"子意象"虽然有相似性,但并没有紧密的联系意义,然而在主导意象"冬天"的控制之下构成一个整体,而且诸多意象在互相矛盾和互相冲撞中,推出一个新的情感:"世纪临终的等待"。就诗歌意象的审美结构而言,《世纪的等待》的意象结构是母体意象"冬天"与诸多子意象互相包容、互相渗透的结果,因而,这首诗体现了一种深奥的"世纪等待"的人生哲学意蕴。

诗歌艺术的意象结构应该"是一种在瞬息间形成的感情与理智的综合体"①。在诗歌的"放射式"意象结构中,"母体意象"就是诗人的理智对外在物象综合的结果,而"子"意象则是诗人情感的流露。当代社会,人们的感情已经由单纯走向复杂,作为情感结构物化的意象结构,应该尽量摆脱平面式和静态式,追求多线索、立体式和放射式。在多种意象结构艺术中,"放射式"的意象结构艺术,不失为一种具有广阔前景的审美方式。

著名意大利美学家克罗齐认为:"艺术把一种情趣寄托在一个意象里,情趣离意象,或是意象离情趣,都不能成立。"② 这就是说,诗歌虽然是以主观抒情为主,但是离开意象情趣就不能充分表达出来,只有情趣与意象相互补充,实现情与景的融会贯通,诗歌的表层结构才呈现出完整的审美效果。

---

① 郑敏:《诗歌与哲学是近邻》,北京大学出版社 1999 年版,第 31 页。
② 转引自朱光潜《诗论》,生活·读书·新知三联书店 1984 年版,第 56 页。

第 七 章

诗歌结构的外部表征

在诗歌结构的审美创造中，想象是整个结构系统中非常重要的一个因素，对于诗歌创作而言，想象作为诗歌结构的一种特殊编码，不但有着独特的艺术魅力，而且是诗歌主旨意义被读者所领悟的一个重要手段。诗人借助想象，可以摆脱生活时空的拘泥，可以冲破理智的樊篱而创造出奇妙的诗境。诗歌中的想象，具有超越道德、超越伦理、超越现实的艺术价值，因此，想象在诗歌的审美完型结构中具有不可替代的作用。诗歌是诗人情感的艺术再现，但是没有想象，情感就是一潭死水，只有在想象的激荡下，诗人的感情才会展翅飞翔。诗歌是外部物象在诗人头脑中加工、提炼、发挥之后，重新组织起来的创造性情感活动。诗人之所以能把现实生活和理想生活联系起来，创造出一个新的情感艺术的整体，靠的就是想象。没有情感就没有诗歌的审美功能，没有想象，诗人的情感则贫乏无力。由此可见想象是诗歌重要的表现形式，是诗歌审美结构艺术的主要外部表征。

一

在诗歌审美结构的外部表征中，想象是一门十分重要的艺术技巧。正如西方结构主义学者所说："在几种可供选择的秩序中，想象秩序是颇具诱惑力的一种。"① 想象之所以"颇具诱惑力"，是因为想象本身的艺术特

---

① ［英］约翰·斯特罗克编：《结构主义以来》，渠东、李康、李猛译，辽宁教育出版社1998年版，第177页。

征所具备的。想象可以把两种或两种以上差异较大的物体整合在一起，通过诗人的情感过滤，使被反映的物象具有高度的审美价值。诗歌创作应该有丰富的想象力，诗歌中的想象在时间上可以上下几万年，在空间上可以纵横千万里。对一首诗所描写的对象，有时不必把它当作真实的事物，而只把它当作想象的事物。想象对于诗歌创作十分重要，而想象在诗歌中的表现却是复杂多维的。英国文学理论家罗宾·乔治·科林伍德在《艺术原理》一书中说："想象不在乎真实与不真实的区别。"① 想象不是真实生活的描写，而是一种情感的有意识创造，是对生活再思考的基础上对外在材料的审美整合。就想象艺术而言，它带给我们的不是一种逼真的事物，而是夸张的、变形的美的样式。诗歌创作必须有超常思维的大胆想象，因为诗人只有通过出奇的想象，才能加深情感，才能够调动诗人的创造性灵感。一首优秀的诗歌，在想象艺术上必然是十分大胆的。在诗人情感的推动下，想象奔驰激荡，如同诗人的思想长上了翅膀。想象充分体现了诗人的艺术才能，诗人越是大胆利用想象，诗歌的情感更加充沛，形象更加鲜明，既体现了诗人的审美理想，又使诗歌结构呈现出雅趣的艺术境界。

可以肯定的是，想象的基础是现实生活，想象靠的是诗人的创造性思维和认识能力，因此，想象不是无中生有。想象如果离开了现实生活，就成了无本之木，无源之水。当然，由于想象是对客观事物的夸大性描写，因此它是以一种超现实的形式来反映生活的。诗人的想象和诗人的生活视野与情感的宽阔有着密切的联系，没有广博的生活积累，没有开阔的心胸，美的艺术想象就不可能产生。如吉狄马加的《母亲们的手》就是一首想象卓越的优秀作品：

  就这样向右悄悄地睡去
  睡成一条长长的河流
  睡成一架绵绵的山脉
  许多人看见了
  她睡在那里

---

① ［英］罗宾·乔治·科林伍德：《艺术原理》，中国社会科学出版社1985年版，第140页。

>　　于是山的女儿和山的儿子们
>　　便走向那看不见海的岸
>　　岸上有一条美人鱼
>　　当液态的土地沉下去
>　　身后立起一块沉默的礁石
>　　这时有一支古老的歌曲
>　　拖一弯最纯洁的月牙①

　　这只是诗歌的第一段，但已经尽显诗人想象的才华，而且这样的想象完全是建立在诗人厚实的生活经验之上。诗人在"题记"中说："彝人的母亲死了，在火葬的时候，她的身子永远是侧向右睡的，听人说那是因为，她还要用自己的左手，到神灵世界去纺线。"② 作为一首具有高度审美品位的诗歌，《母亲们的手》传达出的不是"母亲们的手"本身，而是一个想象的彝族母亲群像的"大手"。存在于诗人头脑中的不仅是作为外在形体的"母亲们的手"，而是彝族女性勤劳善良的历史，是几千年沿袭下来的彝人母亲们的伟大情怀，即她们的肉体消失了，灵魂也要"到神灵世界去纺线"的坚忍不拔的韧性精神。彝人母亲们"向右悄悄地睡去"了，但是她们只是肉身的短暂死亡，在诗人的想象里，彝人母亲们已经"睡成一条长长的河流/睡成一架绵绵的山脉"，甚至睡成"一条美人鱼""一块沉默的礁石""一支古老的歌曲""一弯最纯洁的月牙"。正是因为《母亲们的手》的想象超越了时间和空间的限制，因而在描写的过程中，表现出了诗人深厚的审美情怀。古今中外的优秀诗歌，在艺术上最重要的一点就是要有丰富的想象，有了超现实的想象，诗歌才会让人在阅读过程中产生美的想象力；有了新奇的想象，诗歌的审美结构才会有强盛的艺术魅力。《母亲们的手》的想象是十分新奇的，但又是真实的，而不是虚拟虚幻的。"母亲们的手"本来是平常生活中纺线的手，但是诗人通过想象，把它写成了一部彝族女性发愤图强的人性的历史，让"山的女儿和山的儿子们"世代相传，永恒铭记。结构主义学者皮亚杰认为："结构不

---

① 吉狄马加：《吉狄马加的诗》，四川文艺出版社2010年版，第60页。
② 同上书，第60页。

是表达手段的结构,而是被表达其意义的事物本身的结构,也就是种种现实的结构,这些现实本身,就包含有它们的价值和正常的能力。"① 作为一个著名的彝族诗人,吉狄马加对自己民族的母亲文化有着特殊的感情和记忆,这首"被表达其意义的事物本身的结构"的诗歌,是在诗人熟悉的现实生活环境中产生的,诗中的想象从生活出发又建立在生活之上,是"种种现实的结构"的完整表达,是"母亲们的手"的"价值和正常的能力"的真实写照,而不是随意的胡乱想象。正是诗人特殊的生活经历和对彝族母族情结的记忆,诗歌才自始至终都贯穿着丰富的艺术想象力。

想象不仅创造了诗歌的审美价值,而且所创造的作品会给读者强大的影响力,因为想象主要是来源于诗人在情感的作用下改变外在物象的形状和意义,这虽然是创作上的一种冒险,但作为想象的艺术作品,诗歌在想象的作用下,能够完整地表诉诗人的审美情感。诗歌的想象是最丰富的,中国古代文人已经意识到诗的想象是诗歌艺术魅力产生的关键,刘勰在《文心雕龙》中说:"文之思也,其神远矣。故寂然凝虑,思接千载;悄焉动容,视通万里;吟咏之间,吐纳珠玉之声;眉睫之前,卷舒风云之色;其思理之致乎?故思理为妙,神与物游。"② 刘勰认为,文学创作应该有丰富的想象力,而且文学的想象力可以达到上下几千年,纵横千万里,可以超越时空,超越宇宙,超越一切自然,达到"神与物游"的驰骋飞扬的境界。在刘勰看来,想象力可以"视通万里",可以"吐纳珠玉之声",可以"卷舒风云之色",其神之远,其思之广,都有着奇妙的效果。诗歌的这种奇妙的艺术境界是诗人的想象力对客观事物产生联想的原因。凡是优秀的诗歌,不仅想象丰富而又奇特,而且诗歌中常有惊人之句,读来隽永深长。诗人通过想象的描写,赋予外在物象以特定的美学意义,为诗歌的审美结构提供一种系统的、整体性的艺术图形。

关于诗歌结构的想象,黑格尔是这样阐述的:"想象还不能停留在对外在现实与内在现实的单纯的吸收,因为理想的艺术作品不仅要求内心在心灵显现于外在形象的现实世界,而且还要求达到外在显现的是现实事物

---

① [瑞士] 皮亚杰:《结构主义》,商务印书馆1996年版,第55页。
② 周振甫:《〈文心雕龙〉今译》,中华书局1986年版,第248页。

的自在自为的真实性和理性"。① 如同黑格尔所说,文学创作不能单纯地对外在物象进行描述,也不可以用想象来代替内在心灵的思维,诗人所创造的形象要表现出"现实事物的自在自为的真实性和理性"。对于诗歌创作的艺术来说,想象的本质特征就是要展示现实生活中丰富的艺术形象,将外在现实与内在心灵结合起来,才能产生有审美价值的作品。诗歌中的形象思维的活动主要是艺术想象,而且在形象思维的创作过程,自始至终都贯穿着艺术的想象。吉狄马加的《母亲们的手》是一首以形象取胜的诗,作品从特定的地理环境入笔,创造了一个全新的"彝人母亲的手"的总体形象。在诗人的笔下,母亲的手不是单一的个体,而是一个生机勃勃的群像。诗人从现实生活出发,借助想象,把现实生活中的"彝人母亲的手"进行想象的艺术夸张,使之具有"群体形象"的特征。"母亲们的手"不是一个人的具体形象,不是一类人的形象,而是所有"彝人母亲"的集合体,这个"集合体"既有一般彝族女性的共性,更有想象的审美个性,甚至是人类母亲共同体的写照。诗人在《母亲们的手》的第二段、第三段、第四段中,通过想象,把自己的感受、印象、体悟融进"母亲们的手"的感情之中,创造出了一系列的审美形象。诗人在艺术地概括这一特殊群像时,展开想象的翅膀,纵横八方,极尽诗意的渲染。尽管彝人母亲们死了,但她们的灵魂却"睡在土地和天空之间""睡在死亡和生命的高处"。因为有了彝人母亲们精神的永恒存在,"江河才在她身下照样流着""森林才在她身下照样长着""山岩才在她身下照样站着",人类才享受着温暖自由的生活。吉狄马加借助想象,把"彝人母亲的手"与实现生活的江河、森林、山岩紧密联系在一起,创造了一个绚丽多彩的想象艺术诗境。

二

想象在本质上是现实的,想象中的所见、所感、所闻、所悟都是现实社会的暗示和折射。想象不仅能描写现实、突出现实、补充现实,而且能够创造现实。诗歌中想象的奇特性,不但描述了表达对象的神秘色彩,而

---

① [德]黑格尔:《美学》第1卷,朱光潜译,商务印书馆1979年版,第358页。

且能够将诗人的情感进行多重组合。当然,想象在本质上是现实生活的写照,在形式上却又具有很浓的浪漫主义的色彩。吉狄马加诗歌中的想象带有奇异的、彝族神话和传说的色彩,特别是他以彝族文化为题材创作的诗歌,闪耀着彝人智慧的光辉。如他的《彝人谈火》《听〈送魂经〉》《守望毕摩》《毕摩的声音》《故乡的火葬地》等作品,以想象的高远创出奇特的意境,把读者带进广阔奇异的文化诗境中,带给读者一种思绪飞驰、情感激越、视野开阔的诗意感觉。

诗歌是情感的产物,是一种向内的表达,其表现形式是否精当,诗歌的能指、所指的价值、意义都与其内在的审美结构密切相关。想象渗透在诗歌文本的各个方面,想象越丰富,所概括出的艺术形象越具有风采。东方树在评论李白的诗歌时,对李白诗中变幻莫测的想象极为钦佩,他认为,李白诗中的想象是"发想无端,如天上白云,卷舒灭现,无有定形"①。想象的"发想无端"使形象升华到"无有定形"的境界,诗歌的意境必然开阔博大,情感的抒发就更加浓厚。吉狄马加的《苦荞麦》这首诗,表面上看,是以写实的手法抒写"荞麦"不屈不挠的生长精神,但仔细阅读作品,就可以领悟出诗人是通过奇妙的想象,以"荞麦"作为喻体,描写了彝族人民艰苦创业的精神,以及生长在大山里的人民与"荞麦"的历史、现状和未来的关系。诗人这样写道:

> 荞麦啊,你无声无息
> 你是大地的容器
> 你在吸吸星辰的乳汁
> 你在回忆白昼炽热的光
> 荞麦啊,你把自己根植于
> 土地生殖力最强的部位
> 你是原始的隐喻和象征
> 你是高原滚动不安的太阳
> 荞麦啊,你充满了灵性
> 你是我们命运中注定的方向

---

① 方东树:《昭昧詹语》,人民文学出版社1963年版,第249页。

你是古老的语言
你的倦意是徐徐来临的梦想
只有通过你的祈祷
我们才能把祝愿之辞
送到神灵和先辈的身边

荞麦啊,你看不见的手臂
温柔而修长,我们
渴望你的抚摸,我们歌唱你
就如同歌唱自己的母亲一样①

  这首诗构思巧妙,想象奇绝,达到了很高的艺术力度。诗歌用第二人称来完成,读来不仅亲切动人,而且给"苦荞麦"画了一幅具有立体感的审美图画。把"苦荞麦"想象成"大地的容器",并不停地"吸吸星辰的乳汁",这都是通过丰富的想象来完成"苦荞麦"的外在形态;"原始的隐喻和象征""滚动不安的太阳"则是从知觉上描绘"苦荞麦"的内在精神;"古老的语言"和"徐徐来临的梦想",写了"苦荞麦"与人的精神的互通,而这一切都是通过"苦荞麦"的祈祷,让活着的人"把祝愿之辞""送到神灵和先辈的身边"。诗歌用想象的方式将"苦荞麦"拟人化,让充满灵性的"苦荞麦"与"自己的母亲一样",在艰辛的现实环境中平凡而又"无声无息"地生活。"苦荞麦"有着母亲们高尚而坚韧的品格,在想象的艺术结构的表述中,"苦荞麦"的形象更具有灵性的荣光。
  想象是诗歌的翅膀。陆机在他的《文赋》中说:"其始也,皆收视反听,耽思旁讯,精骛八极,心游万仞。"② 诗歌中的想象要做到"精骛八极,心游万仞",才会达到出神入化的境界。想象越富有浪漫色彩,诗歌的艺术才会进入炉火纯青的境界。按照陆机的观点,诗人写诗时,精神要高度集中,心无外用,这样就能展开想象的翅膀,其艺术构思就自然而然

---

  ① 吉狄马加:《吉狄马加的诗》,四川文艺出版社 2010 年版,第 115 页。
  ② 陆机:《文赋》,转引自郭绍虞主编《中国历代文论选》第 1 卷,上海古籍出版社 2001 年版,第 170 页。

地走出来，形象思维便活跃频繁，诗人就能成功地完成艺术作品的创造。陆机同时还讲了文学作品要开动想象的机器，捕捉形象感人的事物来抒发自己的情感。可见想象对诗歌创作的重要。

吉狄马加的诗歌中有许多作品描写了彝族人民乐观向上的生存智慧，特别是那些对彝族人民的文化心理进行赞颂的诗篇，更是显示了诗人想象的艺术才华。如《做口弦的老人》《彝人》《英雄结和猎人》《朵洛河舞》等作品，由于诗人在这些作品中灌注了炽热的民族情感，因而想象更加感人有力。吉狄马加的诗歌不满足于对现实的简单描写，诗人追求的是艺术境地高于现实的理想抒发。由于诗人在诗歌中运用想象来完成诗歌的结构，其作品洋溢着对少数民族的文化、民俗、生活方式的审美书写。在《朵洛河舞》中，诗人对彝族人民的一种被称为"朵洛河舞"的民间舞蹈进行了审美再创造，对"跳舞者"生活充满信心的理想给予了高度评价，即使黑夜降临，"可她们的舞步照样走着，照样呢喃/对着土地，对着黎明，对着遥远/一脚踩着一个打湿了的，淡绿色的梦幻/一脚踩着一个温柔的，溢满了蜜的呼唤/这一声，那么缠绵，那么缠绵"①。这一群不知疲倦的舞蹈者，用舞蹈的旋律踩出了"淡绿色的梦幻"、踩出了"蜜的呼唤"，而这一切都是通过诗歌的想象艺术来完成。吉狄马加的这一类诗歌，用想象的技巧完成了对彝族远古神话传说的再复活，古老的神话在想象的艺术世界重新释放出文化的光芒。这一类作品还对大凉山的山川峡谷、日月风云，作了超越现实的描写，使作品中的形象鲜艳，构思新颖。诗歌中的文化记忆与大凉山河流山川构成一幅瑰丽的完美图画。尤其是当诗人把奔放的情感倾注给所描写的对象时，诗人鼓动想象的翅膀，那些想象绝伦的句子在作品中流动转换，这些形态相似的想象性描写，使他的诗歌产生动人心魄的艺术力量。

超现实的想象作为诗歌艺术的审美结构，在诗人审美意识的驱动下，总是让现实生活中"静止"的物象，上天入地，自由飞翔，其浪漫主义色彩可见一斑。吉狄马加运用神话传说作为诗歌表现的基本元素，通过本我的想象，现实了表现客体的超现实描写。这种超出了现实经验范围的联想性想象，造就了诗歌意境的艺术张力。《做口弦的老人》中的"口弦"，

---

① 吉狄马加：《吉狄马加的诗》，四川文艺出版社2010年版，第212页。

本身就是一种具有想象力的旋律，也许是诗人受到这一具有想象特征的少数民族音乐的触动而唤起创作的灵感，于是，联想到了"口弦"的声音将远播宇内，"响在东方/响在西方/响给黄种人听/响给黑种人听/响给白种人听/响在长江和黄河的上游/响在密西西比河的上游"。① 这样的想象别出心裁，又无一不是现实的投影，这是诗人寓情于景，移情于物的艺术想象。这样一幅有声有色、响彻世界的"口弦"图，不仅巧于形象思维的创造，而且极富艺术感染力。罗宾·乔治说："想象的活动当然是一个实际进行的活动，可是想象到的物体、情境或事件，都是一些既不必是真实的也不必是不真实的东西；想象它们的人既不是把它们当作真实的或不真实的东西来想象，而当他达到自己的想象活动的地步时，也不是把它们作为真实的或不真实的对象来思考。"② 诗人在进行艺术的辩证思考时，就是要在"像"与"不像"之间做文章，在"真实"与"不真实"之间寻找"相似点"。吉狄马加描述彝族传统文化的诗歌之所以有很高的审美造诣，就是诗人通过语言的艺术表达，在想象与被想象的物体之间找到它们的"相似点"，因而其诗歌的外在审美结构生动而完美。

三

想象不是对现实生活的机械模仿，而是对生活进行形式上的改变，以求达到对生活本质的反映，这就是我们通常说的艺术真实不同于生活真实。作为想象的诗歌艺术，与所反映的对象并不是自相矛盾，而是以一种变形的修正方式来感知所反映的对象。当然，想象有时也会对描写的对象作否定式夸张，那是为了达到审美想象的反差效果，而且这种反差效果是为表现生活的本质特征而构成的。想象作为诗歌情感的载体，不但是诗歌结构外在秩序的审美手法，也是阅读者通过想象的感悟进入诗歌艺术的桥梁。阅读学的理论认为，诗歌欣赏不仅是感官的享受，也是想象的享受，足见想象在诗歌中的妙用是无穷无尽的。从严格意义上讲，好的诗歌就是

---

① 吉狄马加：《吉狄马加的诗》，四川文艺出版社 2010 年版，第 70 页。
② ［英］罗宾·乔治·科林伍德：《艺术原理》，中国社会科学出版社 1985 年版，第 141 页。

对生活作"变形想象"的结果。

想象在诗歌创作中是一种奇妙的艺术，但又符合形象思维的逻辑意义，在似与不似之间，用联想式的语言完成了构图。在诗人丰富的想象中，有时候自然界的万事万物会随着诗人的感情而转移，这是因为诗人用夸张的想象将情感转移到所描述的客体上，使外在的图景生动逼真，收到了借景立言的审美效果。被表现的外在物体虽然与诗歌中的想象没有形体上的联系，也没有本质上的相似性，但诗人却通过想象出乎意料地把两者联系在一起，目的是通过想象把外在物象的真谛告诉读者，并创造一种想象性经验或想象性活动来表现自己的情感。如吉狄马加的《布拖女郎》：

就是从她那古铜般的脸上
我第一次发现了那片土地的颜色
我第一次发现了太阳鹅黄色的眼泪
我第一次发现了那季风留下的齿痕
我第一次发现了幽谷永恒的沉默

就是从她那谜一样动人的眼里
我第一次听到了高原隐隐的雷声
我第一次听见了黄昏轻推着木门
我第一次听见了火塘甜蜜的叹息
我第一次听见了头巾下如水的吻

就是从她那安然平静的额前
我第一次看见了远方风暴的缠绵
我第一次看见了岩石盛开着花朵
我第一次看见了梦着情人的月光
我第一次看见了四月怀孕的河流

就是从她那倩影消失的地方
我第一次感到了悲哀和孤独
但我永远不会忘记那一天

> 在大凉山一个多雨的早晨
> 一个孩子的初恋被带到了远方①

  这首诗的想象非常精美，通过变形的艺术处理，实现了想象图景的重构。布拖女郎"古铜般的脸"与"土地的颜色""太阳鹅黄色的眼泪""季风留下的齿痕""幽谷永恒的沉默"既没有形体上的联系，也没有本质上的相似性，但诗人却通过想象出乎意料地把它们联系在一起。同样，诗人从布拖女郎"谜一样动人的眼里"想象到"高原隐隐的雷声""黄昏轻推着木门""火塘甜蜜的叹息""头巾下如水的吻"，而从布拖女郎"平静的额前"看到的则是"远方风暴的缠绵""岩石盛开着花朵""梦着情人的月光""四月怀孕的河流"。布拖女郎的"脸""眼""前额"本来没有什么新奇之处，每天都以相同的姿势重复着朴素的样式，但是经过诗人的想象后，便立刻充满生命的活力，具有了诗意的审美价值。由于诗人向读者提供了对布拖女郎的"脸""眼""前额"的一种幻想性描写，因此诗歌中的"布拖女郎"就从一个普通的女性形象，上升为一种纯粹意义的人生哲学的思考。而这一切都是因为诗人对布拖女郎有着特殊的感情，通过创造一种想象性经验或想象性活动来表现自己内心的情感。如同诗歌中所写，"就是从她那倩影消失的地方/我第一次感到了悲哀和孤独"，这样的"悲哀和孤独"都是因为"布拖女郎"从情感的想象中消失了。被表现的客体与诗人的情感通过艺术的想象联结在一起，互相补充，浑然一体，密不可分。

  想象力是诗人的一种思维活动，其作用是使形象的事物更加鲜明突出。诗歌是客观物象的反映，但是客观物象并不是诗，诗人要把客观对象艺术化，就是要对生活现象作最富特征意义、最典型的描写，以此来构造诗的艺术境界。这种高度概括的艺术过程，想象力起着相当大的作用。靠丰富的想象，诗人把日常生活中的两个没有相同点的形象和物象穿缀在一起，制造成精美的艺术品，使布拖女郎的"脸""眼""前额"的意义超越了自身，被重新赋予更新的意义。想象力是诗人的一种思维活动，其作用是使有形象的事物更加鲜明突出，这种高度概括的艺术过程，想象力起

---

① 吉狄马加：《吉狄马加的诗》，四川文艺出版社2010年版，第70页。

着相当大的作用。吉狄马加的《布拖女郎》就是这样的诗,他以想象的方式重塑"布拖女郎"的形象,读者从诗歌中所体验到的想象性经验不仅真实可感,而且还感悟到奇特的想象美学的特殊意义。

想象可以把无形的事物作有形化处理,可以把看不见、摸不着的东西进行艺术加工,使之更加鲜明突出。想象赋予外在事物一种真实的感受,而且是诗人思想情感独特性的感受,这是因为想象在诗歌中还可以用来描写抽象的思想和感情。诗是抒情言志的,而情和志却是抽象的。但是诗人通过特殊的想象力,总能找到抒情言志的载体。吉狄马加的诗歌中有很多言未尽而情无穷的诗作,如《我愿》《民歌》《古里拉达的岩羊》《黑色狂想曲》《故土的神灵》《太阳》《史诗和人》等诗歌,都是诗人丰富情感的表现。诗是抒情言志的载体,但抒情言志不是说教式地讲道理,而是诗人的情绪向读者倾斜与交流。一个真正的诗人对客观物象的表现,不是为了表现而表现,而是通过对外在物象的想象描述,传达一种来自诗人内心深处的健康向上的情感。吉狄马加的诗,感情充沛,情彩飞扬,或触景抒情,或感物言志,都是诗人真情实感的抒发。《宁静》就是一首感情真挚的诗,作品从寻找"宁静"着笔,叩问"在什么地方才能得到宁静?""我追寻过湖泊的宁静/我追寻过天空的宁静/我追寻过神秘的宁静",可是这些都不是真正意义的宁静,只有妈妈博大无私的爱,才是来自灵魂深处的宁静。"妈妈,我的妈妈/快伸出你温暖的手臂/在黑夜来临之际/让我把过去的梦想全都忘记。"① 母爱的情愫才是难能可贵的宁静,诗歌中的母爱,情之真、意之切,尽在不言中。诗歌不仅要求诗人有丰富的想象,而且还要为读者提供一个想象驰骋的空间,使读者在阅读之后,其想象力被调动起来,参与诗人一起想象,让读者进一步根据自己的审美感受对作品中的想象作审美的有效补充。诗歌本身要有丰富的想象,同时还要有启迪读者想象的能力,这样的诗才算是上乘之品。读《宁静》不仅心胸顿然开阔,而且惊异于诗人的想象力之丰厚。

吉狄马加的诗歌中想象是立体的、全方位的。时而天上,时而地下;时而神话,时而现实;从历史到现在,从人间到天堂。他的诗歌通过想象构成的画面非常动人,尤其是将现实与理想和谐地统一起来的想象构图,

---

① 吉狄马加:《吉狄马加的诗》,四川文艺出版社2010年版,第132页。

其意境深远而又具有诗情画意的美感。当然想象不是乱想，想象主要还在于诗人在现实生活的基础上，根据主观意向对生活进行加工、改造的结果。想象的艺术化生活，应该比原来的现实生活更理想、更典型。因此，从本质上说，想象是诗人在一定情感思维活动的推动下，能动地再现生活的真实，也就是对事物外部和内部的夸张性展示。想象是诗人主观思维的结果，但想象并非神来之物，并非夸张之物，而是以现实为基础。想象可以抒发强烈的感情，有助于构成高度密集的艺术群像，有助于帮助读者更深刻地认识生活的本质规律。吉狄马加的诗歌，想象丰富多彩，但绝不是上不着天、下不着地的盲目想象，而是从生活出发，在现实生活的基础上进行的自由的创造性的想象。即使是以神话传说为创作题材的作品，也是按生活的内在逻辑来创造想象，是诗人对客观事物的内部规律进行深入探索的结果。

高尔基说："文学家的想象思维象任何一种思维一样，不外是把劳动经验用文字和形象的形式组织起来的一种技巧。"[①] 诗歌中的想象来源于诗人的生活积累和审美感受，诗人对生活的理解越深刻，生活经验就越丰富，想象也就越出色，越具体。想象的基础是生活，诗人的生活阅历越深厚，提供想象的基础就越坚实，没有对生活的想象，也就不会有成功的诗歌作品，越是奇异的想象，越在生活的情理之中。当然，我们所指的生活，既是指诗人的亲身实践，还包含一种经验化的合理现实。事实上，想象本身也是一种生活实践。吉狄马加的诗歌对生活的想象性概括具有较强的审美力度，由于他的诗饱含着强烈的联想和丰富的想象，因而感情的移植和想象的变化，往往呈万千变幻的姿态，但是无论怎样变化，都是生活的再创造。

[①] [苏联] 高尔基：《论文学》，孟昌、曹葆华、戈保权译，人民文学出版社1978年版，第319页。

第八章

理念形象化的结构目标

诗歌结构的审美特征,主要表现为艺术形态的多样化组合,也就是各种审美层次的匀称整合。在现代诗歌的诸多表达形式中,象征是常用的一种技巧,因为象征作为诗歌把握生活的独特方式,是诗人抽象思维的具体化和理念形象化的表达过程。作为诗歌结构的主要基本单位,象征是诗歌理念结构化的艺术形式。歌德曾这样说过:"象征把现象转化为一个观念,把观念转化为一个形象,结果是这样:观念在形象里总是永无止境地发挥作用而又不可捉摸,纵然用一切形象来表达它,它仍然是不可表现的。"① 象征的艺术是含蓄的,不可表达的,用语言材料很难把象征意识完整地表诉出来。由于象征是把"现象"转化为"观念",再把"观念"转化为"形象",因此,以象征主义为结构元素的诗歌,在艺术上往往有一种含蓄的意蕴和意义不确定性的神秘色彩。而且,凡是具有象征主义色彩的诗歌,都是诗人调动自己的想象力来暗示现实、表达理想的结果。当然,具有象征特色的诗歌作品也不是读不懂,关键是看读者在阅读的接受过程中如何把握诗歌中的象征精神。

一

以象征为结构要素的诗歌具有一种特殊的精神力量,这种精神力量是通过象征体的暗喻表现出来的,但由于象征艺术并不仅仅局限于象征体的

---

① [德]歌德:《歌德的格言和感想集》,程代熙、张惠民译,中国社会科学出版社1982年版,第98页。

本意，因此它的美学价值的意蕴是无限丰富的。尤其是诗歌中的象征主要是谋求"言外之言"，诗人的主观意识必然无限制地渗透、深入到象征体，试图在有形的代表象征意义的材料中，包容更加深刻、更加广阔的美学内容。对于诗人来说，由于要寻找符合自己主观意识的客观事物，并以此作为象征的本体，让诗歌的内在精神折射出艺术的光彩，让本原的概念在形象的材料中升华为个体的理念，这样，才能够完美地实现象征艺术的表达过程，诗歌的内容和外在的形象才可能达到协调一致的美学效果。如波德莱尔的《美神》：

> 我很美，啊，凡人！像石头的梦，
> 在我这人人不断碰撞的胸中，
> 发出激发诗人的一种爱情，
> 就像物质一样永恒而无声。
>
> 我像威镇碧空的神秘的人面狮，
> 我将雪之心和天鹅之白相结合；
> 我内心厌恶那移动线条的运动，
> 我从来不哭泣，也从不发笑。
>
> 诗人们在我堂堂的身姿面前，
> 好像看到最高傲的纪念雕像，
> 他们也以刻苦钻研来消磨时光；
>
> 为了迷惑这些顺从的钟情者，
> 我有使万物更加美丽的明镜：
> 我眼睛，永放光芒的大眼睛。①

这首题为《美神》的诗歌是一首象征性很强的作品，内容很丰厚。其诗歌的组合形态是按照一个又一个的编码来完成，然后汇总成一个总的

---

① ［法］波德莱尔：《波德莱尔诗选》，苏凤哲译，花山文艺出版社1992年版，第45页。

象征体，典型地体现了波德莱尔对女性天然之美的膜拜。作品中审美的整体理念由一个想象中的美人来完成，然后每一个象征单元又转化为审美的意象。比如用"石头的梦"象征永恒的爱情，而"神秘的人面狮"则是洁白而单纯的恋情的内蕴。"最高傲的纪念雕像"是美的理念转化而成的外在形体，"永放光芒的大眼睛"让所有"钟情者"看来却是一面魅力无穷的镜子。在诗歌中，诗人以"我很美"切入文本的表达，将"我"与"美神"融为一体。在诗人的笔下，"美神"不仅是个体生命的象征，更是诗人情感的暗喻。诗中的"我"是一个探索者的形象，在生与死之间寻求人体美的价值和意义。"美神"作为一个特指名词，其语言的意义是清晰明白的，但作为诗的意义却又显得神秘莫测而不可捉摸，很难准确地对她下一个明确的定义，不管是"石头的梦""人面狮""纪念雕像"，还是使万物更加美丽的"大眼睛"，都只是"美神"的一个局部单元，只有"我"的加入，才使"美神"成为一个完整的审美结构。波德莱尔的诗歌不是用语言而是用思想意识来完成的，语言作为观念的外衣，传达出来的思想和形象，是诗人审美意识的再一次组合。现实的"美神"已经被象征的语言所消解，代之而起的是主体的"我"的观念中的"美神"和审美的"美神"。美国结构主义学者乔纳森·卡勒认为："所谓象征，它本义必须能包含我们在语义转换过程中所能产生的全部意义。"[①] 这就说明诗歌的每一个象征单元就是一个自然符号，符号的能指和所指在诗人写作的"语义转换过程"中要完整地体现出诗歌的全部象征意义，诗歌的象征主旨才能最后确立。具体到波德莱尔的《美神》，"石头的梦""人面狮""纪念雕像"和"大眼睛"这些符号的意义，只有在诗歌中的主体"我"的驱使下才能将诗歌语义的总体模式呈现出来，而"我"介入目的，是把自然符号归并起来，通过审美的结构理念的关注，形成《美神》的最终格局。

审美理念在本质上是内在的、主观的，要把理念提升到艺术形象，就必须寻找到适合理念表达的自然物质材料。当自然现象进入诗人审美意识的空间时，自然现象就失去了原来的意义而衍生出新的诗歌精神。当然，

---

① ［美］乔纳森·卡勒：《结构主义诗学》，盛宁译，中国社会科学出版社1991年版，第339页。

作为象征艺术的诗歌，也不是十全十美，因为在象征转化观念的过程中，诗人的主体理念是以抽象的不确定的形式进入象征客体，这就使得诗人的主观意识与形象的物质材料很难高度地融为一体。但无论如何，象征将意识与物质的分裂取消，实现了理念感性的具体化，这是其他诗歌技巧无法相比的。

二

象征并不是自由的联想，而是受诗人情感的支配，当诗人用诗歌来倾诉自己的审美理想，表达自己的激情时，总是把内心深处流淌出来的诗歌精神寄托在诸多自然物象中，通过符号的能指和所指意义，使诗歌的象征功能获得成功。诗歌结构的象征手法虽然多种多样，但总的说来是有一定规律可循的，根据对诗歌意象的归纳整理，诗歌结构的象征审美特点大概有以下三点。

第一，顺时性的结构形成整体抒情的象征意义。

每一首优秀的诗歌都具有整体的象征抒情意识，作品以特定的抒写内容作为结构脉络，营造了一个整体的象征实体。诗歌顺时性的审美结构形态，是指诗歌中有一个中心意象，所有象征的元素按照一定规律跟随这个中心意象，从事物的普遍性中演绎出诗歌的象征功能，展示其诗歌审美结构的内在逻辑。诗人在创造文本时，将表达对象按因果关系排列，并遵从中心意象的结构需求来进行象征层次的审美创造。如此一来，审美结构的每一个层面都成为核心意象的有效成分，诗歌作品的整体象征抒情意识得以加强。如雷平阳的《高速公路》：

> 我想找一个地方，建一座房子
> 东边最好有山，南边最好有水
> 北边，应该有可以耕种的几亩地
> 至于西边，必须有一条高速公路
> 我哪儿都不想去了
> 就想住在那儿，读几本书
> 诗经，论语，聊斋；种几棵菜

南瓜，白菜，豆荚；听几声鸟叫
斑鸠，麻雀，画眉……
如果真的闲下来，无所事事
就让我坐在屋檐下，在寂静的水声中
看路上飞速穿梭的车辆
替我复述我一生高速奔波的苦楚①

  这首诗的核心意象是"高速公路"，诗人在构筑这个中心语义代码时，按照方位结构的顺序依次进行，东边的"山"，南边的"水"，西边的"路"，北边的"地"，每一个方向的叙述含义各有特点，都有各自独立的内涵，但最终都契入诗人"一生高速奔波"的象征意义。"象征代码以某种形式手段作为自己的基础，那就是对照。"② 所谓"对照"，就是文本中出现两个以上不同的叙述对象，《高速公路》从东南西北四个方向来整合文本的象征意识，"山""水""路""地"构成了四个不同文化背景的参照代码，用这四种信息来象征性地复原诗人"我想找一个地方，建一座房子"的审美理想。"一座房子"是诗人灵魂栖息的象征场所，是诗人读书、听鸟声的独享空间，诗人在作品中反复咏唱"自我"内心中的理想，将理想的追求熔铸成一个山水诗意的空间象征实体，通过对"建一座房子"的理想叙事而完成作品寓意的象征性。"我"的内心深处努力寻找的灵魂家园是"一座房子"，这房子不是一种背景，而是人的生存价值的象征。诗歌中传达的不是现实意义的有山有水有地有路的"房子"，而是一种审美意义的精神化的进取。诗歌中的抒情主人公"我"的所思所想不是一种生活中的行为意义，而是一种理想精神的集中表述。从这个层面说，作品中象征美学的结构意义不仅超越了中心意象"高速公路"，而且超越了诗歌中自我抒情形象本身。

  第二，以外向型的想象和比喻象征复杂的微妙情感。

  诗的表层结构是由语言系统构成的，有了语言的言说，才可能有诗歌

---

① 雷平阳：《山水课》，作家出版社2015年版，第2页。
② ［美］乔纳森·卡勒：《结构主义诗学》，盛宁译，中国社会科学出版社1991年版，第333页。

审美结构的感知存在，诗人只有在具体语言的基础上建构一种外向型的结构模式，才能够使作品的象征意义得完美的表诉。尤其是处理诗歌结构的某个细节时，想象和比喻的象征作用就显得很突出。外向型的想象和比喻在诗歌创作中是呈直线性发展，并形成象征的词组。通过诗人的审美记忆将词组的意义联结在一起，以外在物象来展示诗人的精神世界。法国著名结构主义学者罗兰·巴尔特说："每一词组均形成一个潜在的记忆系列，即一个'记忆库'。"① 这个"记忆库"指的就是外在型的想象和比喻在诗歌象征系列中的组合，这两者的元语言虽是表面性的，但是其符号意义却具有象征的隐秘性。如里尔克的《十一月的日子》：

> 寒冷的秋季能使白昼窒息，
> 使它的千种欢声笑语沉寂；
> 教堂塔楼高处丧钟如此怪异
> 竟在十一月的雾里啜泣。
>
> 在潮湿的屋顶懒洋洋
> 躺着白色雾光；暴风雨用冷手
> 从烟囱里四壁抓走
> 挽歌的结尾八行。②

这首诗语言的意指系统是外向型的，但是所表达的审美情感的内质却具有较强的隐蔽性。诗歌中使白天窒息的"寒冷的秋季"，怪异的"教堂塔楼高处丧钟"在十一月的"雾里啜泣"，躺在潮湿屋顶的"白色雾光"，这些想象和比喻都是诗歌外在的框架结构，诗歌的内在精神则表达了一种冰冷的灰暗空气浓浓地挤在一起，停留在人间的上空，而人的心情如沉闷的情绪元素在教堂塔楼高处的丧钟声里四分五裂。被压抑着的悲伤和绝望是这首诗歌的主旨，而"白昼窒息""欢声笑语沉寂""雾里啜泣""白

---

① [法]罗兰·巴尔特：《符号学原理》，李幼蒸译，中国人民大学出版社2008年版，第35页。
② [奥地利]里尔克：《里尔克诗选》，绿原译，人民文学出版社1996年版，第10页。

色雾光"等隐秘的象征符号,则是诗歌精神的阐释代码。诗的最后,挽歌行使完了它的终极使命,同样被"暴风雨用冷手"强行"从烟囱里四壁抓走"。寒冷而窒息的气候如同现实社会中的暴力,瞬息之间便掠夺了人的生存,而且是如此的无理却又疾速而彻底。《十一月的日子》作为人生命运的整体象征,虽然充满了孤寂、悲壮和痛苦,但始终顽强地寻找人生的终极目标,寻找"自我"消亡之后的批判意义。这就是诗歌的结构内容中透露出的一种整体的抒情风格。

第三,贯穿性的象征结构。

在有些诗歌作品中,诗人不提供任何语言的解释,而是用一条情感的暗线贯穿诗作,有机地牵制着诗歌主题的实现。当然,读者是可以从诗歌的文本信息里感悟诗人所传达的语言内涵的,甚至可能会产生新的阅读效果。诗歌的审美结构在诗人情感的引导下,通过对外在物象语境的破译而呈现出来。不过,这种重新阅读所产生的意义,是通过语言的媒介得出的结论,而语言的作用又是诗人特有的情感思维的潜在系统的审美透露。正如美国结构主义学者罗伯特·休斯所说:"要从任何特定作品中重新找回其意义,文学批评家必须在作品和作品之外的某个思想体系之间建立一种联系。"[①] 所谓"作品之外的某个思想体系"指的就是诗人的审美理想,如果要寻求诗歌中的象征内蕴,就必须通过诗人情感的领悟来完成,而贯穿在诗歌中的情感暗线,就是打开作品所指意义的关键。如穆旦的《赠别》:

> 多少人的青春在这里迷醉,
> 然后走上熙攘的路程,
> 朦胧的是你的怠倦,云光,和水,
> 他们自己丢失了随着就遗忘;
>
> 多少次了你的园门开启,
> 你的美繁复,你的心变冷,

[①] [美]罗伯特·休斯:《文学结构主义》,刘豫译,生活·读书·新知三联书店1988年版,第13页。

尽管四季的歌喉唱得多好，
当无翼而来的夜露凝重——

等你老了，独自对着炉火，
就会知道有一个灵魂也静静的，
他曾经爱过你的变化无尽。
旅梦碎了，他爱你的愁绪纷纷。①

这是穆旦写于1944年的一首爱情诗，而且是用第二人称和第三人称完成的作品，其中第二人称"你"是被爱者的象征，第三人称"他"则是爱者的一种存在。诗歌名为《赠别》但并不是表达离别的情感，而是用充满生活哲理的情爱意蕴来构筑诗歌的意境。诗人真挚而深切的感情作为一种引文代码，决定了诗歌特定的语境，读者一旦识别了作品中的情感意义，就能够把握文本中的各个语义层次。诗歌第一节由"迷醉""怠倦""遗忘"组成诗歌的语义素，这是爱情经历的象征，但是，在熙攘的路途上，"被爱者"的"怠倦，云光，和水"都是朦胧而不确定的，正因为如此，爱者"自己丢失了"过去的记忆，而这丢失是在不知不觉的过程中遗忘。爱是人类所共通的情感，只要拥有爱，人就能发现对方也发现自己的存在。诗歌的第二节用"园门开启"来表示对爱者的接纳，"园"的象征意义是青春、美丽和爱的欲望，而多少次的"园门开启"，则是希望"被爱者"敞开心灵接受"爱者"。然而爱者感到被爱者的内心世界捉摸不定，"你的美繁复，你的心变冷"就是明证，就是"青春在这里迷醉"的体现。可是，被爱者内心的冷漠却让爱者受到伤害，让他觉得被爱者的心灵如同"四季的歌喉"，虽然美丽动听，却又变幻莫测。"尽管"二字加重了被爱者——"他"对时间流逝的无可奈何，如同"无翼而来的夜露凝重——"，也就是"你""我"都老去的时候，人生又会怎样呢？诗歌的第三节饱含深意。经历了年轻时"迷醉""怠倦""遗忘"的人生，经历了中年时期的"你的美繁复，你的心变冷"的伤害，爱者的"他"终于彻悟生命的真谛，对被爱者发出了"等你老了，独自对着炉火"的感慨。当然这感慨也包含

---

① 辛笛等：《九叶集》，作家出版社2000年版，第267页。

了爱者"他"对人生的一种领悟,即被爱者"独自对着炉火"的时候,他也痴情不改同样也"静静的"在"独自对着炉火"。当被爱者年老时"独自对着炉火","就会知道有一个灵魂也静静的"同样独自对着炉火。这是抵达生命的终极意义之后,爱者的"他"与被爱者的"你"两颗灵魂的默契。诗歌的最后两行"他曾经爱过你的变化无尽。/旅梦碎了,他爱你的愁绪纷纷。"是感情的真挚和长久的象征,即便是人生旅行的梦已经破碎,哪怕是生命油尽灯枯,"他"仍然爱"你"的"愁绪纷纷",甚至日久弥深。作品中的"他"并不等同于现实中的诗人,但通读全诗,诗歌中的"他"又何尝不是诗人自我的客观写照?

三

诗歌象征结构的审美方式,在诗歌创作的过程中通常起到点题的作用。诗歌作品完成后,就等于诗人审美信息已经发布,读者或评论者是否把握住诗人审美理想的准确表达,就要看诗歌受众者能否从作品语言的表述中捕捉到诗人语言的指喻功能,即中国古代诗学中的"诗眼"。而诗眼往往隐藏在诗人奇特的想象力的语言之中。正如波特莱尔所说:"由于想象力创造了世界,所以它统治这个世界。……而这种创造的想象是一种高得多的功能。"[①] 在他看来,诗歌的想象是思想的实践,诗人的想象力可以"创造世界"。正是由于诗歌结构中的象征想象和一般诗歌中的想象有所不同,所以作品中的想象力不是置于明白的间架结构里,而是隐藏在微妙的艺术氛围中,在不同的事物中看出相同之处,在相同的事物中找出不同来,这就是"诗眼",也就是现代诗歌指喻功能的艺术魅力。

所谓诗眼就是指一首诗中最精练的字、词或者符号,是体现作者审美思想的重要艺术元素,但这只是传统意义上对诗眼的解释。结构主义诗学中的诗眼主要是指统摄全诗的主旨,是一首诗的灵魂,是诗歌作品思想的凝聚点,是意境营造和传达诗人感情的关键符号。每一首优秀的诗歌,其能指和所指,言语与语言,横向与纵向的组合,都有着较大的诗意差别,但是诗歌中的关键词常常是构成作品情感基调的重要线索。关键词是构架

---

① [法]波德莱尔:《波德莱尔美学论文选》,人民文学出版社1987年版,第370页。

诗歌审美结构的艺术手段，其作用是引导读者去寻求诗人在作品中所要表达的主题标志，通过阅读认同作品的叙述意义。

对诗歌象征结构的阐释就是对文本代码意义的解读。有时候，诗人为了加大象征艺术的力度，会在作品中夸大人的情欲，甚至情感的消亡、生命的终结。用这些情感的因素去充任象征所指喻的象征物，并以此达到对诗歌主题的表达。这种描写，有的是诗人生命经验的总结，更多时候则是诗人们约定俗成的一种间接性的语义模式。但不管什么原因，现代诗歌中的指喻功能是象征结构艺术力量的化身，是解读诗歌文本的前提，是包容整首诗歌意义的核心符号。这个符号可能是诗歌中的某一个词组，某一个句子，甚至就是诗歌的标题。由于诗歌的指喻功能具有很强的主观性，因此，要准确全面理解作品中表述的微言大义，就必须深入了解隐蔽在诗歌文本中的核心关键词。如波德莱尔的《女巨人》：

> 在大自然怀着深深的激情
> 每天孕育着畸形孩儿的时代，
> 我喜欢生活在女巨人身旁，
> 像好色的猫在女王脚边游荡。
>
> 我爱看她灵魂肉体竞相开放，
> 在恐怖的嬉戏中自由地成长；
> 我愿从她眼中飘动的迷雾里，
> 度测她心中潜伏的阴暗的欲火；
>
> 我从容地抚遍她美丽的肉体，
> 攀缘在她巨膝高处的斜坡上，
> 伴着夏日恶毒的太阳，
> 她伸展躯体疲倦地躺在郊外，
> 我在她乳峰的荫处娇懒地安歇，
> 仿佛眠于山脚下宁静的小村庄。[①]

[①] [法]波德莱尔：《波德莱尔诗选》，苏凤哲译，花山文艺出版社1992年版，第48页。

这首诗弥漫着奇特的象征性想象。从描写语言上分析，诗歌具有一种完美的非写实特色，作品中某些带有浓烈象征色彩的描写，有一种朦胧的飘浮的美感，具有游离于现实生活的象征主义风格。从"我喜欢生活在女巨人身旁"的诗意推论，诗歌的标题"女巨人"应该就是结构这首诗歌的指喻功能。因为诗歌中"自我"迷离恍惚的幻想，以及对"女巨人"从肉体到灵魂的崇拜，都是诗歌写作的核心观念。对"女巨人"立体的全方位的象征性描绘，是建立在"她灵魂肉体竞相开放"的基础之上。诗歌中的"我"把"女巨人"视为超现实世界的女王，以一种神秘的爱欲的笔触表述"我"与"女巨人"的特殊亲近关系。诗中的"女巨人"不是平凡的女性而是"我"生命中的精神支柱，无论是"像好色的猫在女王脚边游荡"，还是"我从容地抚遍她美丽的肉体"，其实都是力图证明"女巨人"美丽的外表和深沉诱人的人格力量。作品中的所有意义都是围绕"女巨人"展开，诗歌中整体的象征诗意在"女巨人"的支配下全部凸现出来，使诗歌具有一种奇特而新鲜的审美效果。由于指喻功能的支配和点题作用，诗歌的审美内容表现出一种朦胧而神秘的抒情气质。尽管现实生活中"伴着夏日恶毒的太阳"，但只要"我在她乳峰的荫处娇懒地安歇"，再恶劣的外在环境，也不过"仿佛眠于山脚下宁静的小村庄"。《女巨人》的美学目标并不在于那些感情的表层描写，而在于输送深层次的审美信息，循着这条象征的线索，我们才真正体会到诗人的创造精神，体会到诗歌中莫测高深的美学境界。

  诗歌审美结构的象征描写，是以一条象征的思路来组合作品。象征的审美艺术不仅是诗歌创作不可分割的组成部分，而且制约着诗歌的主题。现代新诗重要的一个艺术特点，是大量运用现实生活中的事件以及自然景物拟人化的方法来编织作品，诗歌中的自然景物及其他客观物象都是诗歌艺术理念的外化，而诗歌的审美精神就是在一系列的象征描写中完整地体现出来。这种诗歌结构的表现方式，是力求通过局部来感知世界，如同美国学者罗纳尔多·彼特森所说："象征主义者力求将这一运动扩张成为一种看待整个世界的方法，并通过象征主义，使其成为一种生活方式，并将客观世界等同于一个虚假的正面，人们必须克服它从而才能占有更高一层的实在。"① 诗歌象征结构手法的运用，就是通过个体的暗示，达到对生活秩序的重建，借助象征艺术来探讨生命的哲学意义，用暗示性的语言隐喻人类生活的整体现象。如魏尔伦的《泪水流在我心底》：

  泪水流在我心底，
  恰似那满城秋雨。
  一股无名的愁绪
  浸透到我的心底。

  嘈杂而柔和的雨
  地上、在瓦上絮语！
  啊，为一颗惆怅的心
  而轻轻吟唱的雨！

  泪水流得不合情理，
  这颗心啊厌烦自己。
  怎么？并没有人负心？
  这悲哀说不出情理。

  这是最沉重的痛苦，
  当你不知它的缘故。
  既没有爱，也没有恨，
  我心中有这么多痛苦。②

《泪水流在我心底》是魏尔伦的代表作之一，诗歌用一种重复和循环的语调来抒发内心的愁绪。这种语义很强的音乐特征，使诗歌中透露出的

---

① ［美］罗纳尔多·彼特森：《俄国象征派文学史》，转引自张冰《陌生化诗学——俄国形式主义研究》，北京师范大学出版社2000年版，第18页。
② ［法］魏尔伦：《泪水流在我心底》，转引自吴笛《世界名诗欣赏》，浙江大学出版社2008年版，第207页。

情感内涵更有力度。低沉、忧伤的情绪是这首诗歌的主色调，但是诗人用一种独特的象征艺术，将这种自我情调上升为人类社会共有的普遍愁情。"泪水流在我心底"表示要独自承受一种内心的孤独情怀，把流泪的忧伤埋藏在心底，但是当泪水"恰似那满城秋雨"充盈现在生活的空间时，诗歌的象征意就变了。"满城"代表作品空间中的所有人，如此一来，诗人的自我情绪便成为现实社会中人所共有的一种普遍情绪。当象征忧愁泪水的"嘈杂而柔和的雨"在"地上、在瓦上絮语"时，个人的惆怅也就变成"这悲哀说不出情理"的人类社会的共通情感。当自我"沉重的痛苦"而又"不知它的缘故"时，这就意味着"我心中有这么多痛苦"源自一种普遍的社会现象。这首诗歌的空间是"满城""地上""瓦上"，而"说不出情理"的悲哀是因为把"泪水流在我心底"。作品表面是写个人的忧愁，实际上这忧愁已经占据了诗歌中的整个空间。这首诗是诗人通过诗歌的象征审美结构，将个人情怀扩张为人类情怀的典型表述。

象征是通过审美符号将观念转化为形象，也就是通过象征符号的指喻，把诗歌所要表达的能指和所指的意义告之读者。由于诗歌情感的精神维度要依靠艺术形象的暗示来表达，因此，暗示常常是诗歌象征艺术的重要特质。这一点，象征主义的文学理论家马拉美说得十分明确，他认为，暗示的作用就是"一点一点地把对象暗示出来，用以表现一种心灵状态"[①]。"一点一点"地把理念暗示出来，这就是现代象征主义诗歌中有一种美的神秘性的原因。象征就是诗人在作品中不直接去描写对象和抒发感情，而是用很朦胧的语言和意象来表达诗歌的内在意蕴，用暗示性的描写来表达诗人特殊的情感。暗示是诗人表现自然物象的一种特殊手段，是瞬间的内心波动和思索倾注在客观物象的结晶。诗的暗示性来源于诗人的感情与自然物象的一种契合，这种艺术手法使诗具有一种"移情于物"美学效果。而象征则是通过人与物象的自然交流，使客观物象除了具备本身的形象特征外，又蕴含了诗歌新的能指意义。

---

① ［法］马拉美：《关于文学的发展》，王道乾译，转引自伍蠡甫、胡经之主编《西方文艺理论名著选编》下卷，北京大学出版社1986年版，第207页。

第九章

诗人主体情感的客体投射

　　变形是诗歌审美结构的一种组织原则，是诗人主体情感的客体投射，是诗人用特殊艺术形式描述客体物象最常用的手法。所谓变形，就是指诗人在创作过程中运用夸张、联想、想象、虚构等重要艺术手法时，对所描写的对象进行主观的诗意变化处理，诗中的物象不再是原来的形状，而是诗人用语言创造的一种带有主观主义的生活幻象。这种生活的幻象是诗歌创作最基本的艺术形式，它能够将读者的阅读兴趣从现实转移到诗歌的审美意义上来。事实上，对现实生活作机械的描摹绝对不是诗的艺术，对客观物象作变形处理之后，诗歌作品反而更接近生活的本质，更富有诗意地再现生活的丰富性，诗歌作品也更具备审美的厚度。

一

　　诗歌是诗人内心情感的倾泻，是诗人主观心态的夸张表现。诗歌不同于雕刻、音乐、绘画，不需要具体的物质材料来表现内容。诗歌创作所需要的是诗人凭借想象力去塑造形象，构筑意境，再现生活。诗人总是根据自己的联想，深入到表达对象的精神实质，按照生活的内在逻辑进行加工处理，提炼出事物的特质，这是诗歌创作中常用的变形手法。"变形"是一个相当宽泛的美学概念，就诗歌的"变形"而言，离开所表达的物象而作纯粹主观上的变形是绝对不可能的，诗歌中的"变形"，是指诗人在创作过程中运用各种创作技巧改变了表现对象的自然形态。经过"变形"的艺术处理，使诗人的主观审美情感更接近生活的本质。

　　"变形"是诗人在主观审美思想的关照下，根据诗歌表达的客体和创作情感的需要，对诗歌中的环境、景色进行打破常规的描写。在诗歌创作中，那种按照生活的本来面目描写生活的审美原则，已经不足以表达特定情感下诗人的主体情绪，而"变形"的艺术手法，却可以丰富诗人的创作情感。如同结构主义学者罗伯特·休斯所说："只要诗学将一个具体时代的偏见编成代码，它就为创造艺术提供了有待违反的规则以及进行创新的机会。"①"违反的规则"就是指诗歌对生活真实的变形的再创造，"进行创新"就是对客观物象外在形态的改变。我们通常把现实生活称为诗歌表现的客体，把作家的创作过程称为主体。从客体到作品的最后完成，包含了作者的观察力、感受力等各种因素。生活感受反映到作者的头脑，经过加工之后所形成的意象和原来的生活现实必然有所不同，这就是文学作品源于生活又高于生活的原因之所在。艺术中的"变形"就是指作家的想象超出生活的自然形态，是作者的审美感情对生活客体的再认识。当然，诗歌中的变形，往往是因人而异。同样是一个物象，但不同的诗人总是寄托着不同的思想感情，作为客体的存在，它在所有诗人心目中的形态大致是相同的，但是由于每一个诗人的审美感情不同，总是根据自己的想象注入不同的感情色彩，因而诗歌中的物象和自然形态的物象就不可能相同。只要是充满激情的诗人，他诗歌中的客体无不烙上诗人主体的各种个性色彩的印迹。如林徽因的《风筝》：

> 看，那一点美丽
> 会闪到天空！
> 几片颜色，
> 挟住双翅，
> 心，缀一串红。
>
> 飘摇，它高高的去，
> 逍遥在太阳边
> 一小片脸，

---

① [美]罗伯特·休斯：《文学结构主义》，刘豫译，生活·读书·新知三联书店1988年版，第266页。

但是不,你别错看了
错看了它的力量,
天地间认得方向!

轻轻的一片,
一点子美
像是希望,又像是梦,
一长根丝牵住
天穹,渺茫——
高高地推着它舞去,
白云般飞动,
它也猜透了不是自己,
它知道,知道是风!①

"风筝"是现实生活中的存在物体,它的符号意义就是一种供人们娱乐的玩具。但由于诗人注入了强烈的主观感情色彩,对"风筝"作了拟人化的变形描写,因而诗中的表达对象已经不再是一个简单的玩具,而是诗人心中美丽的风景。"挟住双翅,/心,缀一串红。"这是诗人从颜色上改变风筝的形状,"逍遥在太阳边/一小片脸",这是对物象的形象化变形描写,而"一点子美/像是希望,又像是梦"则是从意识上改变描述物象"风筝"的原型意义。《风筝》是形象与情感的融合,诗的语言很生动,而诗歌中变形艺术的处理则是一种美好理念的传达。诗歌审美理想的意义告诉我们,现代诗歌的最终目的是传达情感,诠释诗人对社会、人生、对所表达的物象的理解与感悟,因此,诗歌应有深刻的内涵和哲理性。在《风筝》这首诗中,林徽因调动多种感官功能,用心理的知觉经验,捕捉到一个变幻多样的"风筝"的各种形状。诗中的"风筝"与自然形态的"风筝"之所以有差别,是因为诗中的"风筝"是经过艺术变形之后容纳了诗人的情感,凝聚了诗人的主观情绪。所以,作为艺术的"风筝"不仅"白云般飞动",而且"它也猜透了不是

---

① 林徽因:《风筝》,《大公报·文艺副刊》1936年2月14日。

自己，/它知道，知道是风！"这就赋予了"风筝"人的思维活动和生命的活力。

变形是诗人的主观审美意识对客观物象的第二次再创造，但这种创造不是随意地乱写，而是要遵循美的结构规律，也就是要按照生活的内在逻辑来描写生活。"变形"允许与原始形态相背离，但必须于情于理相通。诗是一种浪漫主义的艺术，大胆的幻想、奇异的夸张、诡谲多变的艺术手段，都是诗歌这一独特抒情样式的显著特征。英国著名的湖畔派诗人华兹华斯认为，浪漫主义的诗歌在创作上要给"事件和情节加上一种想象的光彩，使日常的东西在不平常的状态下呈现在心灵面前"[①]。也就是说，诗人在处理素材时，不能机械地、表面地描写，而要加上一些主观夸张色彩。夸张当然不是变形，但是变形必须通过夸张来实现，夸张艺术在现代诗歌创作中占有很大比例，无论写景状物，还是记事抒情，都有夸张艺术的存在。因为诗人在彰显自我的主观审美理想时，必须从主观精神出发，用夸张的语言赋予外在物象以生命，通过夸张来实现"变形"，使诗的语言更具有审美的弹性。

诗歌的变形描写是千变万化的，或变静为动，或变动为静，这主要看诗人在造词炼字时采用哪一种形式。一般来讲，诗人在创作诗歌时，总是力图在语言句法上获得美感，用变形描写去暗示情感的真谛。当然，变形不是无定形，不是模棱两可，支离破碎，而是一种假定的无限丰富性。变形所带来的感觉是意味深长的，能够使读者产生一种真实的幻觉，就如同观赏生活中一片风景。

二

英国著名浪漫主义诗人雪莱反对表现对象的现实性，他甚至标榜自己是"说教诗"的敌人。他这样说道："诗使它触及到的一切变形；每一形相走入它的光辉下，都由于神奇的同感，变成了它所呼出的灵

[①] ［英］华兹华斯：《抒情歌谣集》，转引自伍蠡甫、胡经之主编《西方文艺理论名著选编》中卷，曹葆华译，北京大学出版社1986年版，第42页。

气之化身。"① 在雪莱看来，诗歌描写生活时要有自己的主观想象，要对原始的材料进行改造，这样诗歌才会宛如一幅色彩缤纷的图画具有多层次的审美效果。变形，就是一种幻象，而生活中的幻想是所有诗歌最基本的艺术幻象。试想，当我们描写某一客观物象，不对它作变形处理，只是用语言原样不变地描述下来，那么这首诗又有何意义呢？因此，变形描写对诗歌创作而言，是一个较为重要的审美结构原则。

变形并不是在诗歌中建立一个完整的虚幻秩序，而是抓住事物的本质特征，辅之以虚构的属性，借助变形来完成诗歌的主旨。优秀的诗歌无论是写人写景，或者是纯粹表达一种情绪，都会使用大量的变形手法。诗人根据表达的对象，依靠自己的直觉，对客观物象进行艺术的再处理，使诗的真正意蕴得到最完整的体现。变形就是对表现对象作再创造的描写，这是诗人领悟外在物象的精神实质后的一种纯主观的创造，这对于把握诗歌的真正意蕴，表达诗歌的主观情感都是十分必要的。如雪莱的《时间》：

> 深不可测的海洋啊！岁月是你的波浪，
> 　时间的大洋，充满深沉的辛酸，
> 人类眼泪的盐分已使得你咸涩难尝！
> 　你浩渺苍茫的海水啊无边无沿，
> 起伏涨落的潮汐把握着人生的权限，
> 虽已腻于捕猎，却仍呼号求索无餍。
> 不断把沉船的残骸喷吐在它荒凉的岸上，
> 平静的胸怀叵测，风暴中恐怖猖狂
> 　　啊，深不可测的海洋，
> 　　谁该在你的水面出航？②

雪莱在《为诗辩护》中说："一般来说，诗歌可以作想象的表现。"③

---

① ［英］雪莱：《为诗辩护》，缪灵珠译，转引自伍蠡甫、胡经之主编《西方文艺理论名著选编》，北京大学出版社1986年版，第79页。
② ［英］雪莱：《雪莱抒情诗抄》，江枫译，四川人民出版社2009年版，第132页。
③ ［英］雪莱：《为诗辩护》，缪灵珠译，转引自伍蠡甫、胡经之主编《西方文艺理论名著选编》，北京大学出版社1986年版，第67页。

"想象表现"就是变形描写的发挥。变形的描写不仅能使诗的形象更加清晰，而且还能在读者的阅读过程中再次创造出新的想象，尤其是能够增强意象的流动美。这首诗写的是"时间"的流逝过程，但却没有直接诉说"时间"是如何流逝的，而是通过变形描写，将"时间"比喻为"深不可测的海洋"，再通过对大海的形象描述，用变静为动的艺术手法来阐释时间的信息和意义。这一变形，使诗歌的主旨鲜明突出，作品既忠实于现实，又突破了现实的局限。"时间的大洋，充满深沉的辛酸"，这是对时间拟人化的描写，表层是用"大洋"比喻时间，但"辛酸"两个字则暗示时间具有人的思维特征。"你浩渺苍茫的海水啊无边无沿"是比喻时间无始无终，循环往复，难于把握。"起伏涨落的潮汐把握着人生的权限"，则是用潮汐的起伏涨落，暗示人生如同大海，有高潮也有低潮，有平静也有凶险。这首诗的前部分通过大海的外形来喻指时间的内在流动，用海洋的波涛汹涌表示人在时间的流逝过程中人生的云谲波诡，变幻莫测。诗人通过自己的直觉体验，赋予时间以生命意义，使《时间》保持一种内在的"变形结构"，而这个"变形结构"的中心就是"深不可测的海洋"。关于文学作品的"中心"作用，法国结构主义学者雅克·德里达认为："既作为中心，它就成为一个点，一切内容、构成成分，或者条件项的替换在这里都不可能。"①"时间"是来无影去无踪，无形无状的，但用大海来象征"时间"，那么时间的"一切内容、构成成分"就必须以"深不可测的海洋"的内在意义来完成。在这首诗歌中，"海洋"不仅引导、组织诗歌的内在结构，而且主导了诗歌结构的发展线路。最后两句"啊，深不可测的海洋，／谁该在你的水面出航？"从直觉经验入手，用疑问句道出了时间的永恒价值。"谁该在你的水面出航"通过变形，将时间拟人化、感情化，"时间"一旦与人的生命结合就具有人生的内涵和意义。雪莱就是从这个描写角度出发，赋予"时间"外在的形状和内在的生命意义。

　　诗的变形结构是通过想象从灵感中萌生出来的，它既代表诗的外部感觉结构，又是理性外化的概念形式。变形作为诗歌外部的想象组合形式，

---

　　① [法]雅克·德里达：《结构，符号，与人文科学话语中的嬉戏》，盛宁译，转引自王逢振、盛宁、李自修编《最新西方文论选》，漓江出版社1991年版，第134页。

诗人的艺术创造不会被限定或者被束缚在一个特定的表现对象上，而是超越现象本身去创造一种超自然的美。当然，诗人成功的变形描写是源于描写的外部物象和诗人的内心世界情感的高度统一。诗人对客观现实的把握不是从概念到概念的认识过程，而是通过自我存在的直觉经验对客观事物进行判断和创造。因此，诗人在变形描写的过程中经常使用想象和夸张的手法，力图使诗歌有一种流动的意象美。由于变形描写与诗人的审美经验密切相关，其主观创造性较强，"虚拟"的成分较多，所以诗人的创造过程不是以逻辑推理的方式去认识事物，而是以情感的直觉去感知事物的本质，通过完美的变形来提高诗的审美力度。因此，变形的描述往往比"实写"的模仿艺术的效果更佳，诗歌的立意更奇巧，审美结构更缜密。如果说雪莱的《时间》是以"深不可测的海洋"来结构全篇，那么波德莱尔描写时间的诗歌《大敌》则更有深意。诗人这样写道：

  我的青春是黑暗的暴风雨，
  穿越它的是灿烂的阳光；
  雷电和暴雨造成这般破坏，
  园中剩下的红果寥寥无几。

  如今，思想的秋天将我唤醒，
  我要拿起我的耙子和铁锹，
  重新耕作被洪水淹过的土地，
  大水冲击的沟痕简直像墓陵。

  谁知我梦想中新的花朵，
  能否在被冲洗的土壤里，
  找到使之活命的神秘的食粮？

  ——啊，苦痛！苦痛！时间侵蚀着
   生命，
  深藏的大敌在蚕食我们

失去信心和营养的鲜红的心!①

这首诗的标题叫"大敌",可是诗歌中并没有看出谁是"我"的大敌。是"黑暗的暴风雨",还是"大水冲击的沟痕",都不是。从第二节"如今,思想的秋天将我唤醒"和"重新耕作被洪水淹过的土地"来推断,诗歌中的所谓"大敌"就是指悄无声息的时间。第三节描写的是面对时间的流逝,要找到一种人生的经验。"谁知我梦想中新的花朵"指的是"我"决心不再浪费人生的大好光阴,重新找回生存的信心,"在被冲洗的土壤里"勤奋耕耘,"找到使之活命的神秘的食粮"。"食粮"是暗示在时间中人生存下去的一种精神支柱。第四节时间的指喻就更明显了,"——啊,苦痛!苦痛!时间侵蚀着／生命",这是对时间消失而人生一事无成的一种发自内心的痛苦情绪,因为深藏不露的"时间大敌"正在一步一步地蚕食我们的生命,使我们对生存失去了信心。《大敌》是一首由想象力构成的佳作,诗中的意象出神入化,变幻无穷。象征时间的"暴风雨""灿烂的阳光""园中剩下的红果""思想的秋天""梦想中新的花朵""神秘的食粮"等外在的物象都被统一在主体意象"鲜红的心"之中。诗的想象跨度较大,而这一切,都是变形描写的结果。波德莱尔的《大敌》描写时间的变幻无穷,叙述人的感情随着岁月的流逝而不断变化。这种"变"的程序是无法把握的,但诗人作了形象化的变形描写后,诗歌的主旨内蕴得到完美彰显,中心意义明了清楚。

变形描写是一种复合体,或者夸大事物的本质内涵,或者缩小客体的本质特征。无论是夸大还是缩小,关键要看诗人是如何理解生活中的现实和理想中的现实。诗人根据自己的审美理解,在客体物象的似与不似之间寻找表达的契机,通过变形的艺术处理,把语句有效地衔接起来,形成一个新的结构组合。

三

诗歌虽然不像造型艺术那样直接把形象展示给观众,所塑造的形象不

---

① [法]波德莱尔:《波德莱尔诗选》,苏凤哲译,花山文艺出版社1992年版,第28页。

具备直接感知条件，但诗歌的语言却能够涉及人内心世界的各个隐秘部位，能够用有限的语言形容无限的客观生活内容，通过语言的变形描写去实现有形艺术的逼真形象。诗人以形象说话，在诗歌创作中将一切抽象的外在物象变为具体的艺术形象。之所以通过形象将一切抽象的思想变为具体，这是因为形象是诗歌表达生活的最基本手段。诗人在诗歌中总要表现生活的内在本质，总要告诉读者写的"是什么"，这就需要形象和图画来说话，但是形象地表现生活不是原原本本地将生活写进诗歌，而是要经过"变形"处理。比如屈原写《离骚》是为了抒发政治失意的个体情绪，他在诗中只能借助"草木虫"来抒写自己的爱、理想和对奸佞小人的批判。屈原在政治上有一套自己的看法，但又不能直白地宣讲，所以只好选择艺术形象来表达，这就是形象的变形描写。现代诗中的形象变形描写是一种常用的手法，因为现代人的心态更复杂，诗歌只有借助变形的艺术手法才能暗示出人的内在情感活动。

  诗歌审美的变形结构，是为了传达出诗人强烈的内心激情，这个"变"就是改变客体物象的形状，使之最好地表诉诗人的审美理想。要达到"变"的目的，要把一切抽象的东西在艺术形象中表诉出来，就必须打破语言的平面描述，突出"变"的抽象过程。通过变形处理，诗歌中的意境才可能具备美感的厚度，诗歌的语言方能打破原始物象的平衡，具有一种真实的超验性。诗歌中的变形结构跨度较大，但只要诗歌中有一个中心形象，诗歌变形的审美功能就能够通过艺术形象的描述而得到完美实现。如冯至的《蛇》：

    我的寂寞是一条蛇，
    静静地没有语言。
    你万一梦到它时，
    千万啊，不要悚惧！

    它是我忠诚的侣伴，
    心里害着热烈的相思：
    它想那茂密的草原——
    你头上的、浓郁的乌丝。

它月影一般地轻轻地
从你那儿轻轻走过；
它把你的梦境衔了过来，
象一只绯红的花朵。①

这是一首借景抒情的诗歌，景就是"蛇"，情就是"我"寂寞的爱情。"蛇"的形象是"静静地没有语言"，却亲切可爱，因为"它是我忠诚的侣伴"，而且是"心里害着热烈的相思"的侣伴。由于心仪的姑娘不在身边，诗歌中的抒情主人公"我"感到无比的寂寞，于是"我"将寂寞比作一条长蛇，借蛇的修长身材和曲形游走，表达"我"对远方姑娘的爱恋。把寂寞的恋情比喻成"蛇"，并嘱咐心爱的姑娘如果梦到它时，不要害怕，并委婉地希望姑娘走进"我"的梦中，这就是通过艺术变形而达到的奇特之美。由于蛇习惯于在阴冷的草丛中栖息，因此，诗歌的第二节从"茂密的草原"联想到"你头上的、浓郁的乌丝"，而诗歌中的"你"显然就是"我"寂寞地深爱着的姑娘。从"草原"到头上"乌丝"的变形联想，就是诗歌结构的审美变形，也就是将两种外在物象共同隐藏在文本之中，其意义互相挪用。这样的审美变形不仅使诗歌的语境发生了质的变化，而且外在物象所指的意义也完全不同。第三节"蛇"如"月影一般"地行走，并衔来了"你的梦境"，而这梦境竟然"象一只绯红的花朵"。"绯红的花朵"既可以理解为浪漫的情爱，也可以理解为抒情主人公"我"美丽的希望。《蛇》在创作过程中非常重视暗示的审美作用，通过"蛇""梦境""草原""乌丝""月影""花朵"这些与爱情有关的形象，象征"我"对"你"的各种爱的方式，加深了诗歌想象的逼真性。作品中的想象婉转动人，诗中所用的比喻在似与不似之间，这正是曲折的感情表达方式的最佳选择。这首诗是写爱情，但诗中没有一个爱字，而是将"我的寂寞"变形为一条形象化的"蛇"，再通过"蛇"的一系列活动来传达"我"内心世界孤独而寂寞的爱。特别是用蛇"想那茂密的草原"转化为"我"想着姑娘头上"浓郁的乌丝"，这一转化性挪用，不但

---

① 冯至：《昨日之歌》，北新书局1927年版，第30页。

凸显"我"对姑娘的思恋之情，而且加深了诗歌语义的审美力度。

　　诗歌结构的审美变形，虽然使表达物象的本质发生了转移，但只要变形描写成功，符合诗歌的审美要求，诗的结构就不会有生硬的感觉。诗人通过艺术的变形描写，利用创造性的想象力来改变自然的本质，使诗歌呈现出主体创造的美感，扩大物象的内在特点，这样的变形表述，不仅不会损害诗歌的意境，反而使诗歌的结构更缜密，诗意更隽永、更浓郁。当然变形的夸大性描写，有时会把静止的外在物象变幻成动态的立体图画，虽然改变了物象的功能作用，但从抽象结构上看，只要元物象与变形的物象在外表形态上较为相似，无论是夸大或者是缩小的变形描写，都可以视为诗歌审美结构的内在的独创性。因为诗歌艺术的感知性是多元繁复的，如果不作变形处理，就达不到诗意结构的美感效果。

　　通过变形，诗歌创作能够把其他艺术门类无法穷尽的元物象的内在意蕴表达出来，能够把抽象变为具体，把无形变为有形，把声音固定下来，把液体演变为固体，古人的"落花有意，流水无情"就是变形处理的艺术效果。无论是咏物还是抒情，诗歌都必须借助具体的物象作为表现对象，也就是说，诗歌创作需要凭借某种"假象"来借物托情，要依靠一种元物象作为媒介，实现即景生情，以景衬人的变形艺术，以此生发出诗歌潜在的内蕴，使诗歌获得了"你中有我，我中有你"的物我统一效果。如海子的《大自然》：

　　　　让我来告诉你
　　　　她是一位美丽结实的女子
　　　　蓝色小鱼是她的水罐
　　　　也是她脱下的服装
　　　　她会用肉体爱你
　　　　在民歌中久久地爱你

　　　　你上上下下瞧着
　　　　你有时摸到了她的身子
　　　　你坐在圆木头上亲她
　　　　每一片木叶都是她的嘴唇

但你看不见她

你仍然看不见她

她仍在远处爱着你①

  诗歌的艺术变形，可以使语言产生一种张力，这是因为一个物象的形状被另外一个物象改变而获得。变形之前，两种物象或许没有本质的内在联系，但是通过审美变形后，喻体之前的形象可能会消失，但其内涵的主旨得到加强，诗歌的结构形式获得一种审美的力度。在这首诗歌中，诗人把"大自然"比喻成"是一位美丽结实的女子"，既传达出诗人对原始大自然的热爱、倾慕之情，同时也改变了"大自然"的元意义。"蓝色小鱼是她的水罐"是奇妙的比喻，"她脱下的服装"却是化抽象为形象，变复杂为单纯，而"她会用肉体爱你/在民歌中久久地爱你"，则是通过拟人化的变形处理，让"大自然"的形象显得真实、可感、可爱。诗歌的第二段"大自然"的本源意义得到了最广泛意义的扩张，当"你上上下下瞧着"，认真观赏的时候，"有时摸到了她的身子"，当你要亲她时，才感觉到"每一片木叶都是她的嘴唇"。"木叶"是"大自然"的元意义，但由于变形为"美丽结实的女子"的嘴唇，"大自然"所释放出的信息就具备了一种先验性的爱情观念。"但你看不见她/你仍然看不见她"这两句，表面上看，似乎是两小无猜的恋人在玩捉迷藏的游戏，顽皮而可爱，而实际上是诗人将"大自然"与诗人心中"美丽结实的女子"合二为一，融为一体，表达了对美丽的大自然和清纯女子的崇拜。诗歌的最后一段用一句话来点题，实现了作为表达物象的"大自然"艺术变形之后的深刻意义。"她仍在远处爱着你"的"她"，当然是"大自然"与"美丽结实的女子"的双重化身，而"远处"是一个广义而丰厚的地域词汇，所涵盖的疆域很宽阔，经过拟人化的变形之后，暗示了"自我"心仪的女子如同遥远的美丽自然景观，是可爱、可想、可求的，而诗人因此萌生的爱意则更显得亲切而富有人情味，并能够在读者的审美阅读过程中产生一种情感的共鸣。

---

① 海子：《海子的诗》，人民文学出版社2006年版，第39页。

变形作为诗歌审美的一种外部结构，其叙写手法虽然能使诗歌获得变幻的美感，但"变形"并不是诗歌创作的主旨。艺术变形源于客观事物，来自现实生活又打碎生活，是诗人的精神、意识、灵魂对现实生活的重新组合，是物我统一的有机整体。变形是为了追求更高的艺术真实，是为了更全面地反映生活的本质，因此，变形描述离不开"统一"。什么是"统一"，歌德说："艺术品必须向人的这个验体说话，必须适应人的这种丰富的统一整体，这种单一的杂多。"① 歌德所说的"统一整体"是指作为自我情感的诗歌创作，要自觉地反映深邃宽广的、以人的活动为中心的社会生活，力图使丰富的生活质感与诗人的创作心态统一起来，追求外在物象与自我形成一种诗的精神实体。黑格尔在谈到"原始诗的观念方式"时也说："观念如果要成为诗，却只有一条路可走，使两个极端处于尚未分裂的和解，所以诗的观念方式介在日常直觉和思维之间。"② 黑格尔所说的"两个极端"是指诗人把握现实的个体意识和现实生活的普遍本质。他认为，只有这两个极端"和解"，诗的观念才可能成功地显现。黑格尔的所谓"和解"是指一般与特殊的统一，也就是诗人的意志与客观对象的融合。诗歌的统一美，需要诗人对现实世界的复杂多样性有一个统一的整体认识，将各种外部环境溶化成个体的表现。而且诗人要具备准确的审美判断力，对复杂多样的物象有深刻的理解和本质的把握，以主体的精神力量和情感动力去透视客体丰富多彩的意蕴。对诗人而言，外部世界的繁杂多变常常会束缚诗人大胆想象的创造力，但只要通过去粗取精的统一过程，客观物象的完美外形就会作用于创作主体，诗人的创造力就会得到释放，诗人的情感意识与客观社会生活就会保持同步性。以抒情代替客观性的叙述，将生活逻辑转化为人物感情的逻辑，是建立诗歌整体结构统一美的主要因素。诗的统一美自然包括形式与内容的统一，自我与现实的统一，但更重要的是要在诗歌中建立那种多层次、多侧面的立体交叉的结构艺术，使丰富多彩的生活集中组合到诗人自我情感的链条上，组成一个完整的统一的诗歌艺术殿堂。如此，才会达到虚实相生的审美力度。

---

① [德] 歌德：《歌德谈话录》，朱光潜译，人民文学出版社1979年版，第132页。
② [德] 黑格尔：《美学》第3卷下册，朱光潜译，商务印书馆1979年版，第57页。

变形描写的方式多种多样，或化虚为实，或化实为虚，或借喻，或暗喻，这要看诗歌表现的对象而言。客观物象是无限丰富、无限生动的，诗歌的结构艺术要达到审美结构的至高境界，就不能只满足生活中有限的实体物象，而是要超越无限丰富的客观世界。变形描写是一种饱含诗人主观情感、主观心境的艺术手段。诗人的情感通过变形而移入客观物体，从而达到主观与客观相互溶化的物我同一的境界。只有如此，变形才能够使诗歌产生独特的诗意的光芒。

第十章

诗歌的外观结构特征

诗歌外观结构是由诗歌的语言组合而成的审美结构艺术。诗人通过语言对外在物象进行复制,将自然物体中的外貌、骨架用形象的语言诉诸读者。从文本学的意义上说,诗歌是给人阅读的,但阅读的过程又包含"看诗"的意义。因此,作为一种文字的排列组合,诗歌本身就有一个外观的结构形式。由于诗歌语言的能指功能比较特殊,因而我们读诗的第一个感觉是:这首诗是什么样的外观形式?也就是说,诗歌给我们的第一感觉是由有序的文字组合而成的一个视觉空间的外在形状。因此,视觉美对诗歌外观结构形式的构成是极为重要的,诗的视觉艺术性也是诗歌技巧的一种创造。美国学者鲁道夫·阿恩海姆说:"由一视觉形象所传达的情感,必须像这个视觉样式本身的特征一样显得清晰。"[1] 意思就是说,每一首诗都必须表现出一种特定的思想感情和内容,所表达的内容又必须和诗歌的外观结构保持一致,而且诗的主题内容必然要超出诗歌表现的对象本身。当然,诗歌的内容是通过形式表现的,因而诗的外观形态对诗歌创作有着特殊的意义。因而把视觉与诗歌结构艺术放在一起来讨论,对研究诗歌的艺术价值有一定的参考意义。视觉美不是"绘画美",尽管绘画美可以带来视觉的美感,但视觉美的外延和内涵都较为丰富复杂。比如视觉美还包含有整齐划一的建筑美,包含诗的排列、诗的整体形象等内容,正是这些因素组合成了诗的外观结构。

---

[1] [美]鲁道夫·阿恩海姆:《艺术与视知觉》,滕守尧、朱疆源译,中国社会科学出版社1984年版,第213页。

一

　　绘画美是视觉美的重要条件之一。现代诗歌的绘画美早在20世纪20年代就有人提出来过，尤其是活跃于二三十年代的新月诗派，他们都认真地提倡和实践新诗的"格律化"，闻一多甚至从理论上提出了"三美"的主张。从诗的外观形态上说，诗的视觉美是由画面最先构成的。古代诗论家们非常注重诗的直观感知和形象空间结构的造型，欧阳修主张"状难写之景，如在目前，含不尽之意，见于言外，然后为至矣"①。意思是说，诗歌在叙写难以描绘的外在物象时，要让读者通过阅读感觉到所描述的景色如同在眼前一样，这样诗歌才可能有表达不尽的含义，读者才可能在字面之外发现还有更深的蕴涵。中国古诗论中的"视境"，也就是我们今天所说的绘画美，古诗中的"视境"是以看得见的画面来表现诗歌的艺术价值的。所以，王夫之在《夕堂永日绪论》中论及王维的诗时说道："家辋川诗中有画，画中有诗，此二者同一风味，故得水乳调和。"② 这就是中国古代诗歌绘画美的宗旨，也就是时间艺术的空间化。古人创作诗歌很看重物质的现实感，主张有固定的造型，明显的实体，强调感情状态的具体化。注重"情中景，景中景"的艺术境界和"以小景传大景之神"③的形象描绘，这些都是诗歌视觉美的审美范畴。

　　外国文论家也重视诗歌的视觉美，波兰现象学研究者诺曼·英伽顿认为："假定艺术家或观察者采取一种适当的行为，那么它们会使作品的具体化得到一种几乎是历历在目的生动性和丰富性，从而使富于美学价值的那些性质的自我表现成为可能。"④ 所谓"历历在目的生动性和丰富性"，就是指诗歌的外在视觉。尽管画是视觉艺术，诗是听觉艺术和想象艺术，

---

　① 欧阳修：《六一诗话》，转引自郭绍虞主编《中国历代文论选》第2卷，上海古籍出版社2001年版，第244页。
　② 王夫之：《船山遗书·夕堂戏墨》卷五，（清）同治四年湘乡曾氏刊本。
　③ 王夫之：《夕堂永日绪论》，转引自郭绍虞主编《中国历代文论选》第3卷，上海古籍出版社2001年版，第301页。
　④ [波兰]诺曼·英伽顿：《现象学美学》，王逢振译，转引自王逢振、盛宁、李自修编《最新西方文论选》，漓江出版社1991年版，第29页。

两者有一定区别，但诗歌的精神必须通过艺术形象来完成，而形象的实体性特征首先应该是可观可感而又历历在目。诗和画尽管有着自己的艺术规律，但在表现手段和艺术技巧方面总有相通之处。诗歌是时间艺术，绘画是空间艺术，但是空间的绘画能够暗示时空观，而作为语言文字构成的诗歌同样也可以传递出空间的美学信息。优秀的诗人在"画境"的艺术表达上比较成熟，他们总是自觉地追求"诗中有画"的艺术形式，使作品达到虚实相生的韵味。如顾城的《诗情》：

　　一片朦胧的夕光
　　衬着暗绿的楼影

　　你从雾雨中显现
　　带着浴后的红晕

　　多少语言和往事
　　都在微笑中消溶

　　我们走进了夜海
　　去打捞遗失的繁星①

　　诗歌中的绘画视觉，是由线条、构图、色彩三者共同完成的，这三个因素又是通过语言的言说传达出来。顾城的《诗情》借助诗歌语言的力量，勾画出清晰的线条；同时，又用绘画的空间艺术原理，描绘出鲜明、活泼的艺术画面。这首诗的构图十分精妙，前两句"朦胧的夕光"是诗，而"暗绿的楼影"则是画，两者互相转换，完成了诗歌的外形意境。同样，"你从雾雨中显现"的"你"所指的不是人的活动，而是一种诗歌现状；而后一句"带着浴后的红晕"，则是用色彩来描摹"诗情"的外在形态，"红晕"是象征雾雨后的感觉，这个词组映红了诗歌中的外在景物，将一幅"浴后的红晕"图推到读者的视野中，让"多少语言和往事"成

---

① 顾城：《顾城的诗》，人民文学出版社1998年版，第152页。

为过去，"都在微笑中消溶"。最后一节采用静中有动的构图，行动和景色互相融合，具有中国画的立体感和空间感。"我们走进了夜海"，如同画的框架，"夜海"是静的物象，"走进"是动感，同样，"繁星"是外在物象，"打捞"是一种行动，一动一静都被巧妙地组合在一幅幽静的框图之中，视觉的美感十分逼真。整首诗歌就是一幅静中有动的"诗情"图。"用景写意"是中国古代诗歌的艺术构图传统，有一种"意无穷"的美妙，而作品清爽的视觉美增强了诗歌的结构审美功能。由于诗中有画，所以作品中有一种"浮雕"的感觉。诗人以广角式镜头在静而远的空间构制图景，"夕光""楼影""雾雨""红晕""夜海""繁星"，这几组富有静态感的景物，镶嵌在一个整体框架中，呈现出一幅极富层次的视觉图景。

别林斯基说："纯抒情的作品看来仿佛是一幅画，但主要点实则不在画，而在于那幅画在我们心中所引起的感情。"① 外观视觉美的诗歌结构不是纯粹的画，而是由语言为媒介勾勒出来的艺术形式，因此，线条、构图、色彩所产生的画面感与诗歌中的画面感有着本质上的区别，诗歌中的画面感是能够引起读者再创造的审美情感。由于整个图面是由富有弹性的语言完成的，因而诗中画面所产生的视觉美具有联想的审美空间。而且诗中的线条、图景、色彩与诗人的想象、情感有着紧密的联系。卡洛琳·M.布鲁墨认为：直线突然转折，会产生兴奋或狂怒的感情；而曲线和较为缓慢的线条，则容易唤起温柔、悠闲的情绪；方框有牢固、稳定的感觉；倾斜则是运动、变化的感觉。② 诗中的线条、图景、色彩是与读者的大脑打交道，也就是在欣赏诗的过程中，读者通过诗歌的语言感受线条和构图，经过大脑的审美过滤，形成一定的情感图形，再经过联想获得诗歌的绘画视觉美。当然，诗歌中的"视觉构图"一般来说不是十分明眼，但是只要认真阅读，却能够感觉到诗歌中有线条、有构图、有色彩，甚至有音乐的流动。诗中的画是一种无形的画，全凭读者的审美感觉去揣摩。因为诗歌中的色彩不是对自然物象色彩的简单重复，而是包含诗人独到的审美情感，是观念的化身，是诗人"情感价值"的体现。如林徽因的

---

① ［俄］别林斯基：《别林斯基论文学》，新文艺出版社1958年版，第175页。
② ［美］卡洛琳·M.布鲁墨：《视觉原理》，北京大学出版社1987年版，第92页。

《山中》：

> 紫色山头抱住红叶，将自己影射在山前，
> 人在小石桥上走过，渺小的追一点子想念。
> 高峰外云在深蓝天里镶白银色的光转，
> 用不着桥下黄叶，人在泉边，才记起夏天！
>
> 也不因一个人孤独的走路，路更蜿蜒，
> 短白色房舍像画，仍画在山坳另一面，
> 只这丹红集叶替代人记忆失落的层翠，
> 深浅团抱这同一个山头，惆怅如薄层烟。
>
> 山中斜长条青影，如今红萝乱在四面，
> 百万落叶火焰在寻觅山石荆草边，
> 当时黄月下共坐天真的青年人情话，相信
> 那三两句长短，星子般仍挂秋天里不变。①

这首诗的色彩繁多，一幅多色调的立体山水乡村图迎面扑来。诗中的带有色彩的物象有"紫色""红叶""深蓝""白银色""黄叶""短白色""丹红""青影""红萝""黄月"等，每一个色彩的符号都有着外在物象的背景意义。诗人从景物的表象提取出本质的色调来构筑诗歌结构的视觉美，诗歌中的每一个图形都是诗人以心观物的情感体验。

这是一首借山中秋天景色抒发内心情感的诗歌，全诗透过客观的秋景与主观的意念展开描写。第一节是写"自己"在紫色抱住红叶的山头独自漫步，当"自己"的影子在山前晃动时，眼前的秋色触动了珍藏于人生中的记忆，特别是"人在小石桥上走过"时，捕捉到昔日的"一点子想念"，而这个"想念"是来自夏天的故事。由秋天的色彩回忆夏天的情感，引出人生的无奈与渺小的感叹。第二节表层是写人在山中孤独的漫步，其实是暗示"自己"内在情感的寂寞。"也不因一个人孤独的走路，

---

① 林徽因：《山中》，《大公报·文艺副刊》1937年1月29日。

路更蜿蜒",描述独自地走在蜿蜒的山路上,因为是一个人,山路显得更蜿蜒,因此人的孤独感有增无减。"白色房舍像画"只在"山坳另一面",是喻指昨天的人生已经成为过去,而眼前外在的秋天物象"丹红集叶"成为"记忆失落"的替代物,在这样"深浅团抱"的山头上,惆怅的情绪"如薄层烟"缠绕在秋日的山顶,也缠绕在"自己"的内心世界。第三节表面上描述山中秋天的景色,实际是触景生情,由山中的景色引出夏天的"斜长条青影"。夏日山中林荫小道上的松萝、茑萝仿佛"乱在四面",一点痕迹也找不到,而脚下的风景却是深秋的"落叶火焰"布满"山石荆草边"。那个迷人的夏日景致已经成为过去记忆,而眼前"天真的青年人情话"却如"星子般仍挂秋天里不变"。夏天的思念似乎很遥远,而眼前青年人热恋的情话成为秋天山中小路上的一道永恒风景。《山中》是一幅色彩斑斓的油画,自然的背景是深秋的大山,人文的背景则是"黄月下共坐天真的青年人情话",画面色彩清晰,线条明白,诗人对山中秋色的深沉思考尽在不言中。读这首诗,有一种深沉的心灵感受,而诗中的画面所唤起的"秋色情怀",有一种"冲然淡远"的审美效果。

线条、构图能表现诗的绘画美,但是比起色彩来又略逊一筹。因为绘画本来就是以色调来突出形象,而且从视觉原理上讲,色彩是最先进入人的视知觉的。所以,诗的绘画美最显著的特征,就是运用明朗的色调唤起读者的审美视觉,力图在读者的想象空间,构制一幅色彩鲜艳的意境,通过画意来解释诗歌的主题。像林徽因的《山中》就是色彩调配得比较好的作品,是用多色调来完成诗歌结构的视觉美。诗人在多色调的秋天山中展开想象的翅膀,画中有景有人,构图更是明显,几种色彩叠加出一幅"秋日情画图",其诗歌的主题凝重而深远。

二

用对比色彩来构图也是现代诗歌结构常用的一种艺术手法,这种构图法容易引起读者的想象。比如满山的绿叶虽然显眼,但因为太多,在视觉上就会感到太平常,但如果满山绿叶中有一朵红花,那就显得明艳芬芳,光彩夺目。诗中的构图更是显眼,有万绿丛中一点红的结构美感。当然,优秀的诗人在色彩构图上,不会拘泥于某一种方法,而是根据诗歌的题意尽情发挥。有时，诗歌中出现各种颜色的组合体，用多种色彩来绘制一幅灿烂辉煌的外观结构图，这样，在鲜明的画面对比中就具有画中"神韵"的理想效果。

在构成诗歌视觉的各种因素中，色彩是主要因素，因为诗中的色彩绝大部分都是带有审美感情的，而色彩在视觉艺术上最能传达出诗人的情感和价值取向。色彩的鲜浓、明暗能够影响读者阅读时的视觉感知，并唤起不同的情感。而且各种色彩的交替使用，诗歌的外观结构就会出现"杂色图"的外在画面，色彩的美在诗歌的构图中就更为醒目，读者在视觉上就会产生深远而又绚丽多姿的美感效果。当然，色彩美是建立在自然界一切物体的色彩之上，但是，诗人对色彩的光线要有一种审美的价值取向，同时还要做到不仅仅是对自然色彩的简单临摹，因为客观物象所呈现的色彩是不带任何观念和情感的。在这个问题上，布鲁墨在《视觉原理》中说得更明白："色彩唤起各种情绪，表达感情，甚至影响着我们正常的心理感受。"他甚至认为："有些色彩对人们有着普遍的心理影响，但同时有些人对色彩的反映是专断的、个人的，或受社会影响。"① 诗歌创作中使用彩色艳丽的语言符号，能够唤起读者的感情经验，从而在诗歌构图的结构上就能够起到某种特殊的审美效应。因为在诗歌创作上，不同文化修养、不同审美感情的诗人，在色彩的选择上是有差异的。如冯至的《新的故乡》：

　　　　灿烂的银花。
　　　　在晴朗的天空飘散；
　　　　金黄的阳光
　　　　把屋顶树枝染遍。

　　　　驯美的白鸽儿
　　　　来自什么地方？
　　　　它们引我翘望着
　　　　一个新的故乡：

---

① [美] 布鲁墨：《视觉原理》，张功钤译，北京大学出版社1987年版，第67页。

汪洋的大海，
浓绿的森林，
故乡的朋友，
都在那里歌吟。

这里一切安眠
在春暖的被里，
我但愿向着
新的故乡飞去！①

"新的故乡"是这首诗歌的中心意象，也是作品的结构骨架。但是这个骨架的审美信息却是由各种色彩传递出来的，由于对原物的准确复制抓住了被复制对象的整体特征，诗歌的外观结构因为色彩视觉形象的成功而转变成一个"新的故乡"的形象概念。作品的第一节是中心意象的外在描述，三种色彩鲜明的形象"灿烂的银花"在新故乡"晴朗的天空飘散"，这是故乡外部空间的视觉色彩，接着"金黄的阳光"由远而近，"把屋顶树枝染遍"。诗歌中"新故乡"由"银花""晴朗的天空""金黄的阳光"三种色彩鲜明的形象组成，整个视觉形象完美而明显。第二节是对故乡往昔的诗意联想，是一种时间上的"新的故乡"的记忆，而这个记忆是由"驯美的白鸽儿"引起的。"白鸽儿"是和平自由的使者，不管它"来自什么地方"，都会"引我翘望着"思恋不已的"新的故乡"。接下来诗人用极富色彩感的两句诗告诉读者"新的故乡"的形状：面对蓝色波涌的"汪洋的大海"，背靠一望无际的"浓绿的森林"。由这两句诗构成的视觉形象的审美意义，向读者解释了"故乡的朋友""都在那里歌吟"的原因，那就是它的外部环境是那样的如诗如画。鲁道夫·阿恩海姆说："只有当你获得里面的这些东西的视觉概念的时候，你创造出的

---

① 冯至：《十四行集》，解放军文艺出版社2000年版，第32页。

该物体的视觉样式的外部形象，才能与这个物体的内部情况一致。"① 冯至的《新的故乡》的"视觉概念"与它的"内部情况"是同步协调的，诗人对"新的故乡"色彩描绘是一种对自然物象的模仿，而且这个被模仿的视觉形象所传达出的情感与视觉样式都一样清楚明晰。正是如此，诗歌的第四节才有了特殊的审美目的。因为"新的故乡"的一切都"在春暖的被里"安眠，诗人才立志要向着"新的故乡飞去！"诗人的这种内在情感真实地彰显了"新的故乡"的符号意义，突出了诗歌的艺术感染力，而这一切都是诗歌外观结构的视觉审美力量的原因。

色彩的感情意义和象征意义不仅因表现对象不同，而且还有诗歌的审美倾向包含在其中。现代诗歌对自然色调的模仿，是根据诗人自己的情感进行选择，同时还要注意读者的适应性，因为每一个人对色彩的经验和情感的体验虽然有着类似的地方，但由于审美理想的差异，不同的色彩往往又暗示了不同的情感。诗歌中的线条、色彩、构图，都可以通过想象在阅读者的头脑中重新唤起可感的视觉画面，这种读者的再创造，实际上就是通过视觉式样对某些事物进行结构的再组合。当然，这视觉结构的再组合绝不是对外部物象的简单复制，诗人用诗歌的形式再现客观事物时，不是机械地、原封不动地对所表达的对象进行复原，而是寻求隐蔽在视觉形象中的思想意识。诗歌的形式是为内容服务的，作品的任何形式都受诗人审美感情的支配。诗的外观形式是诗歌视觉美的最初表现形式，读者或批评家在阅读诗歌时，首先映入眼帘的是诗句的排列组合在整体上有一个什么样的感觉。虽然现代自由体新诗不讲押韵，字数自由，节拍随意，排行也没有什么固定的框框套套，但色彩的符号意义却超越了诗歌的外观形式，其可视性图画更容易为读者接受。如雷平阳的《晚秋的白色》：

> 山神的毛发白了，燕麦白了
> 西凉山的秋天也跟着白了
> 充军人的后裔，霜迹在脊梁上
> 白了，像冷风的胚芽

---

① ［美］鲁道夫·阿恩海姆：《艺术与视知觉》，滕守尧、朱疆源译，中国社会科学出版社1984年版，第210页。

就要长大成冰凌

抽我肋骨,凿一根笛子
空我的胸膛,多一座粮仓

都白了,爷爷和奶奶住在山上
他们坟顶上的长草也白了
一层白土盖着,他们活着
像死者一样,白得彻底、荒凉

都白了,倮伍家的小妹空身下楼
高高山上,一盘月亮
我这汉人,一个打工仔,空手返乡
绕了一圈,眠于草垛旁

都白了,笛孔里的血滴儿
都白了,粮仓里的耗子骨[①]

  这是一幅"白"得耀眼的高原生活图,图中有历史、有现实、更有诗人内在的审美情感。这是一幅西凉山晚秋的完整图,厚厚的黄土地上,作为大山守护者的山神的"毛发白了";地上的庄稼"燕麦白了";甚至山里的秋天也"跟着白了";充军者们的后代子孙裸露的脊梁不但"白了",还会"长大成冰凌"。白色包围着南方的高原大地,诗歌中的词组"白了"作为情感的象征意义,是依靠诗人的联想而实现的。第二段"抽我肋骨,凿一根笛子"是诗人自我情感的介入,愿把自己的肋骨化为一种音乐的声音,在大山里吹响,而"空我的胸膛,多一座粮仓"则是少年饥饿的记忆。第三段是家族长辈的人生描述,爷爷和奶奶曾经住过的山上,他们坟顶上的草"都白了",而他们活着的时候更是"白得彻底、荒凉"。第四段又回到现实,无论在山里守着"一盘月亮"的"倮伍家的小

[①] 雷平阳:《雷平阳诗选》,长江文艺出版社2006年版,第70页。

妹",还是作为打工仔的"我这汉人"的"空手返乡",在实际的生活中"都白了"。不同的是前者白富有诗意,"高高山上"有"一盘月亮"伴随着她,而"我"的"白了"是一无所有,只好"眠于草垛旁"。诗歌的最后一段是情感的高度凝集,也是对前四段的总结,"都白了,笛孔里的血滴儿"是暗示自我的人生在大山上完全耗费,把精血都奉献给了故乡;"都白了,粮仓里的耗子骨"则是叙写了无论是人、动物,乃至所有的生命,都免不了最后的死亡。在诗歌中"白了"的色彩虽然荷载过重,但读者在强烈的"白了"刺激下能产生一种接受的兴奋美感,特别是反复使用"都白了"这一含义深刻而又层次分明的词组来暗示西凉山的色调,不仅强调了西凉山晚秋生活现实的突出性标志,而且将自我的人生经验内化到外在物象的描写中,让生命去感受这"都白了"的外在影像的美学力量。

  在诗歌的外观审美结构中,诗人没有对外在的自然色进行鉴别,而且是根据情感的不同赋予它以相协调的色调意义。诗人用心灵去抒写自然物象的各种色彩,在情感的支配下,原来的色彩荡然无存,代之而起的是人性的感情色彩。诗歌的视觉美有时还隐藏于视觉形象之中,视觉美往往还包容着一个深层次的审美形象,这个形象就是包含有诗人的感情、诗歌的色彩、诗歌的分行排列的综合形象。诗的视觉形象与绘画、雕塑不同,绘画、雕塑给人的形象是直观的,而诗的外观视觉结构却是通过语言文字来传达,而且诗歌中的这种形象不一定以人物、外在物象作为审美对象,而是在作品分行排列的过程中暗示出来。优秀的诗歌必然具有外在的物象和内在的气质,外在的物象直接呈现给阅读者的是形状,内在的气质则是指诗人的审美情感灌注于外观物象,从而形成诗歌的外观结构形态。诗歌艺术的精髓就是隐藏在外观中的内在气质,这个所谓"内在的气质"就是指隐蔽在外观视觉中的深层的审美形象。

三

  色彩的时空叙事也是现代诗歌审美结构的艺术原则,由于人的视觉会在色彩的引导下形成一种时空观念,因此,诗歌的外观结构常常会在作品中不同时间的叙述中产生出新的诗性意义。英国结构主义学者特伦斯·霍克斯认为:"时间和空间的世界其实是一个连续系统,没有固定的不可改变的疆界,每一种语言都可以按照自己特有的结构来划分的解释时空世界。"① 色彩也是一种语言,诗人用什么样的色彩构图来改变时空的疆界,主要与他的审美素养有一定关系。但是不管如何改变,时空的轮廓总会在诗歌作品中或隐或显地展示出来,而这个轮廓的展现又与诗歌的分行、节奏有一定关联。由于诗歌的分行是最初给人感官上的印象,这个印象是视觉感知的初步审视,能否引起读者的审美注意,关键就要看诗的分行的色彩美不美。当然,诗行的长短、分节,主要是诗人根据自己情感变化、情绪的起伏来调整的。诗行的排列实际上就是诗人的情感世界的一种外化。而且诗歌的分行、分节是不拘形式的,或长或短主要取决于作品中时空色彩的自由组合。用分行表现诗歌的外观结构,用什么样的色彩在分行中描写时空,与诗人对外在物象的感情表达有着一定的对应关系。实际上色彩的力量并没有这么强大,但是诗人通过色彩的变幻来暗示某种审美意识时,自然的色彩却产生了一种强烈的视觉感。

诗歌的外观审美结构形态如果与作品中的色彩协调一致,在空间上就会构成流动的视觉美,诗行的排列就别有一番诗味。特别是诗歌中表现的自然物象与诗人的主体审美情感融会贯通,并达到"物我同一"的效果时,诗歌的外部结构对所表现的客体必然进行审美定位,还原成一种富有质感的外观形式,作品的外观视觉美就更突出。如波德莱尔的《深谷怨》:

　　　求你怜悯,你,是我唯一的爱恋,
　　　我的心已坠入黑暗的深渊,
　　　这是铅色地平线上的阴郁的世界,
　　　是漂浮着亵渎与恐怖的黑暗。

　　　无温的太阳在上空笼罩半年
　　　其余半年只有黑夜覆盖大地;

---

① [英]特伦斯·霍克斯:《结构主义和符号学》,瞿铁鹏译,上海译文出版社1987年版,第23页。

>这是靠近两极的不毛之地；
>没有野兽，河流，森林和草原！
>
>世界上没有任何恐怖超过
>这冰冻太阳的残酷的寒冷，
>和这古老混沌似的茫茫黑夜；
>我妒忌最卑贱的动物的运气，
>它们能够投入昏沉的睡眠，
>我们时间的线纱却摇得如此缓慢！①

这首诗的空间是"空谷"，时间是整整一年，"无温的太阳在上空笼罩半年"，而下半年则是"黑夜覆盖大地"，整个时空用黑色传达出一种令人压抑的情绪。在作品中，"色彩作为传达情感的力量获得了不断增强的独立性，它激起反响，无须借助传统形式"②。作品通过黑色渲染，创造出象征的艺术效果，诗人"情感的力量"在一种审美表象的隐喻里获得了"独立性"表达。每一种色彩都会传递某种情感，《深谷怨》中的黑色是一种创造性的想象表现，诗歌中的"黑暗的深渊""恐怖的黑暗""黑夜覆盖大地""茫茫黑夜"，虽然都是同一种色调，但在诗歌的具体语境中又有不同审美情感的陈述。诗歌的第一段是一种黑暗世界的爱情表达，"求你怜悯，你，是我唯一的爱恋"，这是对爱的祈求和呼唤，作品中"你"是被爱的对象，而"我"则是诗歌中的抒情主体，是爱的企求者。"我的心已坠入黑暗的深渊"，表达的是求爱不得的一种内心世界的孤独和无奈，所以才感受到社会是"阴郁的世界"，而"我"的现实生活则处处"漂浮着亵渎与恐怖的黑暗"。第二段是时间的表达，上半年"无温的太阳在上空笼罩"，下半年"只有黑夜覆盖大地"，整个一年的生活都在无爱的时光中度过，成为人生的一种"空谷"，而这内心的"空谷"如同"靠近两极的不毛之地"，没有生命存在，"没有野兽，河流，森林和草原"，只有孤单的寂寞。第三段是一种超现实的表达，"我"的人生

---

① ［法］波德莱尔：《波德莱尔诗选》，苏凤哲译，花山文艺出版社1992年版，第74页。
② ［英］R.S. 弗内斯：《表现主义》，艾晓明译，昆仑出版社1989年版，第21页。

"空谷"是如此苍白,"世界上没有任何恐怖超过",因为在这个空间里,太阳是冰冻的,现实生活如同"古老混沌似的茫茫黑夜",而作为人的"我",连"最卑贱的动物的运气"都不如,动物没有思维,不管在什么样的环境下都"能够投入昏沉的睡眠",而"我"因为生活中的"空谷"没有爱,在恐怖和黑暗的岁月里度日如年,感觉"时间的线纱却摇得如此缓慢",生命的意义里除了"黑暗的深渊"之外,一无所有。

诗歌的外观结构除了色彩的作用外,句子的排列组合形式,从外观上也能唤起读者的强烈感觉,尤其是排比句的大量使用,更能增强感观印象。但从形式上分析,诗歌的外观结构特征必须借助诗歌语言的分行排列来表现,特别是诗歌的分行排列如同匀称整齐的建筑群,抒发的是一种整体的情感。诗歌的外在行列与内在精神之间的关系当然不是偶然的,而是与诗人的情感有一定联系,正是感情与形式的统一,使诗的分行成了有意味的外观结构形式。诗人有什么样的生活感受,就选择什么样的形式来表达,但是诗人所选择的形式必然包含了自己的审美理想。尽管诗歌和非诗歌的区别从外观上的分行排列中可以分辨出来,但从审美本质上讲,诗的分行还是由诗歌传达的内容和诗人的思想所决定的。诗歌句子整齐划一的排列实际上是诗人对外在物象一种幻象,正如法国结构主义代表罗朗·巴尔特在《结构主义活动》所说:"结构实际上是这个客体的幻象,而且是一个直接的、有利害关系的幻象,因为被摹写的客体使某种过去看不见的,或者说在自然的客体身上无法理解的东西呈现出来。"[①] 按照他的观点,诗歌分行排列时,就要对所表现的客体进行"幻象",而且把事物的本质特征显示出来。诗的"幻象"是诗歌外观形式的重要标志,由它来向读者提供审美信息,使读者的心理活动产生一种与客观物体相类似的形体。一旦诗歌的外观结构切入读者的心灵,阅读者通过经验的自我认同,那么诗人用来阐述诗歌排列分行的外观形式,就会在视觉美上引起读者的共鸣,诗人在分行排列上自觉地追求"行列美"的外观形式,自然会引起读者的注意。如闻一多的《死水》:

---

① [法]罗朗·巴尔特:《结构主义活动》,盛宁译,转引自王逢振、盛宁、李自修编《最新西方文论选》,漓江出版社1991年版,第106页。

这是一沟绝望的死水,
清风吹不起半点漪沦。
不如多扔些破铜烂铁,
爽性泼你的剩菜残羹。

也许铜的要绿成翡翠,
铁罐上绣出几瓣桃花;
在让油腻织一层罗绮,
霉菌给他蒸出些云霞。

让死水酵成一沟绿酒,
漂满了珍珠似的白沫;
小珠们笑声变成大珠,
又被偷酒的花蚊咬破。

那么一沟绝望的死水,
也就夸得上几分鲜明。
如果青蛙耐不住寂寞,
又算死水叫出了歌声。

这是一沟绝望的死水,
这里断不是美的所在,
不如让给丑恶来开垦,
看他造出个什么世界。①

  《死水》是作家闻一多先生的代表作,是一首外观结构整齐划一,而且彩色明显的一首力作,也是诗歌"三美"卓有成效的探索之作。作品的中心意象是"死水",而且是"清风吹不起半点漪沦"的"一沟绝望的死水"。"死水"作为诗人主观审美的一个"幻象",具有多重象征意义。

———————
  ① 闻一多:《死水》,上海新月书店1928年版。

比如用"绝望"二字表达诗人对腐败不堪的旧社会现象的强烈不满;用"破铜烂铁""剩菜残羹""珍珠似的白沫"等意象暗示旧社会的不可救药;用"半点漪沦""绿成翡翠""几瓣桃花""一沟绿酒""几分鲜明"等不同色彩组合而成的意象复合体,表达诗人火热的试图改变"死水"现状的审美情感。总之,诗歌中有绝望、愤慨,也有希望"死水"早点死去,春水早日来临的慷慨激昂的激情。作品中的"小珠们""花蚊""青蛙"都具有各自的含义,"小珠们"是诗人用拟人化的手法隐喻"让死水酵成一沟绿酒"之后的生存者的短暂快乐,但是这一点难得的快乐很快被破坏者"花蚊"咬破。在恶劣环境中唱歌的"青蛙"是"死水"现实生活中新的希望,是改变"一沟绝望的死水"的新生力量,但"青蛙"们的抗议最终还是未改变"死水"。正义的力量无法改变"一沟绝望的死水",诗人怒其不争,以毒攻毒,"不如让给丑恶来开垦",至于丑恶者"造出个什么世界",那是无法预测的。《死水》虽然暗含了一种呼唤自由美好的新生活的愿望,但是更多的是表达了诗人对丑恶现实的愤激情绪。死水之"死",是黑暗的旧中国的总体象征,诗人对黑暗现实的厌恶、憎恨是这首诗歌的主旋律。

闻一多是新诗格律的倡导者和开拓者,主张新诗要具备"三美",即音乐美、绘画美、建筑美。《死水》是"三美"的代表作,全诗分五段,每段四行,每一行都是九个字,外形整齐,外观结构的可感性明显。每一段的第二行和第四行押大致相同的韵,读之具有较强的节奏感和音乐的旋律美。诗歌中的许多意象色彩感强,外在物象在各种色彩的衬托下,具有绚丽的绘画美。总之,《死水》是色彩和句子的排列组合形成的力作,在分行排列上具有创造性的突破。当然,作为诗人情感的一种外化形式,诗的行列美所传达的审美信息毕竟有限,尽管结构主义把诗的分行看作是诗歌"定位"的标志,但是诗歌并不是完全靠"图像"取胜,再好的形式,再好的"图像",如果没有诗人的感情参与,也是徒劳无益的,因为再好的"图像"也代替不了感情。而《死水》则是外观行列美、图像美、诗人主观审美情感三者融汇一体的成功的新诗典范。

外在的形象美是现代诗歌所具备的美学特征,尽管诗歌视觉美的深层形象在作品中很难体会出来,但只要认真领悟,同样能够发现。从诗的本质特征上看,多维的抒情形象更能表现诗人丰富复杂的感情,正如鲁道夫·阿恩海姆所说:"一个物体的形状,从来就不是单独由这个物体落在眼睛上的形象决定的。"① 这就说明,要描绘某一物象,单靠平面的叙述是不够的,尽管平面的抒情形象也有它的审美价值,但在现代社会,人的情绪已经由单一性走向复杂性。诗歌表达离不开生活,离不开社会环境,作为诗歌艺术的外在视觉结构,所传达的对象是丰富复杂的,所体现的价值功能当然是主体的全方位的。当然,诗人有时会用密集的意象来打破图画形象的单一性,让诗歌中的形象产生一种雕塑的美,用一系列富有质感的语言和群体意象,来完成对抒情形象的塑造,追求诗歌象征的多义性,并以此来完成形象的立体感,以求给抒情形象带来多侧面的立体美学特征。我们所说的抒情形象,当然是指诗人的审美感情与客观物象融合之后的复合物。因此,无论是平面的,还是立体的,都是诗人审美感情的显现。不同审美感情的诗人,诗歌中自然会有不同情感的抒情形象。但是,无论是平面的抒情形象还是立体的抒情形象,都是诗人审美化了的自我形象。从这个意义上说,现代新诗中的抒情形象,就是诗人情感世界的表现。

视觉美作为诗歌的外观结构审美特征,是初次启发阅读者美感的重要途径,但并不是每一首诗歌都能体现视觉美,因为诗人的情感有深浅之别。这就是为什么有的诗人在技巧的运作上虽然圆熟,却因为情感的虚伪而缺少审美价值。"发乎情"是现代抒情诗的审美主题,这个主题的目的是否达到,全仰仗诗人对于语言的运作。只要诗人能自觉地将线条、色彩、构图结合起来,构成一个完整的、审美的视觉系统,作品就能抵达诗歌"发乎情"的内在意蕴的艺术境界。

---

① [美]鲁道夫·阿恩海姆:《艺术与视知觉》,滕守尧、朱疆源译,中国社会科学出版社1984年版,第56页。

第十一章

诗歌情感的内在结构

在诗歌审美结构的整个系统中，音乐美也是重要的组合元素。诗歌与其他文学样式的区别就在于，诗歌在结构上有音乐美的特征。音乐与诗歌自古以来就是互相渗透、互为表里的。《尚书·舜典》说："诗言志，歌咏言，声依永，律和声。"① 《毛诗·大序》则说："情发于声，声成文，谓之音。"② 由此可见鲜明的节奏、和谐的音韵是诗歌的结构因素之一。在古代，是否押韵是诗歌的重要标志之一。现代白话抒情诗虽然对押韵的要求不是那么严格，但是，和谐的音调能够增强诗歌的艺术魅力，读者在欣赏过程中也会获得诗美的享受。如果说思想内容的深度是决定于诗人的思想高度，那么，诗歌的艺术美从某种意义上说与诗歌的音乐美有着极其重要的关系。诗歌的结构形式是诗歌的内容在本质上的外在表现，优美的形式与内容互相融合，诗歌才能达到诗人所要表达的审美目的。音乐美，主要是指韵律和节奏的美，属于形式的范畴。诗的音乐美是诗歌的内部结构法则，有了音乐美，诗的艺术性才会大放异彩。

一

韵律在诗歌中的重要性是十分明显的，即便是"现代派"和"后现代派"的自由体抒情诗，音乐美作为一种结构特征，也是显而易见的。

---

① 《尚书·舜典》，转引自郭绍虞主编《中国历代文论选》第1卷，上海古籍出版社2001年版，第1页。

② 《毛诗序》，转引自郭绍虞主编《中国历代文论选》第1卷，上海古籍出版社2001年版，第63页。

韵是音乐美的基本条件，韵的主要作用是使诗歌和谐顺口，让读者品赏到诗歌中音响与意义的内在联系。现代诗歌通过大体韵脚的串联组合，使诗歌成为一个完成的结构艺术整体，作品的韵律强，节奏鲜明，有语言旋律感，就能够很好地传达诗人的思想感情，体现诗中优美的意境。韵律不仅有鲜明的音乐美，而且可以保持一首诗歌结构艺术的完整性。如果韵律、声调、节奏三者统一，就会使诗歌具有语言的旋律效果。语言晓畅，格式生动，节奏明快，往往能够收到一唱三叹，意蕴深厚的艺术效果。英国诗歌理论家布尔顿认为："我们之所以喜爱一首诗的节奏，是因为我们在倾听它的时候，很快地就学会了期待这一节奏模式的重复出现。"[①] 诗歌的音节均匀，语言对称，阅读起来才悦耳动听，才会"期待这一节奏模式的重复出现"。诗歌节奏的旋律把分散的诗行组织起来，构成整体的意境，就会给人一以贯穿，一气呵成的感觉。诗歌的形式，必须有和谐的音调和明快的节奏，音律的节奏自然，诗歌的韵律就会产生艺术的张力。如林徽因的《无题》：

> 什么时候再能有
> 那一片平静；
> 溶溶在春风中立着，
> 面对着山，面对着小河流？
>
> 什么时候还能那样
> 满掬着希望；
> 披拂新绿。耳语式的诗思，
> 登上城楼，更听那一声钟响？
>
> 什么时候，又什么时候，心
> 才能懂得
> 这时间的距离，山河的年岁；
> 昨天的静，钟声

---

① [英]布尔顿：《诗歌解剖》，傅浩译，生活·读书·新知三联书店1992年版，第35页。

昨天的人
怎样又在今天里划下一道影！①

　　这首诗一共分为三节，每一节的第一句由两个音节组成，都是用"什么时候"来做起始句，诗的节奏整齐划一，音韵明快，读来琅琅上口，有很强的音乐性。每一节的第二句如"那一片平静""满掬着希望""才能懂得"，又都是用一个单节完成，其目的是对前一行诗歌音律的补充，读来有明显的节奏感。尤其是作品中用重复的节奏来突出阅读的快感，重音节和非重声节共同组成诗歌表层的内在结构。"面对着山，面对着小河流"，韵律悦耳，有一定的音乐感染力，"什么时候，又什么时候"，虽然每个音节一模一样，但后一句的"又"字起到了强调作用，使这一诗行有一种往上升的一种乐感。《无题》格调清新活泼，读之如行云流水，把抒情主体内心深处飘动的淡淡的人生寂寞，寓于城楼柔风细雨中。作品不仅语言精练，形式整齐，而且读起来有抑扬顿挫的旋律感，不但构成声音的美感，还有助于表达诗人的思想感情，给人以音乐美的享受。由于语言的重复性运用，读来回环曲折，如同在听一首古老而清新的歌谣。

　　韵律和节奏，实际上就是语言本身发出声响的规律形成的。由于诗是以抒情为生命的语言艺术，而诗的音乐性又有助于抒情。虽然诗歌的音乐性有着多方面的特征，但语言的音乐性最重要。比如诗中的韵律，它是按照语言规律来表达思想感情的，韵律感强的诗歌，诗人的思想感情就会与作品的语言和谐一致。

　　音乐美在诗歌艺术的审美活动中虽然不占首要地位，但其作用也不能忽视。尽管语言的音乐很难具备音乐本身那样的表现力，语言的声音也绝不会脱离语言本身的意义而成为现象声学。然而，语言的音乐性能增厚诗歌结构艺术的感染力，这一点是无可厚非的。胡应麟在《诗薮》中说："作诗大要不过二端，体格声调，形象风神而已。体格音调有则可循，兴象风神无方可执。"② 他认为，音乐性对诗的审美作用是"有则可循"，有

---

① 林徽因：《无题》，《新诗》第2卷，1937年4月。
② 胡应麟：《诗薮》，上海古籍出版社1979年版，第100页。

法可依的。可以说，古今中外的著名诗人没有一个会在诗的语言表达上放弃对音乐美的追求。雪莱认为，诗歌"本身就包含着韵文的成分，是永恒音乐的回响"①。因为音乐美不仅使诗歌读起来抑扬顿挫，而且能将诗人的思想情绪准确地传达出来。可见诗歌与音乐有着特别的血缘关系。诗人表达自己的审美思想时，音乐性是很好的媒介和桥梁。现代抒情诗是一种音乐的艺术，诗歌的音乐元素，不仅有助于抒情，而且也是诗人情感的结构的载体。抒情诗歌与音乐的共同审美特征，音乐中充满诗意，是音乐家崇高的艺术追求，诗中充满音乐的美，则是诗人对诗歌艺术的丰富性的探求。现代诗歌作品的语言风格，或雄浑，或轻柔，或金戈铁马，或轻歌曼舞，都无不充满音乐的节奏感。对诗歌的音乐的结构性理解，不能只看表面的分行，而应该看成是诗人内在情感的节奏。因为对诗歌音乐美的欣赏，要与诗人的情感状态结合起来，要深入诗歌的结构内部去探讨作为音乐意义的节奏形象。节奏是音乐的有序结构，长短、缓急、停顿都与节奏的强弱有关。诗歌中能否读出音乐的旋律感，与节奏有着内在的关系。而且节奏的轻重、缓急，往往与诗人情感的宣泄有着密切的关系。如拜伦的《致一位哭泣的淑女》：

为父王的耻辱，王国的衰颓，
　你尽情哭泣吧，皇家的公主！
但愿你的每一滴泪水
　能洗掉父亲一桩错处。

你的眼泪是"美德"的眼泪，
　能为这么多的岛国造福
人民将会在未来的年岁
　以笑颜回报你每一滴泪珠。②

---

① ［英］雪莱：《为诗辩护》，缪灵珠译，转引自伍蠡甫、胡经之主编《西方文艺理论名著选编》，北京大学出版社1986年版，第100页。
② ［英］拜伦：《拜伦诗选》，杨德豫译，广西师范大学出版社2009年版，第43页。

拜伦是一位情感激昂奔放的诗人，他的诗歌在节奏上则表现出高亢昂扬的情调。这是一首写给一位年仅 16 岁，政治比较进步的英国摄政王的公主奥古丝达·夏洛蒂的诗歌。由于作品是针对英国最高统治者，所以诗歌引起了伦敦反动当局的狂怒，并成为当局疯狂围剿和迫害拜伦的原因。"为父王的耻辱，王国的衰颓"，诗歌一开头，就通过强烈的节奏写出了诗人对反动当局的愤怒。"你尽情的哭泣吧，皇家的公主"，表达了对公主支持进步党的赞颂之情。诗人希望淑女的"每一滴泪水"能洗掉她腐败昏庸的父亲的每"一桩错处"，如此，她的"眼泪是'美德'的眼泪"，是"为这么多的岛国造福"的眼泪。《致一位哭泣的淑女》是诗人对"淑女"眼泪的一种感应，读之有一种自我倾诉的节奏情绪。无论是音乐还是诗歌，都有内外情感、内外节奏之分。从《致一位哭泣的淑女》的语言上分析，诗人表达的是以歌颂"淑女"而暴发的内在情绪，体现在乐感上有一种内在的节奏。将音乐的快节奏转换成倾诉自我的情感，表达了"人民将会在未来的年岁/以笑颜回报你每一滴泪珠"的强烈愿望。作品的轻重韵律有规律可循，诗歌情感的内在结构都在音乐的节奏中顺利完成。

虽然诗歌的音乐美主要来源于诗人的内在情感和情绪节奏，但这并不是说外在音响不能产生音乐美。利用语言的声律要素的有序组合来构成诗歌的音响节奏，同样可以使诗歌产生外在的音乐美。语言声调上的平仄可以控制节奏的强弱，重音和轻音的交替出现也可以实现诗歌的音乐美。总之，只要诗歌的语言具有韵律的节奏，其内在的审美结构就会产生艺术的张力。

二

音乐的音响结构就是感情的直接表露，诗歌则不然。诗的原始材料是具有表达意义的文字，而且文字的元意义不一定具有音响效果。诗歌中语言的音响节奏不是文字本身所固有的，它至少来自三个方面：一是语言读音的节奏，也就是押韵产生的节奏感；二是语言文字的书面意义的停顿和语音的轻重；三是语言文字的情绪色彩和情感节奏，也就是语音的长短缓急，语调的强弱升降。这三个因素决定诗歌情感的内在价值，并共同构成诗歌结构的审美效果。

　　从本质上说，诗歌的音乐美主要是依赖于诗人的情感和情绪节奏。只要诗歌的语言表达具有一种波动形状，无论是哪一种节奏，都与诗人的情绪有着直接的联系。现代抒情诗人的情感起伏和情绪波动是丰富复杂的，作品中的节奏往往随着诗人情绪的起伏跌宕，随着诗人情感的波动回旋。阅读者通过语言的领悟，可以在作品中感觉到诗人强烈的情感流动，感觉到诗人情绪的起伏和转折。索绪尔认为："语言可以比作一张纸，思想是它的正面，声音是它的反面；人们不能够切去反面而不同时也切去正面。同样地，在语言的问题上，人们既不能使声音脱离思想，也不能使思想脱离声音。"[①] 在索绪尔看来，诗歌的思想和声音都来自语言，而且是不可分离的。由于声音和思想共同组成了诗歌的语言，因此，外在的音响节奏在诗歌音乐美中的地位是不容怀疑的。和谐悦耳的语言产生音乐的美感，而作为诗人审美情感的思想同样是来自语言的言说。诗人在追求诗歌的音乐美时，语言的外在音响节奏会起到美化诗歌韵律的作用。同样，作品中言语的外在声音与作品的主题思想也有着密切的深刻联系，诗人的语言总是含有某种有力而和谐的声音，在声音的内部则具有诗情感和情绪的流动，一首优秀的诗歌，声音和思想两者缺一不可。如普希金的《歌手》：

> 你可曾听见
> 深夜树林里的歌声，
> 一个歌手在歌唱忧伤和爱情？
> 你可曾听见，
> 清晨寂静的田野上，
> 芦笛那哀怨和淳朴的音律？
> 你可曾听见？
>
> 你可曾遇见，
> 在幽静的森林中，

[①] [瑞士] 索绪尔：《普通语言学教程》，高明凯译，商务印书馆1980年版，第157页。

一个歌手带着自己的爱情和哀戚？
　　你可曾察觉他的泪痕和笑意？
　　还有那思念中眼神的宁静，
　　你可曾遇见？

　　你可曾叹息，
　　当听到歌手轻轻哼唱自己的爱情和哀寂？
　　当你在林中遇到那个青年，
　　看到那眼中熄灭的激情和目光的迟疑，
　　你可曾叹息？①

　　这首诗一共用了八次"你可曾"，句式的多次重复，主要是为了引起阅读者的高度重视。这种句式的反复叠加，不但增强了诗人内在情绪的分量，使诗人要突出的诗意更加昂扬，而且具有一种声音的节奏旋律。第一节第一行的"你可曾听见"是强调歌手在深夜的森林里"歌唱忧伤和爱情"的声音；第四行的"你可曾听见"表达的是在"清晨寂静的田野上"，一夜未眠的歌手"哀怨和淳朴的音律"；最后一句"你可曾听见"采用反问句式突出歌手在深夜的树林里、在清晨的田野上的两种忧伤而哀怨的音律。第二节的"你可曾遇见"是将歌手的声音变成现实生活中的事件，生活的现场还是"幽静的森林"，事件的核心是歌手的"爱情和哀戚""泪痕和笑意"以及"思念中眼神的宁静"。为了突出现场的真实感，诗人特意将语言的节奏由哀怨转向柔和，以此构成语言结构的听觉美感。再用"你可曾遇见"来强调歌手对爱情失落的孤寂。最后一节的"你可曾叹息"，如同乐曲中的休止符号，在疑问中表达诗人深沉的思考。"当听到歌手轻轻哼唱自己的爱情和哀寂"时"你可曾叹息？""当你在林中遇到那个青年"时，你又可曾因为他的人生而叹息？"看到那眼中熄灭的激情和目光的迟疑"时你难道还不该叹息吗？诗歌中的"你"不是特指某一个人，而是泛指现实生活中存在的每一个人。这首诗歌用富有节奏感的语言将"歌手"的生命图式展示给读者，通过语言的歌吟形式把他失

---

　　① ［俄］普希金：《普希金抒情短诗集》，桑卓译，四川文艺出版社2013年版，第13页。

恋的命运向社会传达，目的不是博取人们的同情，而是引起社会对"歌手"为了爱情而耗尽生命的人性思考。总之，《歌手》这首诗的语言节奏舒缓自如，强弱得当，节奏急促而又富有诗意，显示了诗歌音乐美的内在属性。

　　诗歌的语言之所以重视声音的传达，是因为声音与诗歌的思想表达不但彼此之间有关联，有本质的联系，而且诗歌的韵律对于传达诗歌的思想同样具有感知效果。当诗人用一种外在的声音描绘内在的审美情感时，将外在物象赋予发音的象征意义，形成富有特征的音响节奏。正如沈约在《宋书·谢灵运传论》中所言："一简之内，音韵尽殊；两句之中，轻重悉异，妙达此旨，始可言文。"① 按照沈约的说法，真正富有音乐美的诗，声调的平仄、轻重音的安排必须与特定的情感和情绪节奏相吻合。通过"平仄"两种相异的声调和轻重音的交替出现，能够产生韵律节奏的美感。这样，诗的音乐美才显得开阔，所构成的旋律更能产生强大的结构美感。诗的平仄虽然只有四声，但不同的组合方式要与一定的情感表现相适应，其诗歌中音乐美的功能才更加突出。当然，音律上的平仄与诗人情感的表现并非如此简单，两者的组合，既需要诗人心灵上的情感契入，还要看诗人对诗歌艺术技巧的熟稔程度。如果诗人的情感是浓烈的，技巧是圆熟的，那么在诗歌音乐美的表现上，一定有着不同于其他诗人的特殊之处，他的诗歌作品就会出现既重视音响节奏，也重视情感节奏的结构形式。

　　现代诗歌的语言是一种纯净化的口语，流畅而悦耳，既产生了音乐的音响效果，在充满激情的口语中外化出音乐的特征，也包容着诗人丰富的情感内蕴。这样的作品，从诗的物化形态上就能唤起读者的情感共鸣。如果诗歌中的节奏连贯性强，回环往复，就更能够拓宽诗人的情感内涵。从句法上说，有许多结构相似而意象不同的诗句，由于每一句都是一气呵成，呈现出整齐划一的外形结构。而诗歌中的情绪节奏一张一弛，诗的韵律富于变化，且主旋律反复出现，这样的作品不仅会造成听觉上的美感，而且对于诗歌内在结构的形成，对于作品思想意义的渲染，也会起到点石

---

① 沈约：《宋书·谢灵运传论》，转引自郭绍虞主编《中国历代文论选》第1册，上海古籍出版社2001年版，第216页。

成金的作用。如冯至的《听——》：

> 我的心房演奏着什么音乐，
> 我自己呀也不能说明，
> 许是深秋的小河同落叶
> 低吟着一段旧日的深情，
> 也许是雷雨的天气
> 狂叫着风雨和雷霆：
> 你喜欢的是怎样的声息，
> 只要你听，你怎样地一听！
>
> 如果你是淡淡的朋友的情绪，
> 它哀诉的声音便充满了凄清——
> 它说旧日也散布过爱的种子，
> 可是希望的嫩叶都已凋零……
> 如果你紧紧地向我的心房挨近，
> 像一轮烈日照在地上蒸薰，
> 那么，风雨雷霆你便不难听见，
> 听出来一片新鲜的宇宙的呼声。①

这首诗是作者情绪节奏的集中体现，诗歌中句式互相呼应，有一种和谐而又流动的音乐感。刘勰在《文心雕龙》中说："标清务远，比音则近；吹律胸臆，钟调唇吻。"② 意思是说诗歌抒写情感要务求深远，发出来的声音要和韵律切近，因为是倾诉胸中的意念，从嘴唇发出的声音要与音律协调一致。冯至的《听——》是一首音节、韵律都比较成熟的作品，每一种旋律都表达了不同的情感。诗歌中的音乐特征是多种多样的，由于每一节的诗行都有重读音，诗的音乐节奏感大大增强。"我的心房演奏着什么音乐"就是刘勰所言的"吹律胸臆"，诗人从内心深处发出的声音是

---

① 冯至：《听——》，《北游及其它》，沉钟社1929年版。
② 周振甫：《〈文心雕龙〉今译》，中华书局1986年版，第306页。

什么，诗人自己似乎也很迷茫，"我自己呀也不能说明"。但是作者设想了两种迥异不同的声音：也许"深秋的小河同落叶"在"低吟着一段旧日的深情"；或者是"雷雨的天气"正"狂叫着风雨和雷霆"。诗歌中的"低吟"和"狂叫"代表了两种不同的旋律，一种是如同小河落叶在诉说昔日的"深情"，因此婉约动听；而另一种声音则是雷霆万钧，蓄势待发。至于阅读者"喜欢的是怎样的声息"，只要你认真倾听，便心领神会。作品的第二段是对第一段的补充说明，当两种不同的声音出现时，"如果你是淡淡的朋友的情绪"，那么你听到的音乐旋律就是"充满了凄清"的旧日"爱的种子"及"嫩叶都已凋零"的情意。但是，"如果你紧紧地向我的心房挨近"，聆听"我"发自内心的诉说，如同"一轮烈日照在地上"，实现心灵的相互沟通之后，来自大自然的"风雨雷霆你便不难听见"，你会在诗歌中"听出来一片新鲜的宇宙的呼声"。这里的"宇宙的呼声"所代表的是一种发自内心的大自然的宇宙观和生存的哲学精神。

《听——》句型结构整齐，诗的语言具有显著的音响的纯粹性。"演奏""低吟""狂叫""哀诉""听见""听出"这些词组本身就具有音乐的现场感，传达出来的情感节奏，或似潺潺细流，在深秋落叶的环境中委婉而行；或如"风雨雷霆"，一泻千里，形成了奋发向上的情绪流动。虽然词组表达的意义不一样，但是都在诗歌的韵律变化之中，其内在的情绪完全能够在阅读中体悟，这才是诗歌内在结构的艺术张力所在。

三

现代诗歌在语言上的重叠使用上要做到不露痕迹，在音乐的流动中实现诗歌内部结构的完整表达，才是最为上乘的书写策略。这样的诗歌作品需要既没有语言文字的重复，也没有相同句型的重复，而诗歌表现出的情感色彩却又必须具有一致性。作品的创作过程由一种主旋律支配诗歌的节奏，虽然每一行诗的语言和句型结构大不一样，但实际上都蕴含着相同的情绪节奏，从整体上看，所有的诗句都是同一情感的变形和演化。这种诗歌不但能够产生音乐的美感，还能将诗人的潜意识通过情绪节奏的组合而得到充分发挥。

第十一章 诗歌情感的内在结构 / 149

诗歌的内在结构是变幻无常的,因为现代诗歌的特点是偏离正常句法和词汇的习惯用法,在语言上和句式上模糊文本的经验意义。但是无论如何变幻,只要诗歌中情绪从始至终都保持一致,那么作品所隐含的深沉的思想情感就会在诗歌的旋律中释放,因为诗歌的艺术形式与诗人的感觉、理智和情感生活是一种同构关系,诗人的情绪也是由想象和感觉引发的。当诗人的审美情感不吐不快时,实际上某种情感已经在诗人的生命深处循环往复,作者就不得不通过语言材料将之表达出来,并化为诗的意象,诗的音乐的韵律美便在语言的变通中得到深化。如此,一种情感和情绪的节奏便在诗歌的内部结构中油然而生。波德莱尔的《高翔》就是这样的作品,读者阅读这首诗,会感悟到诗歌中有一个统一的情调——"高高的飞翔"支配诗的创作过程,虽然语言文字和句型的重叠特征不是很明显,但同样有一种一咏三叹的音乐效果。诗人这样写道:

在沼泽之上,在幽谷的峰端,
望不尽群山、森林、阴云和大海,
飞越太阳,飞越群星,
飞到茫茫无际的太空之外。

我的神灵,你在轻舞高飞
就像陶醉于水中的游泳好手,
怀着不可名状的心情和男性的喜悦,
在无边的深水中畅游。

远远地离开腐秽与污浊,
在洁净的空气中洗涤你的罪恶,
让充满清澈太空的光明之火
　像纯净神圣的酒吞入腹中

在迷雾般的生活中,谁能承受
　那压人的烦恼和巨大的悲痛,
幸运自信地鼓起强劲的翅膀

冲向那宁静光明的境地。

　　驰骋的思想，像云雀一样，
　　奔向清空的早晨，自由飞翔，
　　——谁能凌驾于生活之上，
不难领悟那百花和沉默万物的私语！①

这首诗歌描写的是诗人的灵魂超脱现实，在想象的宇宙世界翱翔的梦想。作品中的"我的神灵"就是喻指诗人内心深处的灵魂。波德莱尔用音乐的节奏，描述超凡脱俗的冲天豪气，诠释了联想无疆界的艺术理念。语言作为一种独立的存在，所贮存的意义超越了诗歌的实体。在作品中，作为大自然外在物象的"沼泽之上""幽谷的峰端""群山、森林、阴云和大海""太阳""群星"，甚至"茫茫无际的太空"，都只是灵魂起飞的出发点。诗人梦想的最终目的是在"太空之外"遨游，如同一位"陶醉于水中的游泳好手"，在无边无际的"深水中畅游"一样轻松而自然。"我的神灵"为什么要在太空之外，因为要"远远地离开腐秽与污浊"的人间居住的大地，让太空之外的"洁净的空气中洗涤你的罪恶"，将人的原罪洗涤荡尽，让"纯净神圣的酒吞入腹中"，把人世间"压人的烦恼和巨大的悲痛"统统抛离，"鼓起强劲的翅膀""飞越太阳，飞越群星"，飞向"那宁静光明的境地"。西方学者认为，波德莱尔的诗歌"在其精细得惊人的形式结构中有中世纪盛期的象征手法的回音，这种形式手法习惯以形式布局来反映神创造宇宙的秩序"②。《高翔》就是用象征的理念来化解人间的"腐秽与污浊"，实现人性的理想飞翔，实现个人心灵的腾飞，追求完美的"宇宙的秩序"。这个新的宇宙秩序就是"凌驾于生活之上"，在太空之外、宇宙之上"领悟那百花和沉默万物的私语"。诗人在作品中努力寻求清澈、纯净、思想自由的人生境地。

诗歌和音乐都是用来表现情感和情绪的。现代心理学认为，感情一经

---

　　① ［法］波德莱尔：《波德莱尔诗选》，苏凤哲译，花山文艺出版社1992年版，第12页。
　　② ［德］胡戈·弗里德里希：《现代诗歌的结构》，李双志译，译林出版社2010年版，第25页。

唤醒，诗人眼中的外在物象就立即变为别的东西，经过较为清晰的感觉层次的还原，最终求得情感的外在表现。所以当诗人要表达自己的内心情绪时，便会自觉不自觉地通过语言媒介的叙述，使外在物象内化为诗人的情感表达。诗歌是一种将情绪反复咏叹的艺术，为了把诗人的内心情感彻底地表现出来，诗人常常在作品中用重复和重叠的艺术手法，使诗歌的语言回到同一主题上来。有了重复才有节奏感，有了节奏感才会产生音乐美。如徐志摩的《偶然》：

> 我是你天空里的一片云，
> 偶尔投影在你的波心——
> 你不必讶异，
> 更无须欢喜——
> 在转瞬间消灭了踪影。
>
> 和你相逢在黑夜的海上，
> 你有你的，我有我的，方向；
> 你记得也好，
> 最好你忘掉
> 在这交会时互放的光亮！①

这首短小精致的诗歌是写爱情的，阅读之后，一种音乐的节奏感回荡在心中。第一段写的是曾经的邂逅，而且是一次刻骨铭心的爱的经历。"我是你天空里的一片云"，表达的是相遇时的情形，作为爱情象征的"云"既自由潇洒，又具有浪漫的情怀。当"云"在无意之中"偶尔投影在你的波心"时，只是一种爱的表白，被爱的"你不必讶异"，当然"更无须欢喜"，因为这样的偶然相遇如同"云"一样飘忽不定，总是"在转瞬间消灭了踪影"。第二段是爱情事件的记忆，时间是黑夜，空间是海上。在这样的时空中相逢，即使有爱也是短暂的，因为到了岸上，"你有你的，我有我的，方向"，最终都各奔东西。不管"你记得也好"，还是

---

① 徐志摩：《偶然》，《晨报副刊·诗镌》1926年5月27日第9期。

"你忘掉",总之,这一次的邂逅尽管时间很短,但作为一种人生的经历,双方邂逅之后的爱总有"互放的光亮"。总之,《偶然》在内部结构上是由清脆悦耳的韵律构成,虽然是写某次邂逅的爱的失落情绪,但这种淡淡忧愁的情绪却是在和谐的节奏中完成。诗人通过优美意境的描述,追求诗歌的纯形式,在音乐的律动中透露出作品真正的内涵,把偶然相遇产生的一丝情感在语言的音乐符号中完美地表现出来。

诗歌的表层诗行虽然有不同的形式,但是诗歌作品中总有一个系统的诗性的旨意控制着情绪的发展,并且是通过音乐的感染力来完成。事实上,诗歌情感和情绪的传达,都是一种内在节奏的表现,而且这种运动式节奏又是通过诗歌语言的音节展开的。只要诗歌存在一天,诗的音乐性结构特征就会发挥作用。诗歌作品要具有音乐美,产生悦耳动听的音乐效果,就要用各种语言、句式的重叠来反复咏唱相同或相近的情感内容,而且要注意语言音响上的美感意义。著名结构主义学者列维-施特劳斯认为:"颜色变幻能给视觉带来快感,就像音乐给听觉带来快感那样。"[①] 只要作品中不同程度地具有音乐的美感,诗歌的表情达意才可能最大程度地得到淋漓尽致的发挥。

[①] [法]列维-施特劳斯:《看·听·读》,顾嘉琛译,生活·读书·新知三联书店1996年版,第122页。

第十二章

诗歌结构的表征美学原则

　　诗歌是以艺术形象的方式而存在，但是诗歌的艺术形象是变幻和运动的，从这个意义上说，诗歌是直接地、形象地展示人的情感的特殊艺术。诗歌的表征结构是通过作品的外在特征来实现的，而建筑美则是诗歌表征结构美学的表达方式之一。所谓建筑美是指诗歌的外观结构要整齐划一，是诗歌结构系统构成的重要模块，正是诗歌外观形式的整齐，作品的意义才会有规律地显示其功能特征。与其他文学作品一样，作为一种语言艺术，诗歌展示给读者的外观造型，是文字符号的排列组合形式，这种文字的相互切合，是以空间艺术的形式而存在。西方学者认为："诗歌强调了语言，使得人们将注意力从它的关联意义转到它的形式特点上。"① 所谓"形式特点"，是指语言的纵向聚合与横向组合共同形成的诗歌的外在结构形式，由于诗歌的价值是由语言的能指功能传达的，因而诗歌语言的造型功能可以诉诸读者一个完整的空间形象。所以，我们在探讨诗歌的外形结构时，必然要从探讨诗歌的建筑美入手，在此基础上探析诗歌表征结构的美学意义。

一

　　从外观构造上说，诗歌的建筑美就是指诗歌作品的分行、分节要大体一致，有一定的规律可循，即便有所变化，也要在大致整齐的前提条件下

---

① ［美］罗伯特·休斯：《文学结构主义》，刘豫译，生活·读书·新知三联书店1988年版，第40页。

形成有规律的变化。1926年,新月派的著名诗人、诗论家闻一多先生在《晨报·诗镌》上发表了《诗的格律》一文,提出了著名的诗歌"三美"论。闻一多说:"诗的实力不独包括音乐的美,绘画的美,并且还有建筑的美。"他解释说:"建筑的美"是指"节的匀称"和"句的均齐"。① 闻一多之所以被称之"格律诗派"的领袖,不仅是指在理论上对诗歌的建筑美做出了贡献,更主要的是他在诗歌创作实践中做出了努力探求。譬如他的名作《死水》就是建筑美的代表作。

诗歌的押韵、句式、节奏都是有一定的艺术规律可循的,这就是文字的组合和语言的排列。诗歌的建筑美,是诗歌作品能否达到外观审美效果的原因之一,这种审美的造型不仅要求诗歌的文字具备整齐划一的艺术性,同时还要求诗人具有较高的审美意识,因为这是诗歌的外观"美感"能否及时诉诸给读者的各种感官的重要因素。也只有这样,诗人在描写外在的有型物象时,才可能达到动中有静,静中有境的审美力度。如新月派诗人朱湘的《雨景》:

> 我心爱的雨景也多着呀;
> 春夜梦回时窗前的淅沥;
> 急雨点打上蕉叶的声音;
> 雾一般拂着人脸的雨丝;
> 从电光中泼下来的雷雨——
> 但将雨时的天我最爱了。
> 它虽然是灰色的却透明,
> 它蕴着一种无声的期待。
> 并且从云气中,不知哪里,
> 飘来了一声清脆的鸟啼。②

《雨景》是一首外在物象与内在情感相融合的短诗,虽然意境有些朦胧,却有着深厚的审美韵味。从诗歌的外在形式就能领悟出,诗人在给

---

① 闻一多:《诗的格律》,《北京晨报·副刊》1926年5月13日。
② 朱湘:《雨景》,选自《草莽集》,开明书店1927年版。

"雨景"绘各种各样的图画,并在外形构图上追求一种完整的建筑美。这首诗歌的总体布局非常成功,作品由十行诗句组成,每一行十个字,而且诗行与诗行之间押大致相同的韵。从外形上看,作品的表征结构上一目了然,实则是诗人刻意求工,以图达到整齐的建筑美感。读后认真领会,"雨景"以一种外观形象进入我们的思维,并产生了各种各样的画面感。通过这种构图,读者进入诗歌结构的表现的实体,方能体味诗人表现事物的本质意义。

诗人在作品中以一种愉悦心情写"雨景"的各种形态,并通过诗意的结构形式暗示人生的经验和意义。春夜的"雨景"是"窗前的淅沥",表示的是春回大地之时,滋养万物的春雨的一种动感形态。"急雨点打上蕉叶的声音"则是突出雨打芭蕉的意象,暗示夏天的热烈,隐喻向上奋进的人生情怀。"雾一般拂着人脸的雨丝",表达了一种如梦如雾的朦胧情意,而从电闪雷鸣中"泼下来的雷雨"则是通过从天而降的雷雨的声音,激发出人内心深处的快感,是对自然现象产生的强大旋律的诠释。正是如此,诗人才有"但将雨时的天我最爱了"的理想追求,因为在雷雨将下未下的时刻,虽然天空呈现出灰色的雨幕,但看上去却是无比的透明,而且"它蕴着一种无声的期待"。这个"无声的期待"就是未来社会的一种诗一样美丽的生活理想,如同从天空"飘来了一声清脆的鸟啼"。诗人在《雨景》中为读者描述了四种不同的雨天景色,而且每一种景色都蕴含了不同的人生况味。诗人将四种雨景艺术地转化为自然美与人性相结合的形象,令人神往而又发人深省。

可以肯定地说,《雨景》十行诗句,是诗人反复琢磨精心构制的。作品中的对比、匀称,都力求达到结构的合理性,从句式的排列中就可以看出诗人力求达到构图的整齐划一,追求一种完美的构图效果。诗歌的第二至第五行将"雨景"的四种形态外化为有意味的艺术形式;而第六至第十行则是把人生的期待融合到"雨景"的图像之中,实现了情景交融的诗歌结构的表征审美原则。这样的排列组合不是偶然的巧合,而是诗人有意为之,不但体现诗人深厚的诗学修养,也从诗歌形态的外观上给阅读者留下了刺穿灵魂的印象。

现代诗歌的建筑美并不是一个新鲜的话题,但一般人习惯于将诗歌作品的建筑美简单地等同于视觉上的整齐匀称,而对建筑美的美学内涵缺少认真的分析。其实，诗歌的建筑美所涵盖的范围比较宽，除了视觉上的整齐匀称外，至少还包括诗歌的行列美、形象美、构图美。中国古代诗歌中的五言、七言、律诗、绝句、古风等审美形式，在分行排列、字数安排，平仄押韵上都有较为严格的规定，其建筑美的原则是十分严密的。西方的诗歌理论虽然少有"建筑美"的观念，但美学上的"黄金分割"和诗歌的建筑美基本上是相通的。在创作上，西方的十四行诗、九行诗也体现了一定的建筑美的准则。由于诗歌是写给读者"看"的，因而诗的建筑美能够让读者在阅读的过程中产生先入为主的美感，传递出多层次的审美信息，暗示读者熟知或不知道的事件，甚至提供给读者一个非虚构的生活幻象。如莎士比亚的《十四行诗》第十八首：

> 我怎么能够把你来比作夏天？
> 你不独比它可爱也比它温婉：
> 狂风把五月宠爱的嫩蕊作践，
> 夏天出赁的期限又未免太短；
> 天上的眼睛有时照得太酷烈，
> 它那炳耀的金颜又常遭掩蔽；
> 被机缘或无常的天道所摧折，
> 没有芳艳不终于雕残或销毁。
> 但是你的长夏永远不会凋落，
> 也不会损失你这皎洁的红芳，
> 或死神夸口你在他影里漂白，
> 当你在不朽的诗里与时同长，
> 只要一天有人类，或人有眼睛，
> 这诗将长存，并且赐给你生命。[①]

起、承、转、合在莎士比亚的《十四行诗》中是最为普遍的特色，这首诗歌的第一至第四行是"起"，用比喻的手法将诗人赞美的客体对象

[①] [英]莎士比亚：《十四行诗·我怎么能够把你来比作夏天》，梁宗岱译，四川人民出版社1983年版。

"你"比作热烈而温婉的夏天,但是,有时夏日狂风总把"五月宠爱的嫩蕊作践",而且夏天的"期限又未免太短"。第五至第八行是"承",描述的是代表时间轮替的季节总是"太酷烈",而"你"的"金颜又常遭掩蔽",时不待我,岁月无情,"你"的美丽"终于凋残或销毁"。第九至第十二行是"转",诗人向客体的"你"倾诉,也许"你的长夏永远不会凋落",而且"你这皎洁的红芳"也不损伤,甚至对"你"来说,"死神"也不过是"影里漂白"的虚幻,但是,"你"人生的所有靓丽只能在我"不朽的诗里与时同长"。第十三行与第十四行是"合",既是对前十二行诗歌美学理念的总结,更通过对人类生存和阅读的总结,表达了只有诗歌才是永恒的存在,只有诗歌才能永远"赐给你生命"。很显然。莎士比亚的这首十四行诗是一首表情达意的力作,诗人通过对抒情客体"你"的人生片断的描写,达到抒情写意的目的。因此在分行的排列上作了精致的安排,让人在"读诗"的过程中,就能感觉到诗歌表征结构的整体性存在。雨果在《莎士比亚论》中说:"数目在艺术中表现为韵律,韵律是无限底心灵的搏跳。"[①] 这首诗通过"数目"整齐的诗行,表现了美丽的人生和短暂的生命与时间的对抗,探讨了人生存的哲学意义,总结了人类的心灵与诗歌艺术的内在逻辑关系。作品通过韵律的"搏跳",阐释了人的生命与诗歌艺术之间的丰厚而深邃的哲理内涵。

现代诗虽然不追求严格的押韵、不讲究平仄,也没有固定的字数和音节,但是,为了达到诗歌外在形式的建筑美,在押韵、字数、音节这些能够体现诗歌结构原则的规律上还是有所要求的。莎士比亚的这首诗歌,每一行的字数基本相等,韵律的节奏感强,由于外观形式的整齐美,构成了作品表征结构的整体审美艺术。对读者而言,十四行诗句式的特殊组合及所叙写的语言,无异于一次诗歌结构经验的审美阅读。

二

按照结构主义的"定位说",诗的外观结构特征就在于它拥有一定的

[①] [法]雨果:《莎士比亚论》,柳鸣九译,转引自伍蠡甫、胡经之主编《西方文艺理论名著选编》中卷,北京大学出版社1986年版,第144页。

标记，给读者以醒目的直观感，使读者在阅读过程中以最快速度接受诗歌传递出的审美信息。标记能够做到引起读者的注意，而现代诗歌的分行就是明确有效的"定位"标记。当然，现代诗的分行排列，从本质上说，是由诗的内在审美结构决定的，但是，分行排列的成功确实能够起到提供信息的作用。由于现代诗歌能够深刻地表现丰富的精神内在意蕴，因此诗人所选择的表现形式必须和表现对象有内在的逻辑联系。诗人一定要在追求诗歌的建筑美的结构上认真准备，至少在行列美、构图美、形象美的探求上努力探索。既然诗歌表征结构是由句式构图美、行列和外在形象三者构成，那我们就分而论之。

第一，色彩相互对照的构图美感。

整齐的建筑美能够把表现对象的外在形象和内在意象结合起来，从外在形象中演绎出它内在的意义来，也就是从视觉感官上的最初印象中，使读者迅速接受诗歌所表达的内容。当然，诗人在安排诗的行列时，是经过精心设计的，但这种设计又是不经意的自然天成。读者在轻松、明了、美妙的叙述中捕捉到作品色彩对比的美感。作为情感的艺术，着意的雕饰和人为的求工，都会使诗歌失去纯朴的自然美。而色彩相互对应的构图美是从诗人心灵的智慧流淌而出的外观形象，是一种由优美的文字叙写而组合成的构图意象，是诗歌表征结构的辩证组合原则。如威廉斯的《红色推车》：

很多事情
全靠

一辆红色
小车

被雨淋得
晶亮

傍着几只

白鸡①

威廉斯是美国著名的意象主义诗人,《红色推车》就是用三种颜色构造了一幅简单而又极富生活现场感的意象画面。作品通过"红色""晶亮""白"三种色彩的比较,不但使读者的视觉获得有关画面意象的审美信息,而且三种颜色的对比交汇,成为诗歌表征结构的主要构成要素。"一辆红色/小车"是劳动者的象征,现实生活中的很多事,甚至吃、穿、住、行等一切平常的生活资料都"全靠"它完成。由于在劳动的过程中经常遇到雨天,所以"被雨淋得/晶亮",从"红色"到"晶亮"的过程,既是色彩的变形,又是诗歌主题内容的阐释。同样,"红色小车"停下来时又"傍着几只/白鸡",这是通过色彩的并置来布局意境,画面优美而现场生活感的意义深刻。此外,这首诗歌句式结构的排列也非常精致,整首诗共八行,每两行一节,第一句四个字,第二句两个字,不仅整齐而且错落有致,外在的结构特征鲜明且富有立体感。八行诗的音节有序而富有变化,更是增加了诗歌结构模式的审美基础。

色彩对比的建筑美能够体现诗的外观美学效果,但这种艺术法则对诗人的审美要求很高。从作品外形上看,既要做到整齐美观又要天然自成而无迹可寻,同时还要求诗歌的外形结构和诗人的内在情感高度融为一体,如此才能达到"天然去雕饰"的美学境界。美国学者鲁道夫·阿恩海姆认为:"一切视觉表象都是由色彩和亮度产生的。那界定形状的轮廓线,是眼睛区分几个在亮度和色彩方面都绝然不同的区域时推导出来的。"②这就说明色彩和亮度的结合能够彰显诗歌外在表征结构的形状,并且通过"定形状的轮廓线",还可以推衍出不同表现对象的审美内容。

第二,图形的空间表征结构。

绘画和雕刻都是通过特殊的物质材料来构制外在形象,诗歌却没有受到限制。诗歌是用语言来表达的,所以诗人只要凭借想象建构外观的空间

---

① [美]威廉斯:《红色推车》,飞白译,转引自吴笛《世界名诗欣赏》,浙江大学出版社2008年版,第222页。
② [美]鲁道夫·阿恩海姆:《艺术与视知觉》,滕守尧、朱疆源译,中国社会科学出版社1984年版,第454页。

审美结构，就达到表达的目的。当然，我们不能要求诗人在表达内容时达到绘画雕刻所达到的那种外观感性上的圆满鲜明，但至少通过巧妙的分行排列引起读者的美感共鸣。尽管现代自由体诗没有严格的字数和行数的规定，但在排列组合中却体现了诗人的空间审美原则。对于阅读者来说，诗歌的外观空间形态，是最早进入读者眼球的图景，同时也是诗歌表征审美结构原则的衍变。诗歌空间的建筑美，往往句式的长短不一，也没有字数的硬性规定，押韵、换韵十分自由。表面上句式参差不齐，实则有一定的艺术规律可循。比如俄罗斯著名诗人马雅可夫斯基创立的"楼梯诗"，其诗歌作品包含的外观建筑美就有独特的艺术感染力，不仅影响了中国的诗人，就是欧美很多诗人也深受"楼梯诗"的启发。"楼梯诗"从外形上看参差不齐，但它的句式是按抒情的力度来排列的，是根据情感的波动来组合句式，并赋予诗歌新的空间形式的建筑美。如《略论口味不同》：

马
　一面说，
　　一面瞟着骆驼：
"这匹马
　　　大得不像话，
　　　　　还是个罗锅。"
骆驼
　　惊讶地回答：
　　　　"难道你是马吗？
你
　不过是
　　骆驼有病长不大。"
惟有
　　白胡子上帝
　　　　心中有数：
这本是
　不同类的

两种动物。①

这首诗所表达的外在美是成功的，诗人抓住两种不同表达对象的某一特殊属性把它描绘出来，组成一个鲜明的外观形象，读者通过阅读，可以领悟到诗歌反讽意义的精妙。这种"马不知道骆驼，骆驼不知道马"，而且都把对方看成是自己同类的人生哲理，表面上看很浅显，但却耐人寻味。马雅可夫斯基这首诗的行列安排并非是追求形式主义，而是运用句子的"楼梯式"组合来完成诗歌的表征结构，追求的是一种空间造型，一种情感节奏的外化形式。这样的诗歌从视觉上就能探求出其中的奥妙。诗人用一种跳跃的节奏来描写对话，读者凭借知觉的把握就能体味诗中立体的建筑美的流动性特质。作品的结构暗示了一个空间的构图模式，这种以空间图像创作的诗歌，也是一种有意味形式的格律风格的审美探索。

第三，错落有致的表征结构。

诗歌的建筑美不完全是整齐划一，有时错落有致的外表结构同样可以产生美的力度。完整的建筑美固然可以产生视觉上的美感，但是错落有致，跌宕起伏的结构形态更能使诗歌产生"柳暗花明"的审美效果。当然，诗的外观审美结构如何安排，主要是诗人根据自己的情感变化和情绪流动而作出的选择。一般来说，整齐的行列美所表达的情感比较平和，而且这种外观形式的标志一目了然。但是错落有致的行列所表达的情感起伏变化大，诗句的长短、分节、跨行都是诗人情感轨迹的外化形态，而不是无规则地排列。

诗歌的外在行列美与诗歌的内在情感的关系是高度统一的，正是这种辩证统一的关系，诗歌的句式组合才成为有意味的外在形式。正因为有意味，错落有致的诗歌行列组成的表征结构才给人以立体的视觉美感。外在框图构成的正面结构，不仅突出了诗歌结构的"图形"性质，也使诗人的审美理想在形状变幻的诗行里得到有力的延伸。如伊蕾的《黄果树大瀑布》：

---

① ［俄］马雅可夫斯基：《略论口味不同》，飞白译，转引自屠岸选编《外国诗歌百篇必读》，人民文学出版社 2011 年版，第 205 页。

白岩石一样砸下来
　　砸
　　　下
　　　　来
砸碎大墙下一款款的散步
砸碎"维也纳别墅"那架小床
砸碎死水河那个幽暗的夜晚……
砸碎那尊白腊的雕像
砸碎那座小岛，茅草的小岛
砸碎那段无人的走廊
砸碎古陵墓前躁动不安的欲念
砸碎重复了又重复的缠绵欲望
砸碎沙地上那株深秋的苹果树
砸碎旷野里那幅水彩画
砸碎红窗帘下那把流泪的吉他
砸碎海滩上那迷茫中短暂彷徨

把我砸得粉碎粉碎吧
我灵魂不散
要去寻找那一片永恒的土壤
强盗一样占领、占领
哪怕像这瀑布
千年万年被钉在
　　悬
　　　崖
　　　　上①

很显然，这是诗人刻意追求的诗歌外观形式，但同样能产生立体交错的诗歌的外在形状的美感。作品中"砸下来"和"悬崖上"的句型竖排

---

① 伊蕾：《黄果树大瀑布》，《诗神》1986年第2期。

的垂直感,最大限度地创造了诗歌外观的错落有致的图形,体现了黄果树瀑布下落的整体形状,突出了诗歌表征结构的立体深度。"砸碎"是诗歌中的诗眼,这个动词为诗人内在情感的抒发找到了突破口,而与之相对的"砸下来"则给黄果树瀑布飞流直下的景观提供了一种叙事的策略。诗歌的第二节用了十二个"砸碎"来增添句子的排比气势,当然被"砸碎"的物象有虚有实,被"砸碎"的符号意义也各有所指。比如被"砸碎"的"款款的散步""幽暗的夜晚""那架小床""茅草的小岛""无人的走廊""深秋的苹果树""那幅水彩画""那把流泪的吉他",都是现实生活中的"实",所代表的行动、时间、物体,是一种诗歌的理性思维。而被"砸碎"的"躁动不安的欲念""重复的缠绵欲望""迷茫中短暂彷徨"则是虚写,符号的所指意义是一种情绪,所代表的是诗歌的神性思维。虚实相间,外在物象与内在心情的组合,透露了诗人的忧郁的审美情感。这种情感在诗歌的第三节表现得尤为突出。诗人希望如白岩石一样的黄果树大瀑布"把我砸得粉碎粉碎",让自我与大自然融为一体,虽然身体粉碎了,但"我灵魂不散",要去占领"一片永恒的土壤",实现人性与自然属性的永久融合。为了实现这种理想追求,"哪怕像这瀑布"被钉在悬崖上也在所不辞。总之,《黄果树大瀑布》的造型艺术是通过诗歌句式的横竖两种排列形式来完成的,将外在实有的物象转化为虚实相间的幻象,从外观上直接表现被描写对象的具体面貌。这种诗性表现的形象化,虽然是按照事物的本身固有的实际情况去表达,却达到了鲜明、突出的美学图像的效果。诗人抓住"白岩石一样砸下来"的外形特征,用错落有致的诗行排列,叙写黄果树瀑布的外观造型,把事物的内在本质和自我抒情融合成一个艺术整体,再通过一系列"砸碎"的深化,使鲜明而独特的诗歌表征的美学结构的造型得以充分表达。

现代诗歌必须通过语言来展示被表达对象的丰富完满,因此,诗人对事物外表的描绘是值得重视的。当然,诗歌的表达方式是语言的"解释性",对诗人来说,他的"解释"是否有着错落相间的表征结构的美感,主要看诗人对外在物象的特质如何表述。只要诗人在创作中抓住事物的本质,用隐喻和显喻来解释物象的外在形象,那么无论句式的安排是否有一定的规律,都能够在诗歌语言的描述中完成诗歌表征结构的审美表达。

三

　　现代诗歌的外观审美结构，如同匀称整饰的建筑群。只不过建筑美作为诗歌的外观展现方式，其主要目的是加强诗歌的内在抒情性，突出诗歌情感诠释的写作特质。因为诗歌的精神内容体现的是情感的客观效果，而不是纯粹的建筑形式。如果诗歌的外在形式没有诉诸诗歌内容的精神实质，那么形式再好也无审美意义可言，仅仅是符号的组合而已，因为用文字构成的图案并不是诗，而仅仅是语言句式的组织方式。既然诗歌通常以语言为叙事的材料，把语言当作讲述的媒介，那么由语言和句式组合而成的外观形式必然要表达其内在的意义。诗歌表征结构的任务就是解构诗人在诗歌的语言表达中欲说而又没有说出的东西，从形式和内容上判断诗人试图在说什么，诗歌语言所形成的文本表达了什么样的审美价值。在此基础上，再分析诗歌的外在形态所喻指的审美意义。

　　对于诗歌的表征结构而言，对称式的建筑美也是一种写作方略。对称式的建筑美是指不同诗行相叠合而产生的一种美感。这一类诗歌，每一节的行数不一定相同，但由于诗人自我情感轨迹的流动是无规律可循的，诗行与诗行之间就会出现交替互动的现象。诗人循环往复的情绪流动，使得诗行在交叉迭出时就形成了均匀对称的诗歌的外观结构特征。诗歌创作是一种自由自觉的精神劳动，诗人在创作中通常不是按外在的物象来描绘，而是按照诗人自我情感的主观想象改变所表达的物体，并赋予表达对象一种有灵魂的生命形式。如刘半农创作于 1920 年的情歌《教我如何不想她》：

　　　　天上飘着些微云，
　　　　地上吹着些微风。
　　　　啊！
　　　　微风吹动了我的头发，
　　　　教我如何不想她？

　　　　月光恋爱着海洋，

海洋恋爱着月光。
啊！
这般蜜也似的银夜，
教我如何不想她？

水面落花慢慢流，
水底鱼儿慢慢游。
啊！
燕子你说些什么话？
教我如何不想她？

枯枝在冷风里摇，
野火在暮色中烧。
啊！
西天还有些儿残霞，
教我如何不想她？

不难判断，这是一首分别时的情诗，诗人在诗中反复咏唱"教我如何不想她"，其情之深，爱之浓，一目了然。作为一首情深意浓的诗歌，最忌刻意的句式排列，稍不注意，诗歌的整齐美不但起不到美感的效果，反而捉襟见肘，失去其审美意义。《教我如何不想她》却不然，既写出了离别时难分难舍的情感，又显示出了诗歌对称的整齐美的造型。这首诗一共四节，每节五行，而且每节的字数全部相等，每一节的第一、第二、第五行的字数相等，每一节的第三行只用一个感叹词"啊"作为独立的一个句式，而每一节的第五行又都是"教我如何不想她"的重复。这样分析的结果，会使读者误以为诗人是不是刻意如此安排？其实，细读全诗，从诗中流动的情感来判断，这首诗歌每一行加一个字显得多余，每一节加一行诗句又感到累赘。《教我如何不想她》的高明之处就在于既抒发了诗人的"离别"情绪，又保证了诗歌的表征结构匀称整齐的美感。当然，这首诗歌中的"她"并不是生活中的某一个人，根据与刘半农同时在欧洲留学并为这首诗歌谱曲的赵元任教授回忆，诗中的"她"是指两人异国求学时日夜思念的祖国。

　　刘半农是一位国学根底深厚的学者,也是最早提出向民歌学习的诗人。正是如此,《教我如何不想她》既有《诗经》的比兴赋手法,也有民间歌谣流畅、清新的语言特色。特别是诗人通过语言的复合结构,使隐藏在内心深处的爱国情绪如同歌声一起唱出来,而句式的排列组合又具备了诗歌结构的对称的建筑特点。语言结构安排合理、体式匀称、节奏和谐、形象鲜明,具有一种视觉的美感。

　　建筑美作为诗歌表征结构的表现并不是单纯的形式美,也不完全是以句式的排列而取胜,一味强调形式的美感有时会损害诗歌意义的表达。诗歌的表征结构既有章法又无章法,有章法是指有一定的规律和格式,无章法就是指外在的物象表达形式要符合诗人审美情感的内在意义。所以,作为一种形式的表征结构,作品分行、分节、字数、押韵,都必须与所表达的内容保持一致。一定形式的排列组合,是为了更完整地表现诗人的审美精神,所以,表层的建筑美应该按照内容的需要而进行组合,尤其是通过诗行排列组合而成的外在事物的形象,其外表结构与诗的内在精神都要有逻辑联系。因为对外部文本的审视,最终要落实到作品的审美思想上来。所以,诗歌表层的结构秩序必然是诗歌精神表达的有效载体。

　　现代诗歌的形式不是纯粹从诗的行列上下功夫,也不是那种别出心裁地将文字拼凑画面的"图像诗"。诗歌的外表形式主要是围绕内在的主题意象做文章。当然,诗人在分行排列做出的努力,主要还是力求在外观结构上有一些新颖别致的美感。但是,外在的形象所呈现的图像是为表达诗歌的深层主旨做准备,让读者通过视觉感官感悟作品主题的审美境界。如吉狄马加《自画像》的最后一段,外观形式的随意性包容了诗人情感的热烈表达。诗人这样写道:

　　　　这一切虽然都包含了我
　　　　其实我是千百年来
　　　　正义和邪恶的抗争
　　　　其实我是千百年来
　　　　爱情和梦幻的儿孙
　　　　其实我是千百年来

一次没有完的婚礼
　　其实我是千百年来
　　一切背叛
　　　　一切忠诚
　　一切生
　　　　一切死
　　呵，世界，请听我回答
　　我——是——彝——人①

　　诗人笔下代表彝人的"我"是一位清醒的"抗争者"和"孤独者"，是一位不为世人所认识的"千百年来"永不停止的奋斗者。作品中四次重复"其实我是千百年来"的句式，其目的就是从多角度展现彝族这一个群体的生存现状和奋发图强的历史。作品中的"我"既是诗人情感的体现，又是彝族群体中的类型化代表。千百年来"我"是"正义和邪恶的抗争"的象征，是"爱情和梦幻"的追求者，更是一次"没有完的婚礼"的实践者，当然也是一切背叛、忠诚、生死的目击者。就诗行排列的形式而言。在这一节中，诗歌的第二到第八行，字数相等，具有错落中有整齐的形式美。第一行和第九、第十、第十一、第十二行，长句中包含有短句，一波未息，一波又起，特别是"背叛""忠诚""生""死"这四句，在诗行排列上有意识地采用"台阶式"的组合，使作品产生峰回路转的艺术力度。当然这四句"台阶式"的表征结构的审美作用，主要还是为了彰显作品中的强劲抒情力度，增添诗歌情感的艺术张力，要让世界听到"我——是——彝——人"的声音。这首诗歌的语言自然明丽，七句排比句的连续运用，使作品的韵律具有淋漓酣畅的美感。当然，作品的一切外观结构都是一种抒情方式的表现，是为了加深感情的浓度，让情绪在长短不一的句式中得到淋漓尽致的发挥。瑞士结构主义学者皮亚杰说："智慧的发生，先于言语。但是，言语固然从部分的有结构的智慧中产生，言语也会倒转来构成智慧。"② 吉狄马加的《自画像》中的长短句、

---

① 吉狄马加：《初恋的歌》，四川民族出版社1985年版，第86页。
② ［瑞士］皮亚杰：《结构主义》，倪连生、王琳译，商务印书馆1996年版，第7页。

重复句的外在方式，就是诗人发自内心的一种言语，是作者诗性智慧的体现，这种表征的审美结构，将"我——是——彝——人"的智慧的诗意情感推向高潮。

　　从现代诗歌的外形上着笔，诗人在创作过程中总是试图给作品一个直观的形象，这个形象是通过外物的桥梁作用而实现的。外在物象对诗人的启示促成了情感的表达，而情感的表达又必须借助外在物象的自然属性。两者相互作用的叙述，生发了诗歌的内在情感与外在形象的辩证艺术。不管诗人采用的是"楼梯式""台阶式"的递进外形，还是采用长短句的重叠式结构，都必须与诗人的主观审美感情相统一。用语言创造的外物形象，要有诗人审美情感的参与，否则再美的外形结构也只是如诗如画的一种"幻象"。当然，诗歌外在的建筑美是由句式和分行的不同安排而构成的，是诗歌的最外层的表征结构，这个外层结构虽然有一定观感价值，不过只是一种形式美的存在。只有这种外层的形式美包容了诗人的情感，包含着诗人昂扬的主观审美情绪，外观的建筑美才可能具备诗歌情感的美学价值。如卞之琳的《距离的组织》：

　　　　想独上高楼读一遍"罗马衰亡史"，
　　　　忽有罗马灭亡星出现在报上。
　　　　报纸落。地图开，因想起远人的嘱咐。
　　　　寄来的风景也暮色苍茫了。
　　　　（醒来天欲暮，无聊，一访友人吧。）
　　　　灰色的天。灰色的海。灰色的路。
　　　　哪儿了？我又不会向灯下验一把土
　　　　忽听得一千重门外有自己的名字。
　　　　好累啊！我的盆舟没有人戏弄吗？
　　　　友人带来了雪意和五点钟。[①]

　　这首诗表面是写一个人从入睡到醒来的过程，实际上是写民族的危机意识。诗人用一种敏感细致的笔法，描述自我的一种沉重心情。这种

[①] 卞之琳：《距离的组织》，选自《鱼目集》，文化艺术出版社1935年版。

心情源自"想独上高楼读一遍'罗马衰亡史'",这是借古罗马的衰亡来暗喻 1931 年"九·一八"事件之后中国所面临的现实。"忽有罗马灭亡星出现在报上/报纸落。地图开,因想起远人的嘱咐",诗歌用"忽"字来表一种巧合,刚要读"罗马衰亡史",就从报纸上看到"罗马灭亡星"的报道。因为"地图开"便想起远方朋友的嘱咐,进而又想起朋友寄来的"暮色苍茫"的图片,想来远方友人心景也不是很好。"醒来天欲暮,无聊,一访友人吧"是诗人内心的独白。梦醒之后天色已晚,顿感人生无聊,想去访友人,但是天、海、路等外在的环境被灰色所笼罩,正在犹豫不决,"忽听得一千重门外有自己的名字",是不是朋友来访?"我"很担心是不是一场"盆舟"的故事预演?最后当然是虚惊一场,原来是"我"要访的友人来访,他还"带来了雪意和五点钟"。诗中的"雪意"是反衬"灰色的天。灰色的海。灰色的路",暗指友人告之天要下雪了。"五点钟"是时间概念,是"醒来天欲暮"的进一步解释。

意象跳跃,背景转换,是《距离的组织》的显著特点。作品通过叙事视角的频频转换,运用象征语码的潜能来表达诗人所处的生存状态,其现实人生是灰色的,而梦境又是闪烁不定,扑朔迷离。从外观上说,诗歌中朦胧繁复的意象是由对称的建筑美来完成的,其空间结构相对匀称,外在结构有一种整体的空间效果。当然作为一种观念的象征和诗意的诠释,《距离的组织》采用对称的分行排列,形成了阅读外观上的表层结构,虽然每一行字数的排列并不相等,但诗的表征结构同样传递出建筑美的审美信息。

现代诗歌的创作是有一定规则可循的,外在的形式的美追求不是生拼硬凑而成的,而是由诗人所表现的对象、所表达的诗歌内蕴决定。诗歌不仅要追求外观结构的精致均匀,而且诗的内涵意义也要有审美的创新。作品的外观结构不仅是一种标志,更是生命情感的另一种审美形式。诗歌的建筑美,虽然是外在的形式,是外观结构的有规律体现,但它同样是表现诗的意境、诗的思想感情和社会内容不可缺少的组成部分。片面地追求建筑美会导致诗歌走进形式主义的胡同,但只有在建筑美的外表上灌注诗歌的灵气,诗的外表结构就会发生审美作用。诗歌表征结构的建筑美,如同一个建筑物的正面，既引人注目，更要一种节奏的吸引力。建筑美构成了诗歌外表的美观效果，这种效果让读者阅读时，心理上会产生心旷神怡的感觉，并在外观的审美氛围中领略诗歌的艺术魅力。

第十三章

外在形式与内在精神的统一

　　现代诗歌的外在结构形式有时会表现出一种形状不定的景象，比如诗歌创作中诗人审美情感的暗示性，这在绘画中叫空白，在诗歌创作中则称为空灵。诗歌结构的空灵是诗人想说而未说的一种情感表达，对阅读者来说，是美感的保持与继续。作为时间艺术，诗的空灵和绘画的空白一样，是留给读者进行完善、补充和再创造的。空灵是一种审美结构，是留给读者心灵的愉悦和满足。具有空灵质感的诗歌创作与描写自然景观有直接关联，诗人对外在物象的表述中，往往把自己的理性思考寄托于自然山水，诗人的主体性情与表达的物象形成一个统一体。诗中的自我抒情形象与自然山水保持着一种"亲情"，把自然之道转化为理性之道，把物质的山水还原为内心理智的情感，从而达到"物中有我，我中有物"的外在形式与内在精神相统一的艺术境界。

一

　　"空灵"与"充实"同属于诗歌创作中的两种艺术结构。孟子说："充实谓之美。""充实而有光辉之谓大。"① 这里的"充实"是指诗歌的思想内容要有厚度，要有现实的真实感受，诗人的感情要通过实实在在的艺术形象体现出来。孟子的"充实之美"是值得肯定的。孟子说的"光辉"是作品的闪光之点，"大"则是作品的至高艺术境界。这和老子的

---

①　孟子：《孟子》，上海古籍出版社1987年版，第113页。

"大音希声，大象无形"① 异曲同工。著名文学史家、诗歌研究专家布尔顿在《诗歌解剖》中说："绝不可能把感性形式与理性形式完全区分开来，因为二者是相互渗透、相互联系的。……在论述感性形式和理性形式的时候，我不会忘记，一开始确定一首诗的感性形式，我们就不仅对它有了感性经验，而且已经对它进行了思考。"② 这就是说，代表感性形式的外在物象与诗人审美情感的理性形式是不能截然分开的，在诗歌文本中，这两种结构形式是融为一体不可分割的。经过审美情感的过滤，自然景物已经成为诗人心境中的客观投影，自我主体与客观物体浑融一体，从而达到"物我相溶化"的抒情方式，这就是诗的"空灵"的至高艺术。

　　现代诗人创作的诗歌，属于"充实之作"的较多，但许多诗人在重视充实的艺术形象创造的同时，并没有忽略那些没有实体的"空白形象"的塑造。有的诗歌作品，可以说是虚实相生，象外之旨，传达出了一种空灵的意境。按照孟子的观点，当诗歌体现出"充实"与"空灵"辩证统一时，诗就达到至高无上的艺术佳境，就能发出诗美的灿烂光辉，就能在有限的空间发掘出无限的艺术天地，就能够"谓之大"。"充实"与"空灵"辩证统一是诗歌创作艺术的高峰，这样的诗歌作品，形象实在而意境辽远，意境深沉中有幽深，激昂中有轻扬。尤其是那些描写自然景观的诗，诗中的描写对象和诗人的内心情感有一种内在的同形同构的关系。如冯至的《我们站在高高的山巅》：

　　　　我们站立在高高的山巅
　　　　化身为一望无际的远景，
　　　　化成面前的广漠的平原，
　　　　化成平原上交错的蹊径。

　　　　哪条路、哪道水，没有关联，
　　　　哪阵风、哪片云，没有呼应：

---

① 老子：《道德经》，转引自陈鼓应《老子注释及评介》，中华书局1984年版，第238页。
② [英]玛·布尔顿：《诗歌解剖》，傅浩译，生活·新知·读书三联书店1992年版，第9页。

> 我们走过的城市、山川,
> 都化成了我们的生命。
>
> 我们的生长、我们的忧愁
> 是某某山坡的一棵松树,
> 是某某城上的一片浓雾;
>
> 我们随着风吹,随着水流,
> 化成平原上交错的蹊径,
> 化成蹊径上行人的生命。①

《十四行集》是冯至西南联大任教时期在昆明郊外的一座森林里完成的,不仅是诗人面对大自然的沉思,也是他对宇宙、对生命的一次再认识。《我们站在高高的山巅》是以人类与自然万物的关系来构造诗篇,诗人在诗歌中对生命与自然相互交流,互相呼应的描写,是人的生命与自然灵性的实质性的突破。在诗歌中人与所有外在物象不是占有与被占有的关系,而是人的生命的能量与万物的生命信息既交流转换,又相互沟通,人类的生命存在于自然万物之间,自然万物又转换成人类的生命。第一节当"我们站立在高高的山巅"俯瞰大地时,总想把自我的生命"化身为一望无边的远景",再"化成面前的广漠的平原",甚至"化成平原上交错的蹊径"。如此,代表人类生命的"我们"与代表自然物象的"山巅""远景""平原"和"蹊径"融合在一起,组成了一幅人与自然融会贯通的立体画面。诗歌的第二节是叙述现实人生的况味,我们走过"哪条路、哪道水,没有关联",表示我们成长过程的第一步都与大自然密切关系;"哪阵风、哪片云,没有呼应"则是暗示即使一次呼吸也与来自宇宙的风云有关;至于"我们走过的城市、山川"全"都化成了我们的生命",与我们的个体生命合成为一个大我。第三节是自我与具体外在物象的结合,在现实生活中"我们的生长",我们人生中每前进一步,其实就"是某某山坡的一棵松树",而"我们的忧愁",不过"是某某城上的一片浓雾"。

---

① 冯至:《十四行集》,解放军文艺出版社2000年版,第16页。

最后一节是对第一节的回应，我们的生命与万物同在，"我们随着风吹，随着水流"，我们的生命"化成平原上交错的蹊径"，再"化成蹊径上行人的生命"。这首诗的关键词是"化身"与"化成"，作为人类生命象征的"我们"化身为宇宙中的外在物象，而外在的自然物象又"化成"我们。自然界的万物与"我们"互相渗透、相互融合，这种物我生命的转化关系，实现了作为人的"我们"的生命与宇宙万物共生共长的真谛。

空灵美是诗歌外在结构的自然形式，在创作过程中要么把人变成自然，或者把自然变成人。人成为诗歌中山水境界的中心，或自然山水成为人心境的自我象征，人与自然的关系被赋予社会内容和世态人情。这样的作品，其叙事结构必然闪烁着"空灵"之美。"空灵"并非虚妄的真空，而是一种超然物外的"大音希声"，是诗人的生命在奇妙的大自然的静默中闪现的光辉。自然有了人的性灵，人有了自然的表征，诗人既不会抛弃外在物象所表现出的感性客体，又能以内在审美的精神超越客体。

诗歌结构的"空白"艺术对诗人来说是一门很大的学问。大自然茫茫无定象，空蒙、辽远、生机盎然，只有在有限的形象中克服自身的局限，才可能达到"空灵"之艺术境界。"空灵"悠远的艺术来自诗人自由、充沛、灵动的审美情感。诗歌创作注重诗歌的精神价值与诗人的精神品格，要写出空灵的诗作，不仅要有静止如水的情绪，还要有万象在旁而超脱自然的人格力量。就诗的审美价值而论，作品中情感充实的诗歌作品，"空灵"的艺术美感就相对少一些，但是诗人只要把人生事件的戏剧性放置自然的物象之中，以优美静态的诗中有画代替喧哗热闹的人生，从而创造出艺术质感反差性较大的作品，增加诗歌的"空白"艺术，而诗歌的精妙之处则留待读者在阅读过程中根据自己的审美理解进行补充。当然，诗人的这种将人生事件融入诗歌创作中的手法，其言说的词语在审美意识上有较强的隐喻性，这就更要求阅读者要扩张自己的诗性思维，以诗歌中物象的表达意义为媒介，进入诗人创造的艺术境地，体味诗人在作品中提供的场景在人生现场中的意义，再根据自己的审美感悟，考察作品中的空灵的结构特点。如林徽因的《别丢掉》就是一首在情感表达处留下空白的别一番韵味的诗歌。诗人写道：

别丢掉

这一把过往的热情，

现在流水似的，

轻轻

在幽冷的山泉底，

在黑夜 在松林，

叹息似的渺茫，

你仍要保存着那真！

一样是明月，

一样是隔山灯火，

满天的星，

只使人不见，

梦似的挂起，

你问黑夜要回

那一句话——你仍得相信

山谷中留着

有那回音！①

《别丢掉》具有中国传统诗歌的空灵境界，追求的是"著形于绝迹，振响于无声"②的写意传统。表面上是以实写虚，一再嘱告"别丢掉"昔日"这一把过往的热情"，但这过去的"热情"是什么？诗人却没有告诉读者，而用一系列或实或虚的物象来解构"过往的热情"。美国结构主义学者乔纳森·卡勒认为："如果人的行为或产物具有某种意义，那么其中必有一套使这一意义成为可能区别特征和程式的系统。"③ 林徽因的《别丢掉》表达的是一种孤寂而幽怨的情感，这种情感就是这首诗歌结构的"程式的系统"。诗人似乎是在缅怀追忆早已远逝的一段幽情，但又不好明说，于是就通过"产物具有某种意义"来暗示。过去的爱恋之情如

---

① 林徽因：《别丢掉》，原载 1936 年 3 月 15 日《大公报·文艺副刊》。

② 谢榛：《四溟诗话》，转引自郭绍虞主编《中国历代文论选》第 3 卷，上海古籍出版社 2001 年版，第 113 页。

③ [美] 乔纳森·卡勒：《结构主义诗学》，盛宁译，中国社会科学出版社 1991 年版，第 25 页。

"流水似的"伤感,只有"在幽冷的山泉底"慢慢流淌,只好"在黑夜"的松林里"叹息似的渺茫"。"你仍要保存着那真",这是诗人对曾经的热恋者的忠告,"真"就是象征过去的那一段情意。林徽因在诗歌中试图传递一种人生中值得怀念的渺茫情感,因为各种原因不好明说,只好通过"明月""隔山灯火""满天的星"这些朦胧而飘逸的物象来喻示,目的是"只使人不见",让这段情缘在自我的内心深处"梦似的挂起"。作品中的空灵结构是来自于诗人古典主义和浪漫主义相结合的技巧,借外在物象来言明隐藏在内心的情感,比如"你问黑夜要回"中的"黑夜",并不是现实生活中的黑夜,而是来自诗人内心深处对话的场所,正是如此,才有了"那一句话——你仍得相信"的表白。"那一句话"是什么话?诗歌的最后两句耐人寻味的句式作了回答,如果"你"不相信"我"对"你"的爱的表白,那么"山谷中留着""我"要说的"回音"。作品表达了一种非常浓厚的情意,但这种永远的情意只在诗歌结构的空灵处彰显。

二

　　诗人努力构造不求形似,以意为主的审美空间,让作品中的场景提供一个诗美的超自然的艺术境地,让人的行为在这个神性的艺术境地中获得解释,这是诗歌空灵艺术结构的又一种特征。清代著名诗论家袁枚在《随园诗话·卷一》中说:"混元运物,流而不注。迎之未来,揽之已去。诗如化工,即景成趣。逝者如斯,有新无故。因物赋形,随影换步。彼胶柱者,将朝认暮。"[①] 袁枚认为天地万物处在自然而永恒的流动之中,诗人生于天地之中,虽然不能不与天地万物发生精神上的契合交流,但是,当诗人的情思与万物中的特定景物一触即合时,就会做到"因物赋形,随影换步"。袁枚是"性灵"派的代表,上面这段话虽然是针对"灵感""灵机"而言,但是当诗人的情感与物象达到精神交流时,创作出的诗歌的意境必然是"空灵"的,或者说是一种现实场景的虚拟化过程。

---

　　① 袁枚:《续诗品》,转引自郭绍虞《诗品集解·续诗品注》,人民文学出版社1963年版,第173页。

诗歌的"空灵"结构不是对现实生活中真实的反叛，而是在表达真实的形象时，力求用简练、隐约的言说，改变诗歌用词的"空"与"虚"，使作品在叙写过程中产生诗歌的"神韵"。"空灵"不是陈述和说明，而是暗示和象征，是在转实成虚的描写中传达出一种空灵动荡的意境。如波德莱尔的《赠给你这些诗》：

> 赠给你这些诗，为使我的名字，
> 随着幸运的帆船遥遥驶向远方，
> 让世人的脑海掀起梦幻的波浪，
> 犹如凛冽的朔风吹打那巨船。
>
> 像无稽的传言，对你的怀念，
> 虽象扬琴一样使读者厌倦，
> 但通过亲密友好的神秘链环，
> 和我这高傲的韵律紧紧相连，
>
> 从无底的深渊到茫茫苍天，
> 除了我，没人理你，罪恶的女人，
> ——你，犹如一个幽灵昙花一现。
>
> 你用轻松的脚步和安详的目光，
> 践踏那些挖苦嘲弄你的蠢物，
> 青铜面孔的天使，黑亮眼睛的雕像。①

胡戈·弗里德里希在评论波德莱尔的诗歌时这样说道："变异这个概念在波德莱尔的笔下多次出现，所指的往往是一种肯定意义。在变异占主导的是精神的强力，精神的造物拥有高于变异者的地位。"② 所谓"变异"

---

① [法] 波德莱尔：《波德莱尔诗选》，苏凤哲译，花山文艺出版社1992年版，第94页。
② [德] 胡戈·弗里德里希：《现代诗歌的结构》，李双志译，译林出版社2010年版，第42页。

就是指诗歌中对外在的物象的一种分解和拆散，使现实中的生活现象发生改变，并产生诗歌结构的空灵之美。波德莱尔诗歌中的抒情形象与自然景观之间有一种距离感，抒情形象的人格理想与天地万物共同处在一个意象结构中，创造出无限广阔的诗歌空间，使作品达到一个意境含蓄而空灵的艺术境界。作品中的"我"就是变异的"精神的强力"，我"赠给你这些诗"，就是为了让"我"的名字"随着幸运的帆船遥遥驶向远方"，并使现实生活中的人读了"我"的诗歌后，刺穿他们的灵魂，在他们的头脑里"掀起梦幻的波浪"，这阅读的波浪如同"凛冽的朔风吹打那巨船"。这里的"巨船"是暗示现实生活的场所，"凛冽的朔风"则象征诗歌的价值内蕴。第二节是消释诗歌的隐秘性特征，直接对变异的情感发声。"我"对"你"的怀念并不是"无稽的传言"，而是如扬琴的声音一样反复弹唱，直到让"你"厌倦，尽管如此，只要"通过亲密友好的神秘链环"，让"你"厌倦的扬琴之声也同样"和我这高傲的韵律紧紧相连"。诗歌中的"高傲的韵律"是"我"的内心深处的情感象征，包含了一种自我的精神存在。第三节是变异情感的强力叙说，是来自精神高处的强制情绪的表达。从地狱的"无底的深渊"到天堂之上的"茫茫苍天"，这在个罪恶的社会，"除了我，没人理你，罪恶的女人"，尽管你"犹如一个幽灵昙花一现"，但"我"还是把"你"作为一种神性的暂时寄托。诗歌的最后一节是对"你"的一种纯粹的肯定，让作为精神寄托的"你"得到崇高而完美的提升。"你用轻松的脚步和安详的目光"面对邪恶的社会，去"践踏那些挖苦嘲弄你的蠢物"，让这些生活在现实中的"蠢物"受到精神层面的处罚，而"你"的形象则如"青铜面孔的天使"，那"黑亮眼睛的雕像"久久伫立于天地之间。

波德莱尔的诗歌讲究艺术的虚空和无限，如同中国古人追求的"神韵"。神韵是一种心灵的超经验顿悟，是超于言辞的空白之美，是一种超于物质而生机盎然的艺术魅力。"神韵"不等于"空灵"，但是"空灵"却能生发出诗的"神韵"来。"神韵"是诗歌艺术美的最高境地，正如钱锺书先生在《谈艺录》中引郑朝宗之话所云："神韵乃诗中最高之境界。"① 神韵就是诗人超越外在物象形状的一种内在审美情感的体现，是

---

① 转引自钱锺书《谈艺录》，中华书局1986年版，第40页。

审美现象赋予外在事物的精神体验。波德莱尔的《赠给你这些诗》，具有实中有虚，虚实相生的空白构景，诗人的词语叙述达到了简淡传神的空灵效果。

诗歌创作太写实则无韵味，写实太逼真的诗不过是一种浅薄的写实主义。而空灵不仅增强诗歌的审美趣味，还能够让读者在欣赏过程中进行情感艺术的再发挥、再创造。优秀的诗歌创作都有着绘画的空间造型，具备点染景物的色彩，吞吐转折的语气意态，使幻象中的物象绰约风致，富有感情色彩。诗人总是将情感附于被表达的物体之上，外在的"形"与内在的"情"同时在作品中显现，富于艺术色彩的外物形象和富于感情色彩的内在精神在诗歌中全盘托出，共同组合成诗歌的两种结构。诗歌艺术的空灵与诗歌丰富复杂的内在精神并不相抵牾，诗的空灵是实处有形象，虚处也同样有形象。而实处的形象是诗人的情感与自然景物沟通的结果，虚处的形象则由读者的审美经验进行补充，在虚实相生的和谐中，完成诗意盎然的艺术画面。

作为时间艺术的空灵，诗歌外形的美不仅在于诗人作品中的神奇美丽，还在于它是诗人与读者沟通的纽带，是读者展开想象的起点。空灵是艺术形象的丰富和发展，在诗歌的"空白"处，诗人把对外在物象的再创造留给读者去完成，让读者在"虚空处"用自己的审美经验去补充，从而达到由虚到实的复归。著名美学家宗白华教授认为："灵气往来是物象呈现着灵魂生命的时候，是美感诞生的时候。"① 诗歌中的物体形象是一个丰实空灵的形象，它负荷着诗人的无限深意，启迪读者打开联想之门，有着一种贯通意脉的穿透力，如同古人倡导的"行神如空"的艺术效果。当然，诗人创造的这种艺术结构必须要以一种或一种以上的物象原型为依托，"因物赋形"达到形似真而实虚的审美要求。作品中蕴含的诗味就在于那些被省略的部分，诗中自然的形象不是靠直说和实说去获得，也不是被动地描摹生活，而是对生活的重新创造。如李少君的《凉州月》：

  一轮古老的月亮

---

① 宗白华：《艺境》，北京大学出版社1987年版，第177页。

放射着今天的光芒

西域的风
一直吹到二十一世纪

今夜，站在城墙上看月的那个人
不是王维，不是岑参
也不是高适
——是我①

  今夜的"月亮"被诗人幻象成唐朝的"凉州月"，这种玄妙的叙述跳跃，将唐诗中常见的意象"月亮"放置于当下的语境，使诗歌的结构艺术在虚写与实写的叙事中结合为一体。诗人穿越时空，让唐朝那"一轮古老的月亮"在当下"放射着今天的光芒"，"古老"的具有诗韵的月亮与"今天"的思想光芒完美地组成诗歌的结构艺术。诗歌的第二节是古今信息的对接，"西域的风"从唐朝"一直吹到二十一世纪"，表达的是唐诗的风格在当下照样影响着诗人的审美理想，这种由远古的诗风推衍到当今诗坛上的诗歌风格表达，正是诗人穿越古今的一次诗歌审美意义的实验。如果说诗歌的前两节是虚写，留下的绘画空白较为空灵，那第三节则是用写实的语言来对前两节的意境作更高审美形象的解释。"今夜，站在城墙上看月的那个人"，是一位以"月亮"为诗歌审美对象的创造者，但"那个人"肯定"不是王维，不是岑参"，当然"也不是高适"，而是活在当下的"我"。作品中之所以将"我"与唐朝的诗人作对比，意在说明诗歌文化的血脉传承，同时也是一种文化的自觉和自信的表态。
  诗歌的流动和诗歌的空灵是相辅相成的两种艺术境界。诗的流动产生诗的空灵，诗的空灵是诗歌韵律流动的结果。黑格尔说："艺术的任务首先就见于凭精微的敏感，从既特殊而又符合显现外貌的普遍规律的那种具体生动的现实世界里，窥探到它实际存在中的一瞬间的变化莫测的一些特

---

① 李少君：《神降临的小站》，作家出版社2016年版，第10页。

色,并且很忠实地把这种最流转无常的东西凝结成永久的东西。"① 在黑格尔看来,艺术的真谛就是把一瞬间的感受变为永恒,把外在物象的外貌转化为现实世界生活中的形象,在转化的过程中要找到外在物象变化莫测的特性,并将它固定为永久的结构形态,而这个转化过程就是诗的流动美的具体表现。关于这一点,莱辛在《拉奥孔》中说得更明白:"诗还可以用另外一种方法,在描绘物体美时赶上艺术,那就是化美为媚,媚是在动态中的美,正因为是在动态中,媚由诗人写比画家写就更适宜。"② "媚"是诗中飘来忽去的流动的美,诗美的奥秘之一,就是诗歌审美精神的内在流动,流动一纵即逝却又百读不厌。诗歌是诗人心灵的历史,是梦幻世界、感觉世界与理想世界的高度统一。作为诗歌表现的实体对象,无时不在运动中,而诗歌的审美结构就是在物象的运动中得到完整的实现。

三

歌德说:"我作为一个诗人,是要把这些景象和印象艺术地加以琢磨与发挥,并且通过一种生动的再现,把它们展露出来,使别人倾听和阅读之后,能得到同样的印象;除此以外,我不该再做旁的事了。"③ 这是诗人审美理想的宣言。在诗人的心目中自然是圣洁的、神圣不可玷污的,所以必须经过反复琢磨后,用一种生动的形式把它们再现出来。这就要求诗人的审美情感与自然的物象实现心灵上的相通,并赋予自然景象人格的光辉。为了使读者能够倾听和阅读,诗人在创作时要寻求一种艺术的途径,将外在景物的形象于诗歌的空灵结构中闪现物象的艺术光辉。成功地运用象征和譬喻,使外在物象与诗人、与读者的心灵达到互相补充,实现物与人心灵的触类旁通。使诗歌中的艺术形象实中求虚,虚中有实,显示出"在意不在象,在韵不在巧"④ 的虚实相生的诗歌结构艺术风格。

---

① [德] 黑格尔:《美学》第2卷,朱光潜译,商务印书馆1979年版,第370页。
② [德] 莱辛:《拉奥孔》,朱光潜译,转引自伍蠡甫主编《西方文论选》上卷,上海译文出版社1979年版,第423页。
③ [德] 歌德:《歌德和爱克曼的谈话》,林同济译,转引自伍蠡甫主编《西方文论选》上卷,上海译文出版社1979年版,第477页。
④ 岳正:《类博稿》,同治七年四库馆刊印。

诗歌中的物象世界都是涌动无常的，都有着自己内部流动的力量，而诗歌在艺术地反映生活时，要有流动的美。诗歌要达到外在形式与内在精神的统一，流动美虽然不是主要特色，但是在具体描绘某一景物时，常常有"化美为媚"的神奇效应。自然物体，静态有静态的美，动态有动态的美，诗歌中的动态美是诗人主观审美意识指导下完成的。莱辛所说的"化美为媚"就是指诗歌中的流动的空灵美。面对包罗万象的客观事物，诗人常常以主观精神的发挥来变异事物的本来面目，由于诗人对客观生活的主动参与，诗中"化美为媚"的流动美就会十分明显。只有作品中有动态之美，大自然的无限变化才能在诗歌的结构中得到尽情表诉。奥地利诗人里尔克的诗歌常常采用一种描写性的动态语言，其作品表达的美学理想往往有许多不确定因素，所留下的意义空白总是能够引起读者的想象发挥，并参与诗歌的再创作。他的《秋》就是这样的典范之作：

  叶片在落，像从高空一样落，
  仿佛遥远的花园已在天上衰朽；
  它们落着打出手势说"莫"。

  而夜间又落下沉重的地球
  从所有星辰落进了寂寞。

  我们都在落。这只手也在落。
  请看另一只手：它在一切之中。

  但只一个人，他在他的手中
  无限温存地抓住了这种降落。①

"秋"作为一种时序的代表，没有固定的特殊形式，是一种无声无息的时间流逝。但里尔克在这首诗歌中成功地将"秋"化美为媚，在诗歌结构的动态中表达"秋"的流动美。"叶片在落，像从高空一样落"，作

---

① ［奥地利］里尔克：《里尔克诗选》，绿原译，人民文学出版社1996年版，第99页。

品把"秋"浓缩为一片落叶从空中掉下来的过程,不仅有动感,而且有绘画的空间。"仿佛遥远的花园已在天上衰朽",这是诗人的一种诗意的幻象,"花园已在天上"这是创造性的虚写,以此回应叶片"从高空一样落"的表达。"它们落着打出手势说'莫'",这个"它们"当然是喻指从天上落下来的叶片,之所以说"莫",是隐喻落叶也试图挽留住秋天的流逝。诗歌的第二节是用一种想象的夸张,表示自然现象在秋天的存在方式,"夜间又落下沉重的地球"的象征意义非常明了,暗示大地在一夜之间已进入叶落知秋的季节,故此才有了"所有星辰落进了寂寞"。作品中的"落进了寂寞"是指在秋天人类与自然都具有落叶悲秋的寂寞悲情。"我们都在落。这只手也在落。/请看另一只手:它在一切之中。"诗人用一种音乐形态的结构表达人类的生存哲理,"我们"显然是人类的代名词,而"这只手"和"另一只手"则是人的两种思维的喻指。"这只手"是指面对秋天的现实;"另一只手"则是想象和情感中的秋天。诗歌的最后一节用拟人化的手法将地球比喻成"他",把"秋"的生活片断虚幻化。"但只一个人,他在他的手中/无限温存地抓住了这种降落。"为什么"只一个人"能够抓住"秋"降落,因为"他"是地球大地,所有的落叶最终都将掉进"他"无限温存而宽广的怀抱,化为泥土养育生灵。

里尔克的《秋》是一首主观意识极强的作品,面对复杂繁变的自然物象,诗人要从外在景物的运动里取得均衡,并通过"落"将这种均衡转化为诗歌结构艺术规律的重要特征。诗歌是主观情感的结晶,因此,诗歌中的客观物象常常按照诗人的情绪作模拟改动,使诗歌具有一种流动的美。

静中有动是诗歌的一种写作规律,这样的作品要求诗人要在一种平静的氛围中,借助外在物象的自然景象体现诗歌结构的流动美。景物的形态是静,而声音是流动的,要让作品增强流动美感,使诗歌的审美广度显得无限阔大,诗的意境就必须具有空灵的特质,诗歌的叙述语言要做到静中有动,动中有动。静止的客观事物并非一成不变,而是随着诗人审美情绪的波动而波动,只要诗人把握住物象的变形动态规律,那么其诗歌的描写语言必然会产生流动的空灵之美。流动美比之静态美,所产生的结构艺术效果更明显,因为外在物象在诗人的主观审美意识的策动下,其流动性就在诗歌结构的技巧中完整地展现出来。

动态美的产生，源于"物象"之形与诗人"自我"之神的相互激荡，是客观物象的"静"与诗人主观情绪的"动"的结合。如同莱辛所说，化美为媚的流动美是"一种一纵即逝而又却令人百看不厌的美"①。化美为媚的关键是"化"，作为静态的大自然，无论是密林丛莽，还是奇花异草，都有着流动的生命力。只要诗人展开想象的翅膀，以流动的审美情感来观察生活，来点燃万物，诗歌作品就出现持续性的推移和流动的画面。如雷平阳的《燃烧》：

　　一朵朵云，不知从哪儿飘来
　　在生杀予夺的天空
　　变幻着不同的外形
　　奔马、天鹅、绵羊、野狗……
　　我很在意它们是什么
　　细辨肉身，证明我还是一个用肉身活着的人
　　然而，当它们在落日中燃烧
　　化成黑色的灰烬
　　我却有肉身之上的蒙羞之耻、自焚之悲②

构图是各种造型艺术的基本幻象，而客观事物与诗人的情感的互相融合则是构图的前提条件。《燃烧》是诗歌流动美的精妙表述，首先诗人先展开想象，赋予物象生命的外形，然后在物我的对照之中抒发情感，表达外在物象之下自我卑微的一种生存思考。首句"一朵朵云，不知从哪儿飘来"，这是对自然景物无限变化的一种预想，因为"云"是飘逸自由、形无定象的象征，所以"在生杀予夺的天空"飘来浮去，"变幻着不同的外形"。"变幻着"三个字想象奇特，真正是"化美为媚"的神来之笔。"一朵朵云"在广袤的天穹变幻成"奔马、天鹅、绵羊、野狗……"从动态的角度写出了静态事物的各种生命形状，动态美中又含有立体感。诗人

---

① ［德］莱辛：《拉奥孔》，朱光潜译，转引自伍蠡甫主编《西方文论选》上卷，上海译文出版社1979年版，第423页。
② 雷平阳：《基诺山》，长江文艺出版社2014年版，第145页。

不仅把"一朵朵云"写出动态之美,而且把云的自然现象的交替变幻也写得惟妙惟肖。"我很在意它们是什么"表明诗人对"一朵朵云"变幻成"奔马、天鹅、绵羊、野狗"流动的画面的特别关注,尤其"证明我还是一个用肉身活着的人"的时候,更想知道这些由云朵变幻成的生命物象的结局。所以"当它们在落日中燃烧",生命最终"化成黑色的灰烬"后,作为活在人世的"我",深深感到有一种莫名的"蒙羞之耻"。诗人在诗歌中捕捉到"一朵朵云"瞬间的变幻过程,用奇幻的想象来组成诗歌的动态结构。通过自然景物与"我"的互动,使这些变幻着的意象与"我"的"自焚之悲"组合成一个整体的动态美,最终实现客观景物的变幻与诗人实情感的高度统一。

作为一种结构的审美形式,诗歌的流动美是奇异多变的,流动的意义还包含着内容与情感的参与。"化美为媚"所唤起的各种动态及流动的思绪,都是主观审美思想与客观外在物象相互作用的结果。尽管在诗歌创作过程中,形式和内容是被同时创造出来的,而且形式的确是为内容服务的,但是,从阅读的接受美学角度分析,作用于读者的首先是形式。只有在作品中创造出丰富的、奇异多姿的形式,诗歌的主题内容才会在结构中很好地发挥出来。

第十四章

诗歌结构艺术的审美层面

　　诗歌的艺术张力和诗歌语言艺术的内在凝聚性,是诗歌结构形式的主要组成部分。如果我们从诗歌与雕塑等造型艺术的区别来探析诗歌的审美特性,就可以明确地看到,诗歌的审美空间,比一切造型艺术都要宽阔。造型艺术是以有形材料来塑造形象,情感表达必然受到空间的限制。诗歌则不然,诗歌的审美范畴是无限扩大的,尽管诗歌是用语言来诉诸情感,但诗歌不受任何可感材料的约束,而是用无形的语言形式去表现客观世界。正如结构主义学者罗伯特·休斯所说:"诗歌的定义几乎从来都与其使用语言的特殊方式有关,通常取决于它与'普通语言'的'不同之处'。"① 所谓的"普通语言"就是指现实生活中用来交际的语言,而诗歌的特殊语言则是指诗人用来表达情感的言说,即经过诗人思考后具有审美穿透力的语言。由于诗歌的语言不是日常生活中的表达语言,而是经过诗人主观情感过滤的审美语言,所以,诗歌的艺术张力就是来源于诗歌语言的结构组合,是诗歌各种艺术形式互相作用的结果。而诗歌艺术的凝聚性则是通过语言的综合作用,将各种各样的外在物象组合成一个独具特色的具象,并通过具象来表达诗人的审美意识和情感波动的各种状态。

一

　　诗歌张力结构的形态美,主要来自诗人创作诗歌时语言的空白和弹

---

① [美]罗伯特·休斯:《文学结构主义》,刘豫译,生活·读书·新知三联书店1988年版,第34页。

性，来自于外在物象与诗人言说的组合搭配。当然，语言作为一种表现手段并非诗歌所独有，但诗歌语言不同于一切叙事文学的语言。诗歌的语言具有抒情、联想、节奏、韵律等审美功能，而这些功能都可以产生诗歌的张力美。通过语言的作用，诗人将一切外在物象转化为诗歌的审美精神，转化为具有审美价值的特殊情感形式。诗歌得天独厚的地方就是不受语言表达的障碍，诗歌的美感就在于外在物象在语言桎梏中的自由表达。以有限的词汇传达无限的内容，这是诗歌艺术的审美本质，是诗歌语言优于其他艺术门类的审美特征。诗歌语言的张力结构不仅能够造就富有形态感的意象，而且能够超于意象本身的容量，使读者在阅读过程中获得更多，更完整的立体的审美意境。

黑格尔在《美学》中谈到诗歌的语言表现时说道："真正的诗的效果应该是不着意的，自然流露的，一种着意安排的艺术就会损害真正的诗的效果。"① 诗歌语言的张力是诗人在灵感到来之际自然流露出来的，而绝非理性的有意识安排。语言是读者欣赏诗歌时直接感知的符号媒介，诗歌的语言虽然不直接展示声音、形状、色彩，但是当诗人凭直觉经验、潜意识幻想传达某种情绪时，诗歌语言的无规范性立刻显示了它的优点。作为空间艺术的绘画和雕塑，也能再现富有张力性的气势和场面，但只是空间的艺术感受。诗歌则不然，诗歌语言所留下的空白往往是持续性的，其艺术张力比有形艺术更具有强大的厚度感。诗歌中的颜色、轮廓、形状是造型艺术家的凿刀和画笔无法穷尽的，因为诗歌的语言艺术不仅精辟独到，而且其透视力是有声艺术和有形艺术所无法企及的。由于诗歌的语言具有高度的幻想性，因此当诗人通过它去表述客观物象时，往往会收到出人意料的效果，尤其是在表达外在物象的本质时，总会在虚实相生之间构制一片空白的美感。离开语言的表达，再富于幻想的人也不会成为诗人，离开艺术的张力，再优秀的诗歌也很难从字面上传达给读者无尽的情思。只有具有弹性的语言才会扩充诗歌的审美的意蕴，才可能留给读者无限想象的艺术空间。如里尔克的《天鹅》，对语言的驾驭就具有艺术的审美张力。诗人写道：

---

① ［德］黑格尔：《美学》第 3 卷下册，朱光潜译，商务印书馆 1979 年版，第 67 页。

累赘于尚未完成的事物
如捆绑似地前行,此生涯之艰苦
有如天鹅之未迈出的步武。

而死去,即吾人每日所立
之地面不复容身,则仿佛
天鹅忐忑不安地栖息

于水中,水将他温存款待
水流逝得何等欢快
一波接一波,在他身下退却:
他这时无限宁静而稳健
益发成年益发庄严
益发谦和,从容向前游去①

海德格尔在论及里尔克的诗歌创作时说:"里尔克以他自己的方式,诗意地体验和忍受了由那种完成所构成的存在物的显明。让我们看看,这样的和作为整体的存在物如何向里尔克显现自身。"②诗歌中的"天鹅"只是一个存在物的象征符号,是表现人生经验的载体,是诗人的抒情主体所倾注的审美物象。《天鹅》作于1905年6月,而里尔克在1905年9月20日致克拉拉的信中曾经谈到,他和著名雕塑家罗丹在水池旁观赏罗丹养的小天鹅。如果里尔克的这首诗歌是他与罗丹观赏小天鹅的人生记录,那么作品的第一节是借"天鹅"来形容艺术家的雕塑过程。"累赘于尚未完成的事物"是暗示罗丹没有完成的雕塑作品,而"如捆绑似地前行,此生涯之艰苦"则是描述雕塑家为艺术事业的执着而付出的艰苦努力,"有如天鹅之未迈出的步武"喻指罗丹未完成的雕塑如同刚要飞翔的天鹅,精确而具有飘逸的美感。第二节由人的死亡推衍到天鹅的栖息。"而死去,即吾人每日所立"表达的是人的肉体的消失不过是现存世界"之

---

① [奥地利]里尔克:《里尔克诗选》,绿原译,人民文学出版社1996年版,第298页。
② [德]海德格尔:《诗·语言·思》,彭富春译,文化艺术出版社1991年版,第89页。

地面不复容身",犹如在人的注视下"天鹅忐忑不安地栖息"。诗歌的第三节是借"天鹅"在水中泛游的动作来表示雕塑家罗丹作品完成后的圆润而庄严。"天鹅"到了水中,由于"水将他温存款待",于是"他"与水池融为一体,因此池中的"水流逝得何等欢快",甚至"一波接一波,在他身下退却"。而此时的"天鹅"不但"宁静而稳健",而且"益发成年益发庄严",更是以一种谦和的形态"从容向前游去"。这首诗就是用一种具有张力的语言来言说"天鹅"的艺术存在,而在言说中,诗人故意忽略了叙述主体的交代,比如罗丹未完成的艺术雕塑是什么形状,水池中的水为何与"天鹅"融为一体,正是这些有意识的叙事省略,才构成了诗歌张力的审美结构形态。这种语言的空白不仅把所表达的物体纳入审美经验的叙事模式,而且从审美本质上保证作品叙述结构的完整性,实现海德格尔所说的"存在物的显明"。

富有张力性的诗歌语言,是由丰富的想象和奇妙的夸张共同组合而成,从而构成诗歌语言的幻象性。为了表现客观物象的艺术魅力,诗人总会用夸张的语言来完成情感的审美理想。有些诗歌句式看上去明白如画,但又是艺术绘画、音乐、雕塑无法表达出来的。表层看是艺术画面,但又不是色彩、线条、乐谱、雕刀这些艺术元素传达出来的。只有诗歌语言的张力,才能够表达出人的复杂的内在情感。列维-施特劳斯认为:诗歌"语言符号的任意性证明了语言并不源于对自然之物和效果的模仿"[①]。这就说明诗歌的审美语言不是简单地对外在物象进行写生式的临摹,而是对表达对象的一种审美的任意性表达。当然,这种任意性并非是随便涂鸦,而是诗人对瞬间消失的灵感的记忆还原。如西川的《我跟随一位少女穿过城市》:

　　我跟随一位少女穿过城市
　　我踩着她的脚印
　　却并踩住她的影子

[①] [法]克洛德·列维-施特劳斯:《看·听·读》,顾嘉琛译,生活·读书·新知三联书店1996年版,第90页。

我跟随一位少女穿过城市
我陪伴她走过
人生一段短短的路程

她并不回头,好像这样
就能伤害我的自尊心
她错了:她的香味使我着迷

她的头发变成蓝色
她的双臂在练习飞翔
太阳已经对准她的乳房

而我却来不及走进花店
买一朵玫瑰花——啊
多少玫瑰花枯萎在花店里!

一辆救护车风驰电掣
在她的眼睛里开赴死亡
而我在她身后已经口干舌燥

眼见得走过了城市
最后一道围篱,她的脚步
更轻盈,我的心中有了恐惧

我跟随一位少女来到郊外
穿过密林。我发现
我是一个人来到旷野①

这是一首写人与自己的内心影子相互关照的诗歌,而且是一首象征意

---

① 西川:《西川的诗》,人民文学出版社1999年版。

蕴较为深厚的作品。诗人在作品中并没有按照一定的情节和顺序写出自我与内在影子既抗争又和谐的关系，而是游离于人与人之间的一种生活现场的表诉。诗歌中"穿过城市的少女"，既不是现实生活中的女性，也不是理想中的情侣，而是一个代表城市与乡村、理想与现实、生存与死亡的行踪不定的一个符号。作品的语言看似很平淡，但却把瞬息万变的关于社会、关于人生、关于死亡的各种关系描绘得自然而神奇。

诗歌的第一节叙述"我"紧紧"跟随一位少女穿过城市"的现实，但"我"从哪里来，穿过城市去干什么，诗人没有明示，而是留下空白让阅读者思考。"我"只是"踩着她的脚印"亦步亦趋地跟着，但是"却并踩住她的影子"。诗歌中的"影子"喻指这个"少女"是一个模糊而飘忽不定的理念，所以第二节才郑重地表明"我"虽然陪伴她穿过城市，但只走过"人生一段短短的路程"。第三节表达的是少女对"我"一步一步地跟随行为好像很在意，"她并不回头"，似乎回头"就能伤害我的自尊心"，而"我"认为她的这种意识是错误的，"我"之所以紧紧跟着她，并不在意她对我的态度，原因是"她的香味使我着迷"。这里的"香味"并不是少女体内发出的味道，而是暗指城市的现代化风气。第四节是借"少女"身体的变化来暗示城市现代化建设中文化的一种异化彩色。"头发变成蓝色""双臂在练习飞翔""太阳已经对准她的乳房"，都是城市生活发生根本性变革的象征。第五节描写回归传统的失败，"我"想"买一朵玫瑰花"送给少女，可是"我却来不及走进花店"，而"多少玫瑰花枯萎在花店里"。传统的审美观消退了，代之而起的满大街"蓝头发"们的攒动。第六节写的是死亡哲学。"一辆救护车风驰电掣"从城市的大街穿过，"在她的眼睛里开赴死亡"。诗歌中的"死亡"并非人的生命体征的消失，而是暗示城市现代病的无可救药。因此，"我"在城市的现代异化的环境里"已经口干舌燥"，孤独空虚，无力应对。第七节写的是城市与乡村的分界线。"眼见得走过了城市"，来到了"最后一道围篱"，少女的脚步"更轻盈"，而"我的心中有了恐惧"。少女的脚步之所以轻盈，是因为她只是个理念的影子，"我"的恐惧则是对来到城市的失望。最后一节是诗歌的高潮。"我"跟随少女穿过城市之后，一无所获，最后又"跟随一位少女来到郊外"，当穿过城市与乡村的屏障——"密林"之后，"我"才发现，"我"一直跟随的少女无影无踪，只有我"一个人来到旷野"。走出去/又回来,是这首诗歌的美学主旨,诗人表达了一种现代城市文明的异化现象,这种城市的精神病变虽然是在平易的语言中陈述,但在陈述中强调人性的突变性。而且在具体描写时,诗人有意识隐去了事物的本质,用一系列暗示性很强的语言作补充交代,增强了语言的言说性和张力性,造成语言表达的空白点,利用"影子"的有形来表现无形,进而彰显诗歌自由而完整的审美结构。

二

抒情是诗歌的显著特征,是诗人思想情感、审美理想、精神意识的特殊表现方式。诗歌是诗人精神、灵魂的一种经验表达,当诗人凭借心灵直觉和潜意识传达内心世界的自我情绪时,诗歌的作用才真正得到发挥。当然,诗人的情绪是经过提炼的能够与现实生活的本质共振共鸣的美的结晶。因此,从诗歌艺术上看,自我情绪是一种生命力的再创造,这个创造过程能增加诗歌语言的张力。从严格意义上讲,语言张力是构成诗歌审美结构的内在因素,因为诗人在诗歌创作中,情感的爆发是无规律可循的,更多的时候是趋于一种神性的零散状态,这样就需要对情绪有一个组织过程,使情感的暴发呈有序的发展而贯穿作品。只有如此,诗歌的审美张力才会突破散乱的形态而成为纯粹的审美艺术规律。

语言的张力有时是紧随诗歌作品中的叙事而完成的,尤其是诗人在作品中表达某一种物象的内蕴时所产生的节奏律动,更能增强语言的弹性感。诗歌的艺术弹性主要来自诗歌中韵律的波动,就是一种通过感性形式形成的时间结构的排列组合。英国学者玛·布尔顿认为:"节奏的某种含混性是一首诗的美点之一。"[①] 这里所说的"美点"就是节奏产生的一种韵律波动,即诗歌的弹性审美艺术。现代抒情诗要实现情感的充分表达,作为语言元素的韵律就显得特别重要,韵律的重音、音值等要素都会产生语言的弹性,从而构成诗歌的内在结构形式。如歌德的《银杏》就是一首通过节奏的律动来表达情感的优秀诗歌,作品中韵律的弹性艺术十分纯

---

① [英]玛·布尔顿:《诗歌解剖》,傅浩译,生活·读书·新知三联书店1992年版,第49页。

熟。诗人这样写道：

> 这样叶子的树从东方
> 移植在我的花园里，
> 叶子的奥义让人品尝，
> 它给知情者以启示。
>
> 它可是一个有生的物体
> 在自身内分为两个？
> 它可是两个合在一起，
> 人们把它看成一个？
>
> 回答这样的问题，
> 我得到真正的含义；
> 你不觉得在我的歌里，
> 我是我也是我和你？①

歌德是一位情感浓烈的诗人，是"世界文学"构想的最早倡导者，更是一位具有全球文化意识的伟大作家，因此，他的作品是东西方文化相互交融的桥梁。《银杏》虽然是爱情诗，但是同样具备了东西方文化的元素。银杏树产自东方，所以"这样叶子的树从东方"而来，然后"移植在我的花园里"，这种"叶子的奥义让人品尝"到东方的美韵，作为东方文化的象征，"它给知情者以启示"。"银杏树"虽然根在东方，但是移植到西方后，生命同样茁壮成长，而且它的叶子的内蕴耐人寻味。第二节是通过"银杏"的生物特征，描述东西文化合二为一的融合过程。"银杏树"作为"一个有生的物体"，因为来自东方，又在西方移栽成功，所以表面上它的生命"在自身内分为两个"，但实际上是东西文化的融合，"是两个合在一起"，所以"人们把它看成一个"。当然，"合二为一"的

---

① ［德］歌德：《银杏》，钱春绮译，转引自吴笛《世界名诗欣赏》，浙江大学出版社2008年版，第119页。

人生哲学思考除了东西文化的相互包容之外，也有相爱者融为一体的考虑，正是如此，诗歌第三节的回应才有了意义。要"回答这样的问题"，还可以在诗歌中"得到真正的含义"，难道"你不觉得在我的歌里"我们之间就像"银杏树"一样"我是我也是我和你"吗？这首诗歌中有三个人称代词，"它""我""你"，"它"是代指"银杏树"无疑，"我"当然是抒情主人公自己，那么"你"呢？从诗歌文体的结构意义上分析，应该是诗人深爱着的某一位女性。如果这个分析成立，《银杏树》就具有两层含义，第一，从文化意识层面看，诗歌借"银杏树"来表达东西方之间的文化可以构成一个整体，是"你中有我，我中有你"的世界文化共同体。第二，审美情感上则是"我是我也是我和你"的爱人之间两情相悦的表达。歌德的《银杏树》在诗歌形态结构上是通过奏节的律动来完成的，作品用一种长节拍和短节拍互为表里的表达方式，使诗歌的音调具有一种抑扬顿挫的旋律美，结构的审美形态在富有弹性的语言艺术中浑然天成。

结构主义诗学的另一个特征是在表达外在物象的审美特征时，通过语言的旋律波动，"把内容重新整合到形式中来"①，形成一个物质的概念图式，组合成诗歌结构形态的整体风格。诗人在对诗歌情节的表诉中，总要借助物象来展开一种虚幻的想象，把平凡的东西写得很不平凡，把平淡无奇的事物写得更具灿烂光泽。要达到这个审美目标，就必然要使诗歌中的想象世界保持一种系列化的连贯性，将诗人的审美经验、审美理想与外在物象的意义发生联系，让诗歌的内容在想象描述的形式中得到整合。如李少君的《英雄江格尔之归来》：

群山为马，江河似绳
英雄江格尔正策马归来

彩霞满天，丽日当空
英雄江格尔正化身雄鹰翱翔归来

---

① ［瑞士］皮亚杰：《结构主义》，倪连生、王琳译，商务印书馆1994年版，第76页。

草原浩瀚，长风浩荡
英雄江格尔脚踩一朵白云归来

马头琴悠扬，长调传诵
英雄江格尔乘着歌声的翅膀归来

这一天，江格尔广场上人山人海，载歌载舞
人们翘首望天，盼着英雄江格尔之归来①

这首诗通过一种审美的"碎化片"将不同的英雄江格尔的形象纳入到诗歌作品的整体构思之中，并形成一组江格尔的图片，借助江格尔这一历史上存在的英雄人物的描述，推动诗歌结构的系列化审美进程。首先是历史的江格尔，他以"群山为马"，以"江河似绳"，正挥鞭策马向我们走来。第二节是想象的江格尔，在"彩霞满天，丽日当空"的时空中，他化身为雄鹰在宇宙间展翅翱翔。第三节是联想审美的江格尔，在"草原浩瀚，长风浩荡"的环境里，他"脚踩一朵白云归来"。第四节是传统审美的江格尔，伴随"马头琴悠扬，长调传诵"的乐曲声，他"乘着歌声的翅膀归来"。第五节是现实中幻想的江格尔，在"人山人海，载歌载舞"的以"江格尔"命名的广场上，人民群众在唱歌跳舞的同时，内心盼望着真正的英雄江格尔归来。《英雄江格尔之归来》是一首富有动感的作品，通过作品中的旋律把各种审美的"江格尔"组织成一幅色彩斑斓的图画，以此唤起阅读者联想和想象的空间，实现诗歌结构形态的整体构架。

在诗歌创作中，诗人通过语言叙述创造了诗歌旋律的动感，作品中的动感在语言的言说中形成一种独特的艺术形式，这种形式传递出的审美信息就是结构的审美特质。诗人或许没有意识到自己的审美创造，但在他的诗歌描述中，语言的印记已经完成了这一充满智慧的诗性陈述。

---

① 李少君：《神降临的小站》，作家出版社2016年版，第33页。

三

　　诗歌创作只有语言的艺术张力还不够，还必须具备艺术的凝聚力量。

　　什么是艺术的凝聚力量，雨果在《〈克伦威尔〉序》中有一段经典论述："戏剧应该是一面集物聚像的镜子，非但不减弱原来的颜色和光彩，而且把它们集中起来，凝聚起来，把微光变成光彩，把光彩变成光明。"[①] 雨果讲的虽然是戏剧，但在艺术技巧上，诗亦如此。诗歌艺术的凝聚性就是将包罗万象的生活经过诗人情感的过滤处理后，使之变成具有美学价值的诗。也就是雨果所说的"把光彩变成光明"的创作过程。从生活到诗，是一段极为复杂的主体精神劳动过程。因为诗歌不是对外在物象纯客观的机械摹写，也不是简单地有感而发。作为审美的诗，决不会单方面地对生活进行如实记录，也不会追求现实生活的真实性。由生活而诗，"凝聚"的艺术结构十分必要，因为只有在诗人准确无误的审美关照下，诗歌才可能对被反映客体作出反应，诗歌的艺术形式才能够达到震撼人心的境界。当然，如果诗人被外在物象的景观所打动，在直觉的感应下也有可能对客观事物进行照相式的扫描，但这样的扫描也是在情感价值的启发下产生的一种诗性联想。而且诗人在对物象作出反应时，主要还是通过诗歌的叙事结构，把审美思考融汇在语言的言说中。

　　现代诗歌的结构组合主要是沿着诗人的情感轨迹而完成，因此，有的诗歌表面上看似乎十分零乱，没有一定的结构准则，但是只要认真剖析，不难发现诗歌中有一条隐蔽性结构来组织情感的完成。这种诗的描写顺序不是明线聚合，而是通过诗人情感的高度凝聚，把许多复杂的生活意象统一到一个暗示性的情感结构中，使纷繁复杂的生活现实获得审美的情感指向。如著名现代派诗人穆旦的《还原作用》：

　　　　污泥里的猪梦见生了翅膀，
　　　　从天降生的渴望着飞扬，

[①] ［法］雨果：《〈克伦威尔〉序》，柳鸣九译，转引自伍蠡甫、胡经之主编《西方文艺理论名著选编》，北京大学出版社1986年版，第139页。

当他醒来时悲痛地呼喊。

胸里燃烧了却不能起床，
跳蚤、耗子、在他的身上粘着；
你爱我吗？我爱你，他说。

八小时工作，挖成一颗空壳，
荡在尘网里，害怕把丝弄断，
蜘蛛嗅过了，知道没有用处。

他的安慰是求学时的朋友，
三月的花园怎么样盛开，
通信联起了一大片荒原。

那里看出了变形的枉然，
开始学习着在地上走步，
一切是无边的，无边的迟缓①

  这首诗歌从描写的表层结构上看，有卡夫卡小说《变形记》的痕迹，也有T. S. 艾略特的诗歌《荒原》的影响。"猪"怎么会梦见生出了翅膀？这个暗喻显然具有特别的意义。诗人用言说创造一种有悖于现实生活的幻象，其符号的表达意义不能按照既定的阅读经验来领悟。"猪"的本意是笨重、肮脏、欲望的象征；"翅膀"有理想、飞翔的内蕴，两者本来风马牛不相及，但在作品中"污泥里的猪梦见生了翅膀"。诗人通过奇妙的联想把两者联系在一起，构成了作品结构的艺术张力。"猪"不仅"梦见生了翅膀"，而且"从天降生的渴望着飞扬"，正是因为从降生开始就有飞扬的梦幻，所以梦醒以后只能面对不能够"飞扬"的现实，不得不"悲痛地呼喊"。《还原作用》里的"猪"当然不是现实生活中的家畜，而是一种隐喻，一种明知不可为而为之的理念。第二节表达的是一种异化的现

---

① 穆旦：《探险队》，昆明崇文印书馆1945年版。

实,一种精神的意念在"胸里燃烧",似乎很无助,所以"不能起床",然而"跳蚤、耗子"却不管不顾,在"他的身上粘着"不动,使他的肉身难以摆脱。"跳蚤、耗子"与第一节的"猪"一样都是一种意念化的隐喻,都是变形的意象叙事。由于焦虑,试图用情人式的问答来解脱精神上的恐惧,所以才有了"你爱我吗?我爱你,他说",用这样苍白无力的问答,来消解"污泥里"不能飞翔而又渴望飞扬的悲哀的梦想。第三节是对现实世界的反思与追问。"八小时工作"这是现代人制度化的生活节奏的标识,但是这样的工作方式却"挖成一颗空壳"。"空壳"是暗示这种节奏化的工作毫无意义,并且很荒谬。"荡在尘网里"的"尘网"是"八小时工作"的一种场域,比喻复杂而空虚的大千世界。在这样的"尘网"里生活,必然要小心翼翼"害怕把丝弄断"。而且,生活在这种已经异化的"尘网"的社会里没有什么意义,连"蜘蛛嗅过了",根本就"没有用处"。第四节是对未曾异化的过去生活的记忆,从现实的异化的梦想回到昔日校园的单纯。"他的安慰是求学时的朋友",显然,昔日同学的来信勾起了"他"的美好回忆。"三月的花园怎么样盛开"是过去校园的美好岁月的浪漫联想。但是异化了的现实生活是无情而残酷的,同学的通信只不过把当年校园的纯情与现在内心的"一大片荒原"连在一起而已。第五节否定"八小时工作"会给人带来希望,证明异化的"尘网"是"变形的枉然",所以,还是还原人的动物性,"开始学习着在地上走步",尽管这种"走步"的人生是无用的"无边的迟缓",是漫长的艰苦跋涉,但只要冲出这异化的"尘网",再痛苦也要坚持。穆旦的《还原作用》通过一种深沉而圆融的语言,把现实与理想联结在一起,创作了紧张而焦虑的另一种世界,将互为分裂的生活片断组合在一起,使繁乱纷扰的"尘网"生活构成了一个综合意象,充分彰显现代诗歌语言的凝聚性。

著名学者、诗歌评论家谢冕先生在《诗人的创造》一书中这样说道:"诗好比是一面聚焦的镜子。它的形象要求把生活中的五彩缤纷的光线集中起来,凝聚地再现它。诗并不要求全面,但要求传神。生活是丰富的,有色彩,有芳香,有音响,有形态,诗也许只突出其中的一点。"[①] 诗人所面对的生活是广阔无垠、复杂多变的,"凝聚地再现"生活,不仅是有

[①] 谢冕:《诗人的创造》,生活·读书·新知三联书店1979年版,第112页。

选择地表现客观生活中的物象，还包含了对客观物体的属性和本质的审美把握。谢先生主张文学作品要像一面镜子，对生活要作凝聚处理，就是要求诗人在观察生活时，一定要紧扣外在物象最具表现力的特征，并以诗歌语言为契机，将生活中的散乱现象凝聚于诗歌的艺术结构之中。西方结构主义学者认为："诗歌语言一般不会是散漫的，它即使在分析时被分解成一个一个的片断，也肯定不会失去自己的连贯性。"[①] 诗歌中的语言有时是为解释主题服务的，由于诗歌主题的多义性，语言确实会被分解为许多零散的片断，但由于诗歌审美结构自身的凝聚性特点，即便是语言呈零散状态，也必然出现一定规则的连贯性。当然，诗歌的凝聚性和诗人的审美观念、审美理想和审美判断力是分不开的。面对复杂多变的大千世界，要表现什么，如何表现，诗人都有自己的独立选择。但有一点，诗歌要具备振奋人心的力量，诗人就必须到广阔的现实生活中寻找闪光的东西，通过语言艺术的凝聚处理，使描写对象变为抒情主体，将自我抒情贯注客体，使之上升为诗的艺术光点。

诗人再现世界的方法是多种多样的，诗人在托物言志的过程中，常常会把描写对象当成自我抒情主人公。诗歌并不像摄影那样真实反映事物的本来面貌，而是要借助物象来表达自己的情思，寄托自己的美学理想。因此激情的发挥过程往往就是诗歌的艺术凝聚过程，在这个过程中，诗人的世界观、人生观、审美观都得到了充分的展示。陈敬容的《群像》就是一首语言凝聚性较强的诗歌，作品虽然很短，却具备了诗歌结构的凝聚艺术力度。诗人写道：

河流，一条条
纵横在地面
街巷，一道道
交错连绵

没有一株草

[①] [英] 约翰·斯特罗克编：《结构主义以来》，渠东、李康、李猛译，辽宁教育出版社1998年版，第73页。

　　　　敢自夸孤独
　　　　没有一个单音
　　　　成一句语言

　　　　手臂和手臂
　　　　在夜里边接
　　　　一双双眼睛
　　　　望着明天①

　　诗人在平静的叙述中将几个不同的、零乱的意象凝聚于诗歌的言说中，虽然诗行与诗行之间的跨度很大，但由于是这几个共同的意象串在一起表现同一主题，特别是通过诗歌的张力结构来唤起联想的空间，因此，诗歌的凝聚点十分明朗。诗人没有对作品的主题作任何交代，而是用几组奇特的意象来暗示，这样一来，被表现的对象就有了一种沉静的美感。作品的第一节是两个普通的意象，纵横的河流与"交错连绵"的街巷。河流与街巷并没有内在联系，但诗人巧妙地通过"纵横"与"交错"将二者契合在一起，组成一幅朴实的画面。第二节用小草不"敢自夸孤独"，一个独立的单音不能"成一句语言"的平实的哲理，进一步表现诗歌的主旨。第三节是作品主题的升华，只要无数双"手臂和手臂"在黑暗现实中连接在一起，并肩前行，"一双双眼睛"就可以"望着明天"理想的实现。在这首诗歌中，"河流""街道""草""单音""手臂""眼睛"的意义截然不同，并没有内在的逻辑联系，但是通过诗人审美情感的想象，这几组看似没有共通性的意象，构成了一幅耐人寻味的"群像"。

　　奇异的想象是诗歌富有生命力的因素之一，但奇思异想不是漫无天际的乱想，而是根据所表现的物象做出的思考。诗歌创作的叙述性，在反映客体的方法上基本是相同的。诗歌的光芒将生活中的事物呈现给我们的时候，就是诗人激情的火花在显示审美情感的时候。如果诗人的激情能够震撼读者的整个身心，实现作者与阅读者灵魂的互相共鸣，这就说明诗人的想象性创造是成功的。激情是诗歌创作中不可缺少的元素，但是激情必须

───────────────
　　① 辛笛、陈敬容等：《九叶集》，作家出版社 2000 年版，第 44 页。

与想象沟通，所表现的事物才会发出闪光的火焰。这个沟通的过程，是作品显示凝聚艺术的关键一步。诗人表现某一个事物或某一种情节时都要通过言语的凝聚，将情感和想象沟通，作品才会收到出人意料的艺术效果。诗人把自己的情感寄托于外在物象，把描写和抒情完美地融合在一起，摆脱具象的直面描写，使作品中的想象更具有深刻的寓意，结构意象更加缜密，结构框架始终都没有脱离代表诗人审美目标的宏大意境。

诗歌创作要有语言的凝聚艺术，只有诗歌语言具有弹性的力度，作品中诗意的光辉与诗人的审美理想才能紧密相连。诗歌创作必须以现实生活为反映对象，诗歌解析的客体也必须具有生活的真实性。但生活毕竟不是诗，对生活，诗人的审美情感应该是一面"集聚物象的镜子"，用燃烧的感情去汇聚生活之光，凝聚生活的结晶，这样，诗歌才能达到雨果所说的"把光彩变为光明"① 的艺术境界。

---

① ［法］雨果：《〈克伦威尔〉序》，柳鸣九译，转引自伍蠡甫、胡经之主编《西方文艺理论名著选编》中卷，北京大学出版社1986年版，第139页。

第 十 五 章

诗歌结构的情绪化源头

　　诗歌结构的审美形态与诗人的情感有着天然的联系,当诗人的各种感官对外在物象释放的信息甄别过滤时,灵感的作用就显现出来了。灵感不完全是直觉,而是生活积累的显现,是诗人干预生活的一种情感反应。在审美情感的引导下,诗人对客观存在的外在物象进行审美表达,并用语言创造一种诗意的生活现象,于是,一首诗歌就客观地展示在阅读者的面前。从这个意义上说,灵感的产生是诗歌结构的源头。

一

　　柏拉图认为诗歌创作中存在着由神依附而来的"迷狂",因此,诗人是神的代言人。他说:"若是没有这种神的迷狂,无论谁去敲诗歌的门,他和他的作品都永远站在世界的门外,尽管他妄想单凭诗的艺术就可以成为一个诗人。"[①] 我们当然不会相信审美的诗是按神的昭示而创造出来的,诗人也绝不会是神的代言人。但是,在诗歌创作中却又有柏拉图所言的"神的迷狂"出现,但那不是神的力量,而是灵感的爆发,是诗人主观情绪的审美表达。柏拉图的"迷狂"说在中国古代诗歌理论中同样存在,如《毛诗序》所云:"在心为志,发言为诗。情动于中而形于言。言之不足,故嗟叹之;嗟叹之不足,故永歌之;永歌之不足,不知手之舞之,足

---

① [古希腊]柏拉图:《文艺对话集》,朱光潜译,人民文学出版社1979年版,第118页。

之蹈之也。"① 诗人在表现自己的情感时，已经忘记了客观存在，自己和所表达的对象融合为一体，不自觉地"手之舞之，足之蹈之"，这种忘情境界也就是柏拉图所言的"迷狂"。只不过中国古代的文论家对这种忘乎所以的创作心态，并不认为是冥冥之中神的作用，而仅仅是看作诗人心志合一的结果。诗歌的产生，是诗人有感于外在物象而出现的一种审美意识。从这个层面上说，灵感也是来源于生活。灵感的产生固然有诗人的主观因素，但灵感产生的基础是生活现实。因为诗歌是通过外在物象移入诗人的头脑，再经过诗人主观审美改造而成的。诗歌既然是审美观念的产物，就必然是某种存在物的集中反映。诗歌固然是感情的萌发之后产生的，但诗人的感情不可能无缘无故地产生，或悲愤，或激越，或忧虑，或欢欣……总是因现实生活而缘起，所谓"人心之动，物使之然也"② 就是这个道理。"物"便是现实生活中运动着的物质材料。诗人内心活动受到外在物象的影响，必然产生一种内在的情绪，通过审美的文字表达出来，再经过结构的艺术组合，就成为可以代替诗人心志的诗歌作品。

柏拉图用"迷狂"来形容诗人激动中的情境，当然是有一定道理的，没有这种"迷狂"，就不会产生诗歌中神奇的想象。诗人在创造优秀诗歌作品的过程中，那种癫狂的心态是不可缺少的，但这种癫狂终究是生活现实诗意化的结果。只不过诗人感受和体验生活与普通人是不一样的，诗人是戴着主观思想的有色眼镜去透视生活，遇物触景，诗情自然而兴。在普通人看来是平常的东西，在诗人看来却非同寻常。诗人是把外在物象的材料加工之后再来影响读者，而加工的过程就是灵感诗化的内在秩序。凡动人的美好诗篇，都必须是灵感抒情化的艺术创造，而绝非神的代言人。

诗人写诗，总是在情感激动的时候提笔，没有浓烈的激动情绪，难以产生诗歌的想象。这种情绪的高涨，就是柏拉图所言的"迷狂"，也就是我们常说的灵感。灵感是经验的产物，是生活的折射。没有超越生活的灵感，也没有脱离现实的想象。歌德曾经说过："我的全部诗都是应景即兴

---

① 《毛诗序》，转引自郭绍虞主编《中国历代文论选》第1册，上海古籍出版社2001年版，第63页。

② 《乐记》，转引自郭绍虞主编《中国历代文论选》第1册，上海古籍出版社2001年版，第61页。

的诗,来自现实生活,从现实生活中获得坚实的基础",他甚至认为"现实比我的天才更富于天才"。① 歌德是一个杰出的天才诗人,但他却始终认为现实生活才是诗人创作诗歌的基础,现实才是天才的大师,一切虚构的创造,都必须首先源于生活。当然,一个饱经风霜的人不一定就是一个诗人,但一个成功的诗人肯定是一个具有丰富多彩生活经验的人。优秀的诗歌之所以具有生活的厚重感,当然与诗人高超的技巧有关,但是,诗人的人生阅历也起着一定的作用。一个优秀的诗人对生活的体验较一般人来说,更复杂,更深刻,因为他是生活的再现者,是美的代言人。里尔克是一个生活的有心人,他的作品就是灵感和现实结合的典范。如他的《民谣》:

> 波希米亚的民谣
> 多么令我感动,
> 它悄悄钻进了心头,
> 叫人感到沉重。
>
> 一个孩子为土豆拔草
> 一面拔一面轻轻唱,
> 到了深夜的梦里
> 他的歌还在为你唱
>
> 你可能出了远门
> 离开了国境,
> 多少年后它还一再
> 回响到你的心里②

这是一首来源于生活的诗歌,更是灵感受现实生活驱动而完成的优秀

---

① [德] 歌德:《歌德谈话录》,朱光潜译,转引自伍蠡甫、胡经之主编《西方文艺理论名作选编》上卷,北京大学出版社1986年版,第432页。
② [奥地利] 里尔克:《里尔克诗选》,绿原译,人民文学出版社1996年版,第25页。

作品。"波希米亚"在捷克和斯洛伐克西部地区,离诗人的故居布拉格很近,也是诗人在许多作品中经常提到的地名。诗中的细节虽然有想象的成分,但都是来源于生活的合理想象,是生活经验的直接现实。"波希米亚的民谣"不仅让诗人感动,而且"悄悄钻进了心头"。感动就是灵感在诗人主观心灵的折射,"钻进了心头"则是厚重生活经验的真实反应。正是由于民谣浸入诗人的灵魂深处,所以才有"叫人感到沉重"的刻骨铭心的感受。诗歌的第二节再次证明了离开生活,内心再怎么"狂迷",灵感也只能是无源之水、无本之木。"一个孩子为土豆拔草/一面拔一面轻轻唱",这是诗歌灵感的场域,既是孩子天真活泼的写真,同时也有诗人因为孩子小小年纪就在地里干农活的隐隐的伤感。所以即使"到了深夜的梦里",孩子白天"为土豆拔草"时的歌声仍然萦绕在大脑,不停地"还在为你唱"。第三节是对"波希米亚的民谣"的遥远记忆。许多年后"你可能出了远门",甚至于"离开了国境",但是,无论你离开多久,也无论你去了哪个国家,"波希米亚的民谣"都永远"回响到你的心里",都在你的灵魂深处生根发芽。

如果不是对"波希米亚的民谣"有着深厚的感情,里尔克断然写不出《民谣》这样具有审美穿透力而又如此刻骨铭心的作品。由于诗人从小就生活在"民谣"的氛围之中,"波希米亚的民谣"的声音、节奏、韵律在诗人的内心深处是与生俱来的,并与诗人的生命熔为一炉,而且成为诗人生命中永恒的组成部分,正因如此,才有了动人心魄的《民谣》。

诗歌创作的成功有时并不完全依靠法则和技巧,而要靠诗人的内心感受和情绪的敏感程度,而且这种情绪的敏感不能是割断与现实生活联系的虚幻体验。要让所表达的外在物象走进诗人的灵魂深处,将有社会价值的东西用诗性的智慧创造出来。这样的创作方法,对诗歌的创作大有裨益,因为体验表达对象的目的是让灵感与生活接轨。只要诗人充满了对生活的热爱与向往,做生活的有心人,把自己的生命融入客观外在物象,将自我灵魂深处的审美物象作为诗歌创作的场景,那么作品中的生活就不会是虚拟的自然,而是诗人内心世界的生命现实。如台湾著名诗人余光中那首家喻户晓的《乡愁》:

小时候

乡愁是一枚小小的邮票
我在这头
母亲在那头

长大后
乡愁是一张窄窄的船票
我在这头
新娘在那头

后来呵
乡愁是一方矮矮的坟墓
我在外头
母亲呵在里头

而现在
乡愁是一湾浅浅的海峡
我在这头
大陆在那头①

诗歌艺术的独特之处就是先有灵感而后有诗,由于灵感是来源于现实生活,所以诗歌的主旨是理想与现实的高度和谐。《乡愁》显然是一首来源于生活的优秀力作,作品不仅表达了一种深深的"乡愁"情怀,而且曲调感人,韵律动听,是一首典型的源于生活又高于生活的有较高审美厚度的力作。

诗歌的第一节是以倒叙的记忆来完成,力求达到以个人经验的感受来带动阅读者的审美创造。"小时候"的乡愁以"一枚小小的邮票"来比喻,而乡愁的源头是中国传统的母子之爱。母亲和儿子隔岸相望,所有的情感系于一张邮票,情之深、意之切,可想而知。第二节是按照年龄的增长而叙述。"长大后"乡愁的象征成为"一张窄窄的船票",而乡愁由母

---

① 余光中:《白玉苦瓜》,(台湾)大地出版社1974年版。

子之爱衍生出夫妻之爱。因为各种社会原因,新婚的夫妻不得不分别,而且一别就各自住在海峡两岸,长久不曾相见。第三节是抒写成年之后的伤感情怀。"后来呵"因为母亲逝世了,乡愁成为"一方矮矮的坟墓","我"还在人世,母亲却怀着深深的爱子之情而又不能相见的遗恨辞世了。"我在外头/母亲呵在里头",读之感人肺腑,不禁潸然泪下。诗歌的最后一节由个人之"乡愁"上升到家国情怀。"而现在"乡愁变成了"一湾浅浅的海峡","我"与祖国隔海相望,人虽然在台湾,心却向往大陆。这首诗歌由"小时候""长大后""后来呵""而现在"四个时空,对应"邮票""船票""坟墓""海峡"四个意象,两者通过语言的审美组合,构成了内含丰厚而优美的结构形态。西方的结构主义学者认为:"时间和空间的世界其实是一个连续的系统,没有固定的不可改变的疆界,每一种语言都按照自己特有的结构来划分和译解时空世界。"① 余光中的《乡愁》将时间和空间(大陆与台湾)结合起来,表达了一种特殊的具有普遍性的人类情感。诗歌中的"乡愁"既是诗人自我人生漫长历程的总结,又是民族情感的高度概括,因此作品赢得了广大读者的喜爱。

　　灵感的爆发有很大的偶然性,但是灵感的成熟却是生活的必然结果。一个没有丰富生活感受的诗人,一个不注意贮存生活信息的诗人,灵感怎么可能到来,灵感的触发是长期积累,偶然得之。有时候灵感是一种心理的审美状况,是诗人的大脑对外在物象的信息接收后产生的直觉,是诗人对所熟悉的生活事件形成的一种生活幻象。所以,说到底灵感的形成看似瞬间过程,其实是经过漫长的生活积累之后而获得的。当然,不是有生活经验的人就会获得灵感,其中有一个印象接受的美学问题,它与个人的文化积淀、诗学修养有着一定的关联。灵感的突袭性与诗人的心灵接受有直接的关系,当诗人贮藏了大量的生活信息,亟须表现某种生活理想时,诗人便开启生活的仓库,调动平时的生活积累,活跃的诗歌思维便促成了灵感的爆发,如此,诗歌创作便一挥而就。

---

① [英]特伦斯·霍克斯:《结构主义符号学》,上海译文出版社1987年版,第23页。

二

　　西方学者认为，灵感与梦想、梦幻有着内在的联系，这和中国的一句俗语"日有所思夜有所梦"异曲同工。梦的前提条件是"思"，虽然"思"带有很强的主观色彩，但它依然和生活密切相关，这就是很多诗歌作品中为什么总是有诗人自己影子的原因。诗人总是把自我形象写进自己的作品，这是因为诗人如果离开了自己的所思、所感，很难把诗歌中所表现的生活写得丰富感人。诗歌之所以能动人以情，是因为诗人抒发的情感能够引起读者的共鸣。诗人以自己独特的体验方式深入生活的内部，把握现实生活的真谛，因而写出的诗总是与众不同。有了生活丰厚的赐予，诗人的灵感才会闪现出智慧的火花。

　　诗人在创作过程中，有时会处于一种情绪的亢奋状态，这就是灵感到来时的冲动。此时，诗人以心理情绪组织材料，以事关个人自我的人生历程构筑诗歌的结构，因此，诗歌创作不能刻意追求灵感，而要做到不求灵感而灵感骤然而至。这种说法似乎给灵感增加了一层神秘的面纱，但根据许多著名诗人的创作经验，灵感有时的确是不可预期的，它往往不期而至，带有很强的偶发性。雪莱在《为诗辩护》中描述灵感对创作的作用时说："在创作时，人们的心境宛如一团行将熄灭的炭火，有些不可见的势力，像变化无常的风，煽起一瞬间的光焰；这种势力是内发的，有如花朵的颜色随着花开花谢而逐渐褪落，逐渐变化，并且我们天赋的感觉也不能预测它的来去。"① 雪莱认为，灵感是无法预测的，如同"变化无常的风"，时刻都会煽起诗人的情感火焰。灵感的力量如此之大，那灵感又来源何处，灵感诞生于诗人丰富的生活阅历，爆发于情感激奋之际。点燃灵感的往往是一点偶然的星火，灵感一旦被点燃，诗人便摆脱创作的困境，进入诗情如泉涌的奇观境地，正如陆机所说的"来不可遏，去不可止"②。

---

　　① ［英］雪莱：《为诗辩护》，缪灵珠译，转引自伍蠡甫、胡经之主编《西方文艺理论名著选编》中卷，北京大学出版社1986年版，第79页。

　　② 陆机：《文赋》，转引自郭绍虞主编《中国历代文论选》第1册，上海古籍出版社2001年版，第174页。

诗人的灵感来临时，长期积累的生活经验被调动起来，进入柏拉图所说的"迷狂"状态。

由于灵感具有爆发性和偶然性，因而灵感什么时候到来是难以预料的。但是，只要诗人坚持不懈地体验生活、积累生活、感受生活、理解生活，灵感随时都会光临。灵感深植于生活之中，并受诗人个人生活经验的影响，诗人的灵感顿悟是建立在勤于积累的基础上。如同西方结构主义学者所说："我们的思想，我们的生活，我们的生存方式，直到我们的日常行为的细节，都是同一个组织结构的重要组成部分。"[1] 诗人的思想、生活、生存方式、日常行为，都是灵感产生的源泉，更是诗人情感表达的重要组成部分。由于诗人是情感的创造者，其思维是情绪型的，想象是富有创造力的，当诗人用诗歌率真地直陈自己的思想时，灵感便成为作品审美结构的源流，诗人的思绪情感在语言的审美作用下转化为具体的艺术形式。只有优秀的诗人才会心迷沉醉于生活的再创造，也只有具备美好的情感心境，才会为灵感的创造提供良好的契机。即便是追求内心真实的现代派诗人，他们的情感表述也同样受到现存物象的启示，刺穿诗人灵感的剑依然是特定的生活场域。如戴望舒的《深闭的园子》：

> 五月的园子
> 已花繁叶满了，
> 浓荫里却静无鸟喧。
> 小径已铺满苔藓
> 而篱门的锁已锈了——
> 主人却在迢遥的太阳下。
> 在迢遥的太阳下
> 也有璀灿的园林吗？
> 陌生人在篱边探首
> 空想天外的主人。[2]

---

[1] ［比］J. M. 布洛克曼：《结构主义：莫斯科——布拉格——巴黎》，李幼蒸译，中国人民大学出版社2003年版，第69页。

[2] 戴望舒：《深闭的园子》，《现代》1932年11月第2卷第1期。

戴望舒是20世纪30年代现代派诗人的集大成者，他的诗歌主要通过暗喻、隐喻等艺术技巧来表达情感，追求诗歌结构的整体象征性。《深闭的园子》一共有三个层次，每一个层次的意义都不相同。诗人首先用写实的语言描述了一个虚幻而又寂静的场面，初夏时节，"五月的园子"里面"已花繁叶满了"，但这是一个"深闭"的园子——没有人居住，甚至枝繁叶茂的浓荫里"静无鸟喧"。园子的周边是"花繁叶满"，自然的生命力蓬勃生发，园内却是"静无鸟喧"的一派荒凉景象。诗人以自己独特的方式体验了一种虚拟的存在方式：一个长满树叶鲜花的园子，却没有一点生活的气息。接下来对园子的叙写更是荒诞，因为久无人居住，园子里"小径已铺满苔藓"，甚至"篱门的锁已锈了"，园子的主人到哪里去了，原来"在迢遥的太阳下"。很显然，诗歌中的"园子"是一个被长久废弃的场所，至于为何要废弃，诗人没有交代，只用了一句"主人却在迢遥的太阳下"来暗示。"太阳下"是光明、温暖、真理的象征，因此，这首诗的主旨内涵也可以理解为抛弃空虚的黑暗，向往真实的光明。然而，园子的主人已经"在迢遥的太阳下"生活，诗人却又发出了太阳下"也有璀灿的园林吗"的疑问，这样的追问是对理想生活的一种怀疑，所以，当陌生人在废弃的园子的"篱边探首"时，他不可能想到"天外的主人"已经在探寻别种人生。美国学者苏珊·格朗认为："把诗歌当作一种表述，而不是当作被创造出来的表象，即虚幻事件的构造。"[1]《深闭的园子》就是一种"虚幻事件"的诗意表述，而维持这种表述的是诗人面对复杂多变的社会现实而又不知所措的苦闷和空虚，故而才要去寻求异域的"太阳下"的生活。这首诗歌的灵感当然是来自诗人对20世纪30年代中国现实社会的一种感悟，表面上看，作品的叙事似乎不具有情感价值，但是当阅读者深入诗歌审美结构的细节时，便被诗人以场面描写所展开的生活幻象所震惊，虚拟的"花繁叶满"却又"静无鸟喧"的"五月的园子"，不就是传统中国文化的象征吗？而"迢遥的太阳下"则是海外现代文明的隐喻。作为现代派诗人的代表，《深闭的园子》理应是诗人学习西文现代派诗歌美学原则的一种隐约表述。

---

[1] [美]苏珊·格朗：《情感与形式》，刘大基、傅志强、周发祥译，中国社会科学出版社1986年版，第263页。

第十五章 诗歌结构的情绪化源头

诗歌在人类渊博的文化长河中，曾经一次又一次地被定义，又一次次地被推翻。诗歌在所有字典中被精细地分门别类，甚至成为某种理念的工具。然而，无论人类的历史文化怎么演进，诗歌都永远不会失去内在的梦幻情结。梦幻使诗神圣化，梦幻使诗人扮演了一个世界化的美丽角色，因为梦是奇异的，是一种冒险的假设。唯物主义认为，意识是物质的反映，这个论断当然有一定的合理性。但不能否定的是，人是万物中最富于创造力的高等级动物，而诗人又是人类群体中最善于幻想的人。人格化的幻想使诗歌的艺术高于生活，引导生活，并以虚拟的生活场所引起读者的共鸣，将美的感受传达给读者。

按现代派诗人的观念，梦想和记忆都是主观的思维形式，是诗人灵魂冒险的生活写照，只不过梦想是潜意识的，记忆则是自主意识的结果。不管是潜意识，还是自主意识，都与诗歌创作有一定的联系。因为诗人创作诗歌的目的就是给大千世界以审美的幻想色彩。只要诗人不停止思考，诗人的语言就会对外在物象进行审美的再创造，因此，优秀的诗歌就如同自然景观一样，没有刻意的穿凿痕迹。当然，从梦幻的语言转入诗的语言，还存在一个语法的规范问题，因为梦幻有时是混乱不堪的。优秀的诗人都有一种天生的梦幻情结，现实生活中的一朵花、一棵树、一条河、一朵白云……都会激起诗人浪漫的梦幻色彩，诗人总是生活在梦幻的现实中。当诗人由梦幻进入思想时，他笔下的事物就不是客观存在的形态，而是主客观相互融会的一个复合体。这个复合体是诗人的审美语言对外在物象的创造，是情景交融的结构形态。纯粹的主观思维和纯粹的外在物象都不可能达到诗歌艺术的最高境界，只有主观幻想与客观物象结合成一个完整的审美结构系统，诗歌的内涵才会博大，诗歌的语言才具有洞彻事理的艺术力度，诗的主旨内蕴才旷达宽厚。如李少君的《南山吟》：

> 我在一棵菩提树下打坐
> 看见山、看见天、看见海
> 看见绿、看见白、看见蓝
> 全在一个大境界里
>
> 坐到寂静的深处，我抬头看对面

看见一朵白云，从天空缓缓降落
　　云影投在山头，一阵风来
　　又飘忽到了海面上
　　等我稍事默想，睁开眼睛
　　恍惚间又看见，白云从海面上冉冉升起
　　正飘向山顶

　　如此——循环往复，仿佛轮回的灵魂①

　　这首诗歌的幻象色彩较浓，特别是当诗人把写作对象神圣化时，作品中的外部物象就成为诗人心中的生活现实。当"我"微闭双眼、平心静气地"在一棵菩提树下打坐"时，作为外在物象的"山""天""海"便在"我"的意念中产生。诗歌中的"看见"实际上是一种主观的虚幻经验，因此，"绿的山""白的天""蓝的海"都"全在一个大境界里"。诗歌中的"大境界"就是诗人的内心世界，而作为描写的对象不是以生活中的形象而存在，而是诗人头脑中的幻象。作为表现主体的"我"，已经与思绪中的各种物象构成一个整体。诗歌的第二节是诗人的主观思维活动与客观景象的同构表象。当"我"长久地打坐，"坐到寂静的深处"时，轻轻"抬头看对面"，眼前的景象是"一朵白云，从天空缓缓降落"，云的影子笼罩在山头上，"一阵风来"，白云"又飘忽到了海面上"。接下来"我"又继续打坐，"等我稍事默想"，重新又"睁开眼睛"时，眼前的景象更是令人难忘，"恍惚间又看见"从山头飘向大海的白云，又"从海面上冉冉升起"，慢慢地"正飘向山顶"。白云从天空降临山头，从山头飘向大海，然后又从大海飘向山顶，这样"如此——循环往复"，是不是如同人的"轮回的灵魂"？《南山吟》是一首具有禅宗哲学思辨色彩的诗歌，作品中的物象都是假想的主观意念，包括白云"——循环往复"的现象，也是"我"打坐沉思时的一种主观幻象的结果。用灵魂体验大千世界，追求物我合一的境地，才是这首诗歌真正的意蕴。

　　灵感是诗歌结构的源头，但灵感与梦想、梦幻、记忆、回忆有区别也

---

① 李少君：《神降临的小站》，作家出版社2016年版，第48页。

有一定的联系。当诗歌的语言以一种幻想的色调表情达意时，诗人往往把瞬间自我感受的主观情绪寄托于外部事物，通过灵魂与自然的对话，产生一种很细腻，很真实的感觉体验，并通过语言的言说，保存在意象的诗歌审美结构里。梦想是一种潜在的生活，但却又是储藏诗人思维的仓库，一旦诗人的梦幻得以全部舒展，诗人的生活积储就会被充分调动起来，诗歌作品的情感便在语言的作用下立刻形成。语言的记忆功能是强大的，当诗人在梦幻中初次接受宇宙间的物象释放的信息时，语言便以开放的方式将物象转化成诗歌的具体形态。乔纳森·卡勒认为："语言是一个系统，在这个系统中一切都是相互关联的：即一切事物均与其他事物有着不可解脱的联带关系。"[1] 意思就是在语言审美系统中，语言的描述功能对所有外在事物都起作用，当词语和诗人的幻想情绪一同漫游，诗歌中的抒情主人公与所表达的对象都同时蒙上了一层神秘的幻觉色调时，语言的言说的幻想活动已进入梦幻的深层次，词语的组合变化及微妙的感觉色彩的相互配合，都对现实生活形成了一种诗意的表述。

三

从接受美学的层面讲，阅读也可以促使阅读者进入诗歌的梦幻境界，因为诗歌是能让人产生共鸣的艺术。只要读者深入到诗的底蕴，感受到诗人从内心深处吟诵出的诗句，阅读者的阅读就会进入幻想状态。具有幻想色彩的诗歌总是引人入胜的，如同催眠术一样支配着读者梦游，譬如李白的《梦游天姥吟离别》，读起来似乎不是李白在梦游而是读者在梦游。当然，梦想主义的诗歌要打动人，必须建立一个梦想的"中心形象"，所有诗歌的细节都必须为完成这一"中心形象"而服务。大凡优秀的抒情诗，诗中总是有一个诗人自我设计的抒情主人公形象，这是一种梦想化的心理活动。形象作为梦想的聚合体，使诗歌享有特殊的魅力。当然，艺术形象与美学理念虽然有相互排斥的时候，但是，当诗歌的结构艺术将两者放在一个对等的天平上表现时，形象又成为理念解释的工具，尤其是带有幻想

---

[1] ［美］乔纳森·卡勒：《结构主义诗学》，盛宁译，中国社会科学出版社1991年版，第36页。

色彩的诗，所表达的理念总是通过艺术形式来实现。

　　灵感的漫游会产生精神性的幻想作品，当幻象经过诗人的情感检验在诗歌中演化为艺术形象时，作者便通过审美的语言赋予这个"中心形象"以永恒的艺术生命力。作品的所有抒情语言都是围绕这个"中心形象"而出现，这个形象或许是历史现实中的真实形象，也有可能是艺术抽象的形象，既是理性的概念，又是浪漫的艺术。在诗人的笔下，生存的感受、历史的追溯、未来的向往都凝聚合成于这一"中心形象"，并通过这个形象把诗歌的审美意义进行可行性组合。在这样的诗歌作品中，个人的艺术梦幻无法超出生活经验的范畴，诗人只能在一种模糊的背景下用诗歌去叙述外在物象，并根据自己的经验和情绪来建立诗歌的话语秩序，充分调动幻想的潜力来构建幻象中虚拟的形象。从这个角度出发，阅读者必须聆听诗人的梦想，因为诗人都是孤独的，有时他们的行为甚至让人无法理解。只有在孤独的幻象中，诗人才会释放出激情的能量，并让幻象的激情体验未来。灵感的突发而至，常常迫使诗人以幻象体验生活，使描写对象理想化。完美的幻象总会使诗歌的审美结构艺术得以升华，诗人在作品中把超于人性，超于宇宙的哲学内涵发挥到极致。当然，诗歌不能局限于幻象的世界，但是，如果我们把诗歌艺术和诗人的梦想意识置于纯粹的辩证关系中，就可能会得出善于幻象者才是真正的诗人的结论，尽管这种结论有时候或许是荒谬的。但是很多抒情诗人都谈到过灵感和幻象与诗歌创作有着一定的关联。雪莱在《为诗辩护》中就说："诗灵之来，仿佛一种更神圣的本质渗透于我们的本质中。"① 在他看来，诗的灵感到来时，一种无影无踪的幻象就会渗透到诗人的情感之中，由此产生的心境便将所有被表达的物象聚合在一起，进行分解和表述。法国结构主义学者罗朗·巴尔特认为："分解最初的客体，那个受制于幻象活动的客体，为的是找出某些可动片断，它们的特殊关系会生发出某种意义。"② 当幻象的客体随着灵感而至，诗人的审美思维首先要找出幻象的物象中可以转化为诗歌作品的某

---

　　① [英]雪莱：《为诗辩护》，缪灵珠译，转引自伍蠡甫、胡经之主编《西方文艺理论名著选编》中卷，北京大学出版社1986年版，第79页。
　　② [法]罗朗·巴尔特：《结构主义活动》，盛宁译，转引自王逢振、盛宁、李自修编《最新西方文论选》，漓江出版社1991年版，第107页。

一片断，并让其生发出新的审美意义。因为"幻象是附加在客体上的知识"①，诗人通过语言进行拆解组合后，才能形成动态的诗歌结构艺术。如雪莱的《弥尔顿的精魂》：

> 我梦见一个精魂升起，弥尔顿的精魂，
> 　从常青的生活之树取下他神妙的琴；
> 经他弹拨，甜美的雷声滚滚，震撼了
> 　一切建立于人对人轻蔑的人间事物，
> 使血腥的王座、不洁的祭坛为之摇动，
> 而监狱和寨堡……②

《弥尔顿的精魂》是一首典型的梦想的思考型诗作，诗歌通过语言的幻象使英国资产阶级革命时期的伟大诗人弥尔顿复活。作品中有一种比较强烈的泛灵论精神，由于弥尔顿是宣传民主、自由、平等的诗人，因此雪莱以自己的思考方式，通过自我的试验去实现弥尔顿的诗歌理想。弥尔顿生活在17世纪，所以，雪莱只有通过想象去寻觅弥尔顿的审美主张，建立一个幻象的诗歌艺术结构。"我梦见一个精魂升起"，这个梦想的精魂就是幻象中的弥尔顿的灵魂。只见弥尔顿"从常青的生活之树取下他神妙的琴"，于是"甜美的雷声滚滚"，动摇了"一切建立于人对人轻蔑的人间事物"。诗歌中的"琴"是暗喻弥尔顿歌颂自由、斥责教会的十四行诗歌，这如"雷声滚滚"的诗歌"使血腥的王座、不洁的祭坛为之摇动"，而那些关押政治犯的"监狱"和专制者所居住的场所"寨堡"，也肯定在弥尔顿自由、平等的呐喊声中倒塌。《弥尔顿的精魂》中弥尔顿是一个纯粹而又充满幻想的审美形象，阅读者在接受诗人的感染时，虽然身处不同的虚幻的时间和空间，但在诗人激昂的诗歌情绪中领悟到了作品的审美精神，感受到诗人梦幻中的弥尔顿诗歌的力量。

---

① [法]罗朗·巴尔特：《结构主义活动》，盛宁译，转引自王逢振、盛宁、李自修编《最新西方文论选》，漓江出版社1991年版，第106页。
② [英]雪莱：《弥尔顿的精魂》，引自《雪莱抒情诗抄》，江枫译，四川人民出版社2009年版，第127页。

形而上学的哲学家是反对梦幻的诗学的，在他们看来，梦仅仅是一种思维，而且是远离现实而又无法兑现的思维。但是，诗人却相反，诗人把梦幻中的情结与生活中的悲剧、喜剧等同起来，看作生活的同一范畴。有的诗人甚至把梦想看成是实现生活理想的一种职能，把梦想看成是人性的本能活动。诗歌应该使梦想得到理想化的合理体现，而不应把梦想看作现实的逃避。因为梦想能够激发诗人的热情，赋予诗人创作的艺术动力，所以诗人在创作中常常将自己的梦想移植到现实的真实生活，使现实生活更充满诗意。在诗人孤独的梦想情感中，活跃着一种非现实功能的艺术因素，这些因素使诗人梦想中的生活在原初的生活现实中找到正确的位置。尽管现实和理想有时候是脱离的，但理想和梦幻却有心灵的契约，并且能创造出一种单纯属于诗人的生存空间。

根据接受美学的原则，阅读者不能沿着一条现成的思路去对一首诗歌进行梦想的解释，但可以在诗人的叙述中找到梦幻的风景点。当读者对这个风景点进行透视时，就能找到某些梦幻的痕迹。阅读者所要考虑的是诗歌中的外在物象是否在现实生活中存在，如果作为客体的物象符号与现实生活有本质的关联，那么诗人幻象生活的空间就不是痴人说梦。诗歌中的物象是诗人灵感的梦幻之源，是属个人心灵和梦幻中的自然，而不是现实生活中的物体。所以，当读者冒昧闯入诗人的梦幻领域时，就不难发现诗人精心营造的属于自我灵魂的物象，实际上就是用理想的激情去构筑另一个生活的世界。如冯至的《十四行集》之第二十首《有多少面容，有多少语声》，就是以"梦"来建构诗歌结构的力作。诗人写道：

　　有多少面容，有多少语声
　　在我们梦里是这般真切，
　　不管是亲密的还是陌生：
　　是我自己的生命的分裂，

　　可是融合了许多的生命，
　　在融合后开了花，结了果？
　　谁能把自己的生命把定
　　对着这茫茫如水的夜色。

谁能让他的语声和面容
只在些亲密的梦里萦回?
我们不知已经有多少回

被映在一个辽远的天空,
给船夫或沙漠里的行人
添了些新鲜的梦的养分。①

  梦想是没有杂质的纯粹思维,诗人都愿意回到单纯的梦想中去,回到使人类纯洁的梦幻世界,因为人在梦想中是至高无上的。冯至先生的这首诗歌以"梦"为诗歌结构的承接方式,展开了诗人关于人类生命的思考。作品首句用"有多少面容,有多少语声"来比喻熟悉或不熟悉的芸芸众生,无论你是否遇见过他们,这些人"在我们梦里是这般真切",都与我们的生命发生某种联系,因为"不管是亲密的还是陌生"的,这些人都"是我自己的生命的分裂"。诗人从生命哲学的高度告诉读者,每一个人的生命里都有他人的基因,人与人的生命是互相联系的,你中有我,我中有你,都是"自己的生命的分裂",因此每一个生命都不是孤独无依。当然,这样的思考是根源于"梦里"认知,所以在第二节诗人开始进一步思索,这些"融合了许多的生命"的个体,"在融合后开了花,结了果"吗?"梦里"的这许多认识不认识的生命既然是"我"的生命的分裂,那么"自我"与"他人"融合以后,是否还能"把自己的生命把定",尤其是面"对着这茫茫如水的夜色"。第三节是对第一节的回应,没有人能够"让他的语声和面容"独立存在,所有人都"只在些亲密的梦里萦回",因为我们的生命"不知已经有多少回"互相分裂又互相融合。面对茫茫如水的黑夜,个体与人类之间是相互关联的,即使恶劣的外部环境也不能阻断人与人之间的交流。作品的最后一节用两个真实的意象"船夫"和"沙漠里的行人"来象征每一个个体的生命,不管他从事什么职业,都"被映在一个辽远的天空",在这个天穹之下,你的一切行动实际上也

---

① 冯至:《十四行集》,解放军文艺出版社2000年版,第20页。

是为他人"添了些新鲜的梦的养分"。人与人之间在现实生活中可能是疏远而陌生的，但是在梦幻中却可以亲密交流，既可以接受他人的激励，也可以给予别人关怀，这就是诗人所要表达的生命哲理。

当灵感莅临时，诗人回到梦幻中去寻找理想的化身。从作品的审美结构层面分析，诗人所采用的这一手法很是奏效。诗歌中提出一些令哲学家无法穷尽的人生谜语，诸如："我是谁？""为什么我们只在梦幻中才'这般真切'？""我自己的生命为什么分裂出许多生命？""分裂了又为什么要融合？"这种人生的多重悖论，实际上是深层次的梦幻的投射。当诗人将自己和人类的生命作为描述对象并将其理想化时，呈现在阅读者面前的是一种人类生命的"语声和面容"幻化的美，一种相依相存的生命情结。诗人试图以"梦幻"来证明个体与人类的共同存在，提出了每一个生命的个体，并不是孤独地面对周围环境的哲学命题，而这个命题就是来自作品完备的叙述结构。

现代抒情诗能够摆脱神学、政治、历史的束缚，甚至能够摆脱意识形态的干扰，但却无法摆脱梦幻的理念色彩。确切地说，现代诗歌之所以能够将生气勃勃的外在物象移植到理想化的生活中，就是诗人永远保留着纯真的梦幻心理。尽管阅读者在阅读这些具有幻象生活片断的诗歌时，或许会沉浸在乌托邦式的想象中，但由于梦幻已经成为诗人生命的有机组成部分。因此，作为阅读者，同样可以通过美好的梦幻来完成作品的阅读性再创造。

后　　记

《诗歌结构学》前后写了五年，但学术准备的时间却用了三十年。

20世纪80年代初，我在大学校园时，还没有接触到结构主义方面的文本，阅读得更多的是黑格尔、康德、弗洛伊德、萨特、海德格尔，以及西方学者撰写的美学和比较文学的专著。当然，中国先贤们的大著《文心雕龙》《诗品》《随园诗话》《沧浪诗话》也是属于阅读的范畴。我一直想买一本《六一诗话》，遗憾的是至今也不曾相遇。

大学四年，我比较热衷于文学理论书籍的阅读，大学一年级下学期就买了若干本人民文学出版社出版的外国名家"论文学"的书，三十五年来，搬了好几次家，至今书架上还保存有高尔基《论文学》、梅林《论文学》、阿·托尔斯泰《论文学》、卢那察尔斯基《论文学》。由于对理论的无比热爱，逛书店的时候，凡古今中外名家的文学理论方面的著作均在采购之列。

我有一个习惯，认为花钱买来的书无论如何是要读完的，不读似乎对不起贫穷而又爱买书的自己，何况我自认为就是一个酷爱阅读的人。

买了书后，我总爱在书的扉页上题写"某年某月某日于某地"之类的字，有点"到此一游"之嫌。这个"陋习"保留至今，也不知好还是不好。

大学毕业后，我被分配到滇东北的云南省昭通师专，这个地方虽然偏远，却是个读书的好地方，特别是周围的朋友们也都是阅读的热爱者。

现在该说到结构主义了。

1989年5月1日，我到昭通的新华书店淘书，无意间看到一本特伦斯·霍克斯著的《结构主义和符号学》，回家后用了两天半的时间就读完了。这本12万字的著作，实际上是一本结构主义和符号学的普及读物，但当我如饥似渴而又不求甚解地读完后,书中的很多精湛之论还是让我欣然忘食。或许受之影响吧,此后,凡是有关结构主义的书我都愿意买,也乐于读。2012 年 1 月,我在昆明的清华书屋相遇结构主义大师克洛德·列维-斯特劳斯的大作《结构人类学》,用了两周的时间认真学习,深有体悟,受《结构人类学》的启迪,就有了写一本关于结构主义诗歌著作的打算。为了付诸行动,又把多年来购买的有关结构主义方面的著作全部找出来,又系统地温习了一遍,陆陆续续就有了这些文字。

广义上的结构主义来源于瑞士语言学家费尔迪南·德·索绪尔于 1916 年出版的那本世界名著《普通语言学教程》,受其影响,又有了俄国形式主义和捷克布拉格学派两个结构主义的重要流派。结构主义的高峰是以 20 世纪 50—60 年代法国学派的崛起为代表,其崛起的标志是出现了克洛德·列维-斯特劳斯和罗朗·巴尔特两位大师。结构主义派别林立,观念繁多,但正如瑞士学者皮亚杰在《结构主义》一书中总结的三个特点:整体性、转换性、自身调整性。我非常赞同皮亚杰的观点,《诗歌结构学》也基本上是按这三点来完成的。

当然,在西方的古希腊时代和中国的春秋战国时期,以及之后的两千多年的时间里,关于"结构"的思想火花就已经开始在东西方的文论著作中闪耀,只是没有形成系统理论。出现这种现象,我想或许是人类思维的共通性的缘故。

这本拙著的大部分章节分别在《当代文坛》《文艺争鸣》《昭通学院学报》《边疆文学·文艺评论》等刊物发表过,谢谢这些刊物的编辑。

最后,要特别感谢中国社会科学出版社郭沂纹副总编辑的再三催促和不厌其烦的审读。

2017 年 2 月 17 日于云南呈贡正心书斋

重印说明

当出版社的责任编辑小安女士告之我，这本小册子出版社准备重印时，有一点受宠若惊。能够被重印，多少说明有那么一点参考价值，特别是学术著述。还有就是解决了我个人的小难题，朋友每每向我要这本书，书房仅存两本，又不能送出，只好在当当网或孔夫子旧书网淘来赠送，但价格匪浅，动辄300多元，实在心痛。

此次重印，只对其中的个别字词作了微调，没有大的修订。谢谢出版社对我这个小物的厚爱。